全年齢向け

乙女ゲームの世界に転生した悪役令嬢は溺愛エロルートを解放する

夜明星良
ill.なおやみか

eロマンス ロイヤル

Characters

age18

クラウディア・リーゼンフェルト

二大公爵家の一つ、リーゼンフェルト家の令嬢。貴族としての所作振る舞いは完璧で『淑女の鑑』と呼ばれるザ・令嬢。ゲーム設定ではジュリアスの婚約者で悪役令嬢枠。だが実は日本からの異世界転生者で元々ジュリアス推しだった。

age18

ジュリアス・アードラー

眉目秀麗なうえ非常に優秀なアードラー王国王太子。ゲームではメイン攻略対象者であり、金髪碧眼のキラキラしたザ・王子様。攻略対象者の中でも最難易度のキャラだが、実は製作者の意図で意外な理由が隠されているという話もあるとか。

age18

エイミー・メープル

ゲームの庶民ヒロイン。カフェで働いているところが攻略対象者たちの目に留まり、彼らが彼女の夢の中に現れるようになる。夢の中で逢瀬を繰り返し一番親密度の上がった攻略対象者に舞踏会でプロポーズされることになる。彼女の正体にもどうやら謎が……。

✦その他の攻略対象者たち✦

age18

マリウス・ロッシュ

✦

一番小柄で弟キャラ的な立ち位置で皆に可愛がられる伯爵令息。明るく人懐っこい性格で、少々いたずら好きな面も。

age18

ルーファス・コッホ

✦

王立騎士団に所属し体格の良い、赤い髪でちょっとワイルドな侯爵令息。明るく社交的で女性慣れもしておりかなりモテるらしい。

age18

シモン・ザックス

✦

黒髪に紺の瞳の見た目も中身もクールな侯爵令息。一匹狼タイプだが、実は子どもや動物にも優しいというギャップキャラ。

age19

セドリック・シュトルツ

✦

シュトルツ公爵家の令息。一つ年上で長い銀髪に唯一の眼鏡キャラ。穏やかで冷静な性格で、いずれ国の宰相になるとの期待も。

✦ライバル令嬢たち✦

age19

リンダ・アーレント

✦

一つ年上でしっかり系美人の伯爵令嬢。花嫁修業も兼ねて王宮で働いている。ルーファスルートのライバル令嬢。

age18

キャロル・ホイットマン

✦

ちょっと天然で大人しい伯爵令嬢。シモンの幼馴染みだが妹としか思われていない。シモンルートのライバル令嬢。

age18

グレース・ミュラー

✦

儚げ系美女の侯爵令嬢。性格はきつめで毒舌も吐く一方、恋に憧れるロマンチスト。セドリックと婚約しているライバル令嬢。

age18

ミーナ・ロッシュ

✦

ちょっと我が儘だけど憎めない妹キャラの伯爵令嬢。義理の兄のマリウスに淡い恋愛感情を抱いているライバル令嬢。

Contents

Zen nenrei muke
otome game nosekai ni tensei shita
akuyakureijo ha
hakarazumo
dekiai eroru-to wo kaihou suru

プロローグ

　大陸の中央から北に大きく位置するアードラー王国は、周辺諸国の中でももっとも広大な領土を有し、文化水準も極めて高い超大国である。長く続く王家は国民からの信頼と平和的外交路線により安定した治世《ちせい》が続いているが、現王太子《げんおうたいし》であるジュリアス・アードラーが極めて優秀であることから、この国の未来はさらに輝かしいものになるだろうと、国民は誇らしげに語る。

　そんな前途洋々たるこの国には公爵家《こうしゃくけ》がふたつある。そのうちリーゼンフェルト公爵家は王家に次いでもっとも由緒正しい家柄である。この公爵家の一人娘であるクラウディアはつい先日、上位貴族令嬢《れいじょう》なら誰しもが通うセレニティ女学院を首席で卒業した才媛であるとともに、その気品溢《あふ》れる立ち居振舞いから「淑女《しゅくじょ》の鑑《かがみ》」との呼び声も高い女性である。

　異性のみならず同性からも賞賛される才色兼備のこの高貴な女性が、王太子殿下《でんか》の婚約者候補の筆頭として議会から推薦《すいせん》されたのは、至極当然のことだった。

　だから、何事もなければクラウディア・リーゼンフェルトがいずれジュリアス殿下の妃《きさき》となることは、半ば確定事項だったのだ。もし――クラウディア・リーゼンフェルトがジュリアス殿下との婚約を拒絶しなければ。

第一章 ✦ 悪役令嬢は思い出す

クラウディア・リーゼンフェルトはその日、屋敷の庭の東屋《あずまや》で蜂蜜《はちみつ》入りのお茶を飲んでいた。とても気持ちの良い陽気だったので室内にいるのがもったいなかったからだが、それが思いもよらぬハプニングを生むことになった。

「痛っ――！」

突如として首筋に感じた激痛。直後、ぶ～んと一匹の蜜蜂が飛んで行った。どうやら、蜂蜜の香りに誘われてやってきた蜜蜂を意図せず私が刺激してしまい、刺されたようだ。可哀相《かわいそう》に、蜜蜂は人を刺すと死んでしまうらしいのに――って、なっ、なっ、なにこの感覚っ!?

すぐに異変に気付いた侍女《じじょ》のケイティが「お嬢様《じょうさま》!?」と叫びながら私のもとに駆け寄ってきたが、私は首を押さえたまま動けない。

ただし、それは蜂に刺された痛みのせいではない。いや、確かに刺されたのもかなり痛かったのだが、私は今、別の理由で悶絶《もんぜつ》している。

脳内に、恐ろしいほどの情報が一気に流れ込んでくる。もっと正確に言うなら、水風船の中に溜《た》まっていた記憶が今の一刺しでぱあんと弾《はじ》けて、中の記憶という名の水が一気に溢《あふ》れ出たような感じだ。

そして思い出した。前世私は日本という国で女子高生だったこと、いわゆる「トラ転」で異世界転生を果たしたこと、そしてこの世界が、私が好きだった乙女《おとめ》ゲームの世界であり、悪役令嬢《れいじょう》に転生しているという事実を――。

記憶のフラッシュバックに伴う脳の混乱が収まり、ようやく顔を上げるとケイティが真っ青な顔でこちらを見つめていた。栗色の髪を頭の上でしっかりとまとめ、榛色《はしばみいろ》の瞳《ひとみ》にははっきりと不安の色が浮かんでいる。――ああ、やはりそうなのだ。だって、驚くほどキャラデザ通り……。

とはいえ、ただでさえ細やかな精神をもつ彼女にこれ以上ショックを与えるべきではないだろうと、精一杯作り笑いしながら彼女に告げる。

「少し、驚いただけよ。ただの蜜蜂だから、心配しないでちょうだい。ただ、針が刺さったままだと思うから、それだけ取ってもらいたいのだけど」

ケイティはショックを受けやすい子だが、仕事はよくできる。蜜蜂に刺されたことを理解すると、すぐさま適切な処置を施《ほどこ》してくれた。

その上で彼女は私をすぐに部屋に戻らせると、いいと言っているのにわざわざ主治医を呼び、本当に問題がないとわかっても「今日一日は安静になさってください」と言って、ベッドに寝かしつけてしまった。

やはり、ケイティは過保護である。とはいえ、今の私には少し時間が必要だった。自分の置かれた状況を理解するための時間が。

せっかくの良い天気なのだからと、窓を大きく開けてもらった。そのおかげで、とても気持ちのいい風が部屋の中に吹き込んでくる。私は見慣れた自分の部屋を眺《なが》めながら、突如として蘇《よみがえ》った前世の記憶をひとり反芻《はんすう》する。

まず、自分の身体《からだ》を改めてまじまじと見つめる。薄紫色を基調としたシンプルだが洗練された上質のルームドレスを身に纏《まと》うこの身体は――私が前世で死んだのと同じ、十八歳の身体である。

そうだ、私はごく普通の女子高校生だった。漫画やゲームが大好きで、あの日も学校帰りに友だちとゲームの話をしていた。そして友だちと別れた直後の交差点で青信号で渡ろうとしたときに、暴走トラックが曲がってくるのが見え、気づいたら少し先を歩いていた小学生のふたり組を突き飛ばし、自分が代わりに轢《ひ》かれていた。半ば無意識の行動だったし、正直一瞬すぎて痛みすら感じなかった。

とはいえ、前世の記憶を取り戻したショックはことのほか大きかった。自分が急に死んでしまったことで家族や友人たちを悲しませただろうことを思うと胸が痛むし、皆ともう会えないのだと思うと、言いようもない悲しさを覚える。

ただ、私はこの十八年間の記憶がしっかりとある。つまり、これはいわゆる異世界転移ではなくて異世界転生である。もう元の世界に戻ることはできないし、仮に戻れるとしても、私は戻ることを望まないだろう。だって私はこの新しい人生をすでに十八年間生きており、心から愛する両親と大切な友人たちに囲まれて、とても幸せな日々を送っているのだから。

そう、私は今の自分の人生に満足しているのだ。だから今度こそ、自分の人生を全《まっと》うするつもりである。今度こそ、必ず――！

ぐっと、強く手を握る。今の私が自分の人生を今度こそ「全う」するということに対し特別な決意をしたのには、実はとても大きな理由がある。

ベッドからちょうど見える位置に置かれた鏡に映った自分の姿を、改めてじっと見つめる。そして、確信する。やはり私はあの「クラウディア・リーゼンフェルト」なのだということを。

紫がかった黒く長い髪と、濡《ぬ》れた紫水晶《アメジスト》を思わせる瞳。生まれたときからこの顔だったから、この容姿に対して特に何も疑問に思わなかったが……前世の記憶を取り戻した今、衝撃を受けている。

——私、めちゃくちゃ美人だな!? 驚くほど、非現実的な美しさである。

だがそれも、当然なのかもしれない。だって私はある意味でまさに「非現実的な存在」なのだから。

王国の最上位貴族であるリーゼンフェルト公爵家《こうしやくけ》の一人娘で、つい先日、セレニティ女学院を首席で卒業した才媛。それに加え、淑女《しゆくじよ》として必要な教養はもちろん、公爵家の令嬢として生まれたときから当然のように身につけていった礼儀作法《れいぎさほう》は、自分でいうのも何だが、既に非の打ち所がないレベルに達している。ゆえに周囲からは「淑女の鑑《かがみ》」とまで言われているのである。

だからあとはのんびりと花嫁修行でもしながら、卒業とともに山ほど舞い込んできているという縁談の中から公爵であるお父様がもっとも条件の良いお相手を選ぶのを待ち、そのもっとも条件の良いどこかの殿方《とのがた》の元へといずれは嫁《とつ》ぐことになるのだと——そんな貴族令嬢のごく普通の人生に対して何の疑いも持っていなかったばかりか、それを特に嫌だとも思っていなかったのだ。

さっきのあのハプニングで、前世のあの「記憶」を思い出すまでは……。

前世、私が特にハマっていたゲームがあった。無料スマホアプリの乙女ゲームで、そのタイトルは「夢中になって、恋をして」。略して「夢恋《ゆめこい》」。友人たちの間でも絶大なる人気を誇っていたこのゲームでは、平民である主人公《プレーヤー》が五人組の貴族の青年たちと「夢の中で」恋をするのである。

主人公は王都に住む平民の少女で、家計の助けになるようにと、王都で人気のカフェで働いている。明るく元気な性格でカフェの看板娘となっているが、そこに偶然来店するのが攻略対象となる五人組である。

メイン攻略対象であり、ゲームのスタート画面でも必ずセンターにいるのが、このアードラー王国の王太子殿下《おうたいしでんか》であるジュリアス様だ。金髪碧眼《きんぱつへきがん》のキラキラしい「これぞ王子様！」な超ハイスペ美男子で、容姿端麗《ようしたんれい》などという言葉では足りない、圧倒的なビジュアルの良さで一番人気のキャラだった。

攻略対象の二人目は侯爵令息《こうしゃくれいそく》のルーファス・コッホ。ジュリアス様と同じ十八歳で王立騎士団に所属しているので五人の中ではもっとも体格が良く、赤い髪に茶色い瞳のちょっとワイルド系である。といっても粗暴な感じは少しもなく、明るく社交的で女性慣れもしているので、ものすごくモテるらしい。

三人目は、シモン・ザックス。彼も侯爵令息で、黒髪に紺色の瞳のクール系キャラだ。やはり彼も十八歳で、五人で過ごすとき以外は一人で物を作るのが趣味という一匹狼《いっぴきおおかみ》タイプだが、子どもや動物などには優しいという意外な一面があり、そのギャップに落ちる人が続出した。

四人目はセドリック・シュトルツで、リーゼンフェルト家と並んでこの国の最上位貴族であるシュトルツ公爵家令息である。この五人の中では年上の十九歳であり、長い銀髪にブルーグレーの瞳で、五人の中で唯一の眼鏡《めがね》キャラだ。穏やかで冷静な性格の頭脳派で、いずれはこの国の宰相《さいしょう》になるだろうと期待されている人材である。

最後が、ゲームのオープニングでちょうど十八歳の誕生日を迎えることになる伯爵令息《はくしゃくれいそく》、マリウス・ロッシュだ。茶色い髪に緑の瞳、他のキャラに比べると少し小柄であり、可愛《かわい》い弟キャラという印象だ。実際、明るく人懐《ひとなつ》こい性格のため、皆に可愛がられている。そして、少々いたずら好きである。

この国で将来的にもっとも大きな権力を持つだろうこの五人の青年たちは幼い頃からとても仲が良かった。だからこの時も五人で一緒に過ごしていたわけだ。

主人公と出会う直前、いたずら好きのマリウスが、魔女の売る不思議なリングを五つ買ってくる。これが、このゲームのキーアイテムとなる「ドリームリンク」である。

「ドリームリンク」、これは自分の夢と相手の夢を繋《つな》ぐ、つまり夢を「リンク」させることのできる不思議なアイテムだ。マリウスが買ってきたこの怪しげな指輪を他の四人の攻略対象は受け取るが、最初はあまり信用していない。ただ、いつも五人でやるおふざけの一環として、試しに誰かの夢の中に入ってみることにするのである。

指輪をつけている者同士の夢には入れないらしく、五人以外の誰かの夢の中に入ってみようということになるのだが、その話をしているときにちょうど給仕に来た主人公が彼らの目に留まる。そうしてその夜から、五人の攻略対象が主人公の夢の中に出てくることになるのだ。

主人公は毎日夢に現れるようになったその素敵な五人の男性たちと少しずつ心の距離を縮めていき、その中の親密度の高まった男性がより頻繁《ひんぱん》に夢の中に現れるようになる。

そうしてこの五人の攻略対象のうち誰かひとりと親密度がＭＡＸになると、現実の世界において王宮で舞踏会《ぶとうかい》が開かれることになる。

王宮の舞踏会など平民である彼女には無縁のはずだが、なぜか匿名《とくめい》で舞踏会への招待状と素敵なドレスが届き、不思議に思いつつも参加すると、そこで夢の中で恋をした男性と出会うことになり、「あれは単なる夢じゃなかったのね！」ってことで、そのままプロポーズされてハッピーエンディングを迎えるのである。

……うん、なんともむちゃくちゃな話だ。でも当時は、とにかくイケメン揃《ぞろ》いのキャラたちがいつの間にか自分を好きになってくれて、甘い言葉をたくさん言ってくれるのが嬉《うれ》しくて、友だちと皆でめちゃくちゃハマったのだった。

正直、ストーリーなんてどうでもよかったんだろうな。そもそも無料アプリだし、課金要素もほとんどなくてありがたかったし、大手が出していたおかげか、キャラデザとＣＶ《キャラクターボイス》は本当に最高だった。そりゃあ中高生に流行《はや》るわけだ。

そんなキャラデザとＣＶを楽しむためのＰＶ《プロモーションビデオ》みたいなゲームとはいえ、一応はゲーム。ハッピーエンディングに至るためには、ある程度の障害が存在した。その最たるものが、各攻略対象につきひとりずつ存在する「ライバル令嬢」の存在である。

夢の中でしか攻略対象と会えない主人公に対し、ライバル令嬢は現実世界でも攻略対象と会える。そのため、プレイヤーは夢の中の会話で攻略対象の行動を誘導しながら、水面下でライバルキャラとのイベントを阻止《そし》し、親密度が上がるのを妨害しなくてはならない。そうでなくては、いつの間にか勝手にライバル令嬢と攻略対象の親密度が上がってしまうことになる。

ライバル令嬢と攻略対象の親密度がＭＡＸになるとそこで勝手にカップルが成立してしまう。そうなってしまうともうそのキャラは夢にも出てこなくなるので、主人公は以降、その攻略対象を落とせなくなるのである。

そして私が転生したクラウディア・リーゼンフェルトは、攻略対象の中でもメインキャラと言えるこの国の王太子殿下、ジュリアス様の婚約者になる予定だ。つまり、異世界転生モノでいうところの「悪役令嬢」に転生してしまったということである。

それにしても、まさかジュリアス様のお相手とは……！　私の最最最推《お》しキャラじゃないかっ!!

前世の私はそれはもうジュリアス様が大好きで、ジュリアス様ルートばかりを何周したかわからない。もちろん全てのスチルを集めたし、それだけでは飽き足らずにアクスタとかキャラクターＣＤとかも全て買い集めていた。他のアニメキャラなどを含めても間違いなくジュリアス様が私の最推しだった。

――しかしこのジュリアス様、メイン攻略対象のくせに難易度がやたら高かった。

他のキャラの親密度は概《おおむ》ね二十から三十パーセントくらいからスタートして、最終的にＭＡＸの百パーセントを目指すことになるが、ジュリアス様は女性に無関心設定のせいで零《ゼロ》パーセントからのスタート。本当にゼロの状態から関心を勝ち取っていかなければならないのだ。

とはいえさすがの一番人気キャラ。彼の攻略法については、かなりの数のまとめサイトがあった。私はそれを使ってジュリアス様ルートをなんとか攻略していたのだが、それでも少しでも選択肢を間違うとすぐに親密度が下がってしまう、超難関だった。

そんなジュリアス様の婚約者、つまりヒロインの「ライバル令嬢」として登場することになるのが私、リーゼンフェルト公爵令嬢のクラウディアなのだが――幸いにして、現時点では私はまだジュリアス様の婚約者ではない。

最推しの婚約者のはずなのに、なぜ「幸いにして」なんだと思われるかもしれない。しかし、そうとしか言いようがないのだ。なぜならクラウディアの未来は、かなり悲惨《ひさん》なものなのだ……。

主人公がジュリアス様ルートを攻略した場合、クラウディアの一番マシな最後は、国外追放エンド。えっ、婚約破棄《こんやくはき》だけじゃなくて、追放が一番マシなの⁉　って感じですよね？　でも、そうなのだ。クラウディアは、ライバルとして相当強烈な妨害をしてくる。結果として、その罪も大きくなる。

最悪なのは、処刑エンド。主人公の殺害を企《くわだ》てる系は全て処刑エンドへと繋がるのである。それはガチに国の法で裁かれるからであり、逃れようがない。

主人公がジュリアス様ルートを選ばなければ、あるいは攻略成功しなければ、クラウディアは悪役令嬢化することもなく、普通にジュリアス様と結婚できるのかもしれない。でもジュリアス様は一番人気のメイン攻略対象なのだ。このルートを選ぶ確率が、一番高いに決まっている。

しかも私は常にジュリアス様ルートでプレイしていたので、他のルートでのクラウディアの最後については知らないのだ。だからクラウディアほどのザ・悪役令嬢が他のルートでも追放や処刑エンドにならない保証はない。

というわけで、蜂に刺された首筋を氷嚢《ひょうのう》で冷やしながら頭に浮かんでいたのは、「そうして、元婚約者クラウディア・リーゼンフェルトは断頭台の露《つゆ》と消えた……」という言葉とともに、ワンカットだけ映った断頭台のイラスト——。

ありえない。いや、絶対ないでしょ⁉　こんなに恵まれた環境に生まれた才色兼備のクラウディア・リーゼンフェルトが、嫉妬《しっと》に狂ってそんな馬鹿《ばか》なことして、結局は何もかも失うなんて……！

大好きな家族、大好きな家、大好きな友人たち、大好きな……この素晴らしき世界！　それを恋愛ごときのために全て失うなんて、ありえない！　たとえそれが、前世の「最推し」のためだとしてもね!!

　というわけで、私は心に誓った。「幸いにして」、私はまだジュリアス様の婚約者ではないのだ。それなら絶対にジュリアス様の婚約者にならないことで、ゲームのストーリーから早々に退場させていただくまでだ！

　──と、コンコンと扉をノックする音が。

「お嬢様、公爵様がお越しです」

「お父様が？　どうぞお入りいただいて」

　すぐにお父様が私の部屋の中に入ってきた。私と同じ黒髪に紫色の瞳、威厳のある端整なその顔は娘《わたし》の前ではいつも緩みまくっているのだが、今日は眉を八の字にしている。

「ああ、私の可愛いクラウディア！　蜜蜂に刺されたと聞いたぞ！　災難だったなあ、可哀相に！おお……こんなに首筋が腫《は》れて──！　本当になんともないのか!?」

「お父様ったら、本当に心配性でいらっしゃるんだから。本当に、たいしたことありませんのに」

　笑顔でそう言うと、父も安心したようである。だが、いくら愛娘《まなむすめ》とはいえ、たかが蜜蜂に刺されたくらいで忙しいお父様がお昼のこんな時間から仕事を放り出してお見舞いに来るとは考え難《にく》い。

　ということはたぶん、他にも何か用件があるはずだ。それで私は、何か他にも話があるのではないかと尋ねてみた。

「実を言うと、そうなのだ。先ほど国王陛下《へいか》より、お前とジュリアス王太子殿下の婚約を正式に進めたいというお申し出が──」

「なんですって!?」

「急なことだ、驚くのも無理はない。だが公爵令嬢であり、歳《とし》も同じで才色兼備として有名なお前が王太子殿下の婚約者として選ばれることは、ごく自然なことと言えるだろう。さすがは我が愛する娘クラウディアだ！　誇りに思うぞ！」

なんてこと——！　ジュリアス様との婚約話が持ち上がるまさにその日に、私は記憶を取り戻してしまったのか！

だがここで気づく。それならむしろ、好都合ではないかと。なぜなら今はまだ、申し出があっただけ。ということは、これを断ることができれば私は計画通り平和にゲームのストーリーから退場できるのである。つまり……このタイミングで記憶を取り戻したのは、むしろ天啓《てんけい》——!!

「お父様っ！　私は、王太子殿下の婚約者には相応《ふさわ》しくございません！」

「何？　クラウディア、いったいなぜそんなことを言うのだ？　お前ほど素晴らしい娘は国中、いや、世界中探したっておるまい！」

「いいえ、お父様。殿下の婚約者になるということは王太子妃になるということであり、いずれこの国の王妃になるということ。一国の王妃になるには、それだけの器《うつわ》が必要だと思いますの。ですが、私はそのような器ではございません。自分のことで精一杯で、民のことを第一に考えて慈《いつく》しむような王妃にはなれないのです！」

「そんなことはない！　お前ほど素晴らしい娘は本当にどこを探しても——！」

「お父様、一生に一度のお願いです！　そのお話だけはお断りしていただきたいのです！　そうでなければ私、プレッシャーで死んでしまうかもしれませんわ！」

「死――⁉　で、殿下との婚約が、そんなに嫌なのか……⁉」

お父様は驚愕《きょうがく》の表情を浮かべると、私をとても心配そうな顔で見つめる。

ふふん。お父様は私にめちゃくちゃ甘いのだ。死んじゃうかも！　なんて言えば、お父様は私の言うことを無視できるわけない。

「……わかった。国王陛下に、ご相談してみよう。だが、私の一存でどうにかできることではないから――」

「ありがとうございます、お父様！　大好きですわ‼」

お父様は娘が王太子妃になるという素晴らしい機会を拒絶したことに大変ショックを受けている様子だが、それでも娘を溺愛《できあい》しているこの父が、娘の懇願《こんがん》を無下《むげ》にできるはずはないのだ。まして、「大好き」と言ってこうして抱きつかれれば、相手がたとえ国王陛下であっても、父は頑張ってくれるだろう。

ああ、よかった！　きっとこれで、追放エンドも処刑エンドも回避できるはず！

もちろん最推しだったジュリアス様とのハッピーウエディングエンドの権利も自ら捨てることになってしまうわけだけど、だからといって、場合によっては断頭台行きの未来が待っているかもしれない超危険な道を歩むわけにはいかない。私は今のこの人生に大いに満足しているのだ。それ以上を望む必要など、どこにある？

その後、父が私の希望を陛下にうまく伝えてくれたことで、私とジュリアス様の婚約の話はなくなったと報告を受けた。つまりこれで私がジュリアス様ルートにおけるヒロインのライバル令嬢――いや、恐ろしき悪役令嬢クラウディア・リーゼンフェルトとなる未来は消滅したのであり、こうして私は早々とメインストーリーからの退場に成功した!!

――はずだったのだが、それからたった三日後の夜、それは突然始まった。

◆　◆　◆

ふっと目を開けると、そこは美しい花畑だった。空には消えない虹が出ていて、朝露に濡れたように花々がキラキラと輝いていて……そのあまりに美しい光景に、私はほうとため息を吐《つ》いた。

そして私はすぐに気づく。これは、夢の中だなと。私はわりといつも、夢の中で夢だと気づけるタイプだ。だから、怖い夢を見ても「これは夢だ、だから大丈夫」とすぐに気づいて冷静になれるし、あまりにも良い夢を見てもやはり、「これは夢だ、だからあんまり喜ばないように」と、起きた時のがっかり感を減らせるので、大変便利である。

ゆえに、こういう素敵な夢を見たとき私はめいっぱいその夢の世界を楽しむ。現実ならすぐ消えてしまうこの美しい虹もずっと消えないだろうし、この花畑には私の苦手な虫だっていないのだ。だからこうしてここに寝っ転がり、美しい花々に囲まれながら空を見ていたって、ただただ気持ち良くて幸せなだけ――。

「クラウディア」

……?

なんだ、今日の夢には登場人物がいるのか。それにしてもこの声……どこかで聞いた覚えがあるような――。

と、ふいにその美しい顔に覗《のぞ》き込《こ》まれて、私は度肝《どぎも》を抜かれた。

「ジュ、ジュリアス様!?」

「なんだ、ちゃんと私のことを知っていたのか」

なんてことだ、こんな美しい夢の中に「最推し」が登場するとは！　こんな贅沢《ぜいたく》な夢があるのだろうか？

寝転んでいた私が勢いよく上体を起こすと、ジュリアス様が微笑《ほほえ》みながら私の隣に座った。

「わあ……本物――！　あ、でも夢の中だから、本物ではないか」

「まあ、そうだね？」

「……それにしても、想像以上だわ。キャラデザ完璧《かんぺき》だとは思っていたけれど、三次元化するともっと素敵!!」

「言っていることはよくわからないが、どうやら褒《ほ》めてくれているようだな？」

「当然です！　だってジュリアス様は、私の最推しですもの！」

「……最推し？」

「ええ！　一番の推しキャラです！　見ているだけで幸せ、できることなら一生愛《め》でていたい最高最愛のキャラ、それが私にとってのジュリアス様ですから!!」

「……へえ？　それなのに、どうして君は私との婚約を拒むんだ？」

「それはだって……断頭台の露と消える運命だけは、どうしても避けたいですからね」

「は？」

「んー、夢の中のジュリアス様に説明したって仕方ないとは思いますけれど……まあいいわよね？

夢の中のジュリアス様なら私がどんな変なこと言ったって、ちゃんと信じてくださるでしょ？」

「ああ、君の話ならなんでも信じるよ。だから、是非とも詳しく説明してくれ」

そんなわけで、夢の中の美しいジュリアス様に一部始終を説明した。自分には前世の記憶があり、転生前の世界でやっていたゲームの世界に異世界転生を果たしたこと、そして「ドリームリンク」と呼ばれる魔法のリングを使って攻略対象たちは夢の世界に入り込めるのだと。

で、主人公《プレーヤー》は夢の中でその攻略対象の誰かと恋に落ちてそのままハッピーエンディングを迎えるのだが、それがジュリアス様ルートの場合、悪役令嬢の立ち位置の自分はよくても国外追放、最悪、断頭台での処刑エンドが待っていることを告げた。

「……だが、君がその主人公とやらを殺そうとしなければ、処刑なんて恐ろしいエンディングを迎えることはありえないのだろう？　それなら別に、私と婚約しても何も問題ないのでは――」

「もちろん、私が主人公を殺そうとなんてするはずありませんわ？　でも、ゲームの強制力みたいなものが働いたらどうします？　催眠《さいみん》状態みたいになって、私がおかしなことをしないとも限りません。あるいは、冤罪《えんざい》なのに、いつのまにか犯人に仕立てられるかも！　そうでなくても私はジュリアス様が最推しなので、現実に貴方《あなた》にお会いしたら、普通に恋してしまうかもしれないわ。そうなったあとでジュリアス様が私のもとを離れていこうとなさったら、私は嫉妬に狂うかもしれない。そして、自分でも思いもよらないことをしてしまうかも……！　それが恐ろしいので、そもそも婚約者にならないのが最善の策だと思ったんです。幸い、リアルの私はまだ貴方とお会いしたことがないわけですし、最初から縁がなければ、失う苦しみを味わわなくて済むでしょうし」

「さあ、それはどうだろう？　君のほうは会ったことがないと思っていても、相手もそうとは限らないだろう？　それに第一、私たちはもう夢の中でこうして会ってしまった」

「本当、どうして夢になんて見てしまったのか。私の夢の中だからでしょうけど、ゲームのイラストよりも三次元の貴方はさらに私のドンピシャです！　それに声も……思えば私自身の声もですが、ゲームの時とは少しだけ違うのですね？　ゲームのジュリアス様の声もとても素敵でしたが、貴方の声はもっと素敵でうっとり聞き惚《ほ》れてしまいます。話し方もさらに優雅で穏やかで気品があって……でも、それもそうですよね。だってゲームでの声は声優さんの声だもの。けれどこの世界は現実――あ、だけどこれは夢の中だから……」

　なんだかこんがらがってきた。でもまあ、夢の中のジュリアス様が恐ろしいほど完璧で、ドンピシャタイプなのは事実というわけで。

「つまり、君はゲームの中の私より、現実の――というか、君の夢の中の私のほうがさらに気に入ったってわけだね？」

「ええ、そうですね。でも……だから困るのです！」

「困る？」

「ええ、そうですわ！　せっかく現実世界のジュリアス様とのご縁を切ることに成功したのに、こんなふうに夢に見てしまって、ジュリアス様のことをもっと好きになってしまうなんて、想定外だわ！　ですから、もう夢に出てくるなんてよしてくださいね？　……なーんて、夢の中の人に言ったって仕方ないですけど」

「そうだね。そんな嬉しいことを聞いてしまったのに、私が言うことを聞くはずがないだろう？」

「……なんていうか、夢の中のジュリアス様はキャラが少し違いますね？」

「そうか？」

「ええ。だってゲームのジュリアス様は女性に興味がなくて、こんな風にフランクにお話しにならないはずだもの。あ、でも親密度がＭＡＸまで高まると、とても優しい笑顔で接してくださるんでしたね。私の夢の中の貴方は、その親密度ＭＡＸのときのジュリアス様なのかもしれません。まあ、私の願望が夢になっているんだから、最初から私の望むジュリアス様の姿で現れるんでしょうけど」

私がそう言って微笑むと、ジュリアス様もまたにっこりと優しく微笑む。その高貴な美しい笑みにうっとり見惚《みと》れていると……。

——!?

あり得ない距離に、ジュリアス様の綺麗《きれい》な青い瞳がある。いや、それだけじゃない。唇《くちびる》にはっきりと感じる、とてもやわらかな感触。こ……これは間違いなく——！

「ジュ、ジュ、ジュリアス様!?」

「あまりに美味《おい》しそうなので、思わず味見してしまった」

困惑のあまり、私は言葉を返せない。そして固まっている私に、ジュリアス様はまた顔を近づけ、そして——。

「んんっ——！　あんっ……むぅ!?」

再び奪われた唇と、今度はそのまま口内に生温かくやわらかいものが侵入してきた。それに優しく歯列をなぞられ、さらに奥へと進んでくると、奥に引っ込めた私の舌をいとも簡単に絡《から》め取って、そのまま軽く吸い上げた。こ、こ、これは、いわゆるベロチューというやつではっ!?

いくら夢の中とはいえ、あまりに唐突な展開に呆気《あっけ》に取られる。だって前世も含め、こんなベロチューなんてされたの、初めてだし！　いや、それ以前に普通のチューだって……!!　にしても、完全未経験なのにどうして夢の中でこんなにリアルなキス体験ができてしまうのよ!?　想像力が豊かすぎるだろう、私っ!!

ようやく解放された時にはすっかり息が上がって、身体が熱くなっていた。心臓も、めちゃくちゃドキドキしている。いったい……いったい、何があったの!?

「ジュ、ジュリアス様……!?」

「夢の中の全ては、君の願望だよ」

「えっ!?」

「君自身が、そう言ったんだろう？」

「で、で、ですが、私はこんなこと、一度も考えたこともなかったのに――！」

「だが、気持ち良かっただろう？」

「それは！　……まあ、そうですけど」

「ではやはり、これは君の願望だよ。そして次は……もっと欲しくなるはずだ。人間は、欲深いものだからね？　一度その甘い味を知ると、もっと欲しくなる。明日の晩も、君は私に会いたいと思うはずだ。君が願えば――きっと、それは叶《かな》うよ。じゃあ……また明日ね」

「ちょ、ちょっと待ってください、ジュリアス様っ!?」

◆　◆　◆

目が覚めると、既に朝のやわらかな光が、部屋をいっぱいに満たしている。

あの夢は……いったい!?　いや、確かにとても美しい夢だったけれど、あんなに生々しい夢を見たのは初めてだった。キスなんて前世も今世も初体験なのに、ましてやあんなディープな……！

それなのにすごくリアルだったし、めちゃくちゃ気持ち良かった。なにより、三次元ジュリアス様があまりに素敵すぎて――!!

ああもう、どうしちゃったんだろう私……あんな馬鹿な夢みたいな夢を見ちゃうなんて！　最推しとのディープキスなんて、前世でも一度も妄想《もうそう》したことなかったのに。

でも、あんな素敵なキスを彼にリアルでされたら、一瞬で落ちるだろうな。そしたらゲームの中のクラウディアみたいにジュリアス様にベタ惚れして、主人公への嫉妬心剥《む》き出しの怖い女になっちゃうかも……。ああ、やっぱり怖い。でもあんなキス、リアルでもされてみたい――って、私ったらまた何を馬鹿なことを考えているの!?

もしかして私、婚約の申し出を断ってしまったこと、すごく残念に思っていたのかな。もし主人公がジュリアス様ルートに行かなければ、普通に私と婚約して、結婚できたはずなのにって。

夢の中のジュリアス様の優しい笑顔を思い出す。想像以上に、素敵だった。もちろんあれはただの夢で、しかも私の脳が勝手に三次元化した姿だ。でも、あんな風に出会ってしまって、しかもあんな素敵なキスまでされては……。はぁ、ダメだ。昨日のあれだけで、こんなに心が揺らぐなんて。

そんなことを悶々《もんもん》と考えているうちに、ケイティが部屋の外から私に声をかけてくる。あんな夢を見てしまったせいでなんだか気恥ずかしかったが、ケイティの顔を見たら少し安心した。

今日はお茶会に招待されていたので、準備をして出かけた。学園時代の友人たちの集まりで、気心の知れたメンバーのため居心地はとてもいい――のだが、こうして顔を見て、改めて理解する。ここにいる全員が、主人公のライバル令嬢だという事実を……。

ジュリアス様ルート一択だった私にとって、「夢恋《ゆめこい》」のライバル令嬢といえばクラウディア・リーゼンフェルトのことだった。だが実際には他に四人の攻略対象がおり、それはつまり他にも四人のライバル令嬢がいるということだ。そしてなんと、その四人がここに揃っている。

今日のお茶会の主催者《しゅさいしゃ》でありダークブラウンの巻き毛に茶色い瞳の美人さんであるアーレント伯爵令嬢リンダは、私たちの中では最年長で学年もひとつ上だった。花嫁修行を兼ねて王宮で侍女として働いているので、王立騎士団員であるルーファス様と交流がある。そう、リンダはルーファス様ルートでのライバル令嬢である。

その隣に座っているのは、金髪に緑の瞳で顔のそばかすが愛らしいホイットマン伯爵令嬢のキャロルだ。キャロルはシモン様の幼馴染《おさななじ》みで、本好きで大人しい性格だが、一匹狼である彼が唯一心を許している異性である。といっても、ゲーム開始当時は妹のようにしか思っておらず、彼に恋愛感情を抱くキャロルの想いとは大きな温度差がある。

私の右隣に座るミュラー侯爵令嬢グレースはプラチナブロンドに水色の瞳の儚《はかな》げ美女だが、性格は意外ときつめでちょいちょい毒舌《どくぜつ》も吐《は》く。でも意外とロマンス小説のような恋に憧《あこが》れる可愛いところもあり、私はそのギャップをすごく気に入っている。セドリック様とは婚約関係だが、運命の恋に憧れる彼女は政略結婚に対して否定的だ。

　そして私の左隣に座っているのが、マリウス様の義理の妹であり、義理の兄に淡い恋愛感情のようなものを抱いている、ミーナ・ロッシュである。ミルクティー色の髪に薄緑の瞳、ちょっと我《わ》が儘《まま》なところがあるが妹っぽい性格が憎めない、可愛い女の子である。

　彼女たちとは学園で知り合い、とても良い関係を築いている。だがまさか、そんな仲良しグループが「ライバル令嬢」勢揃いな状況だとは思いもしなかった。

　とはいえ、実のところ私には彼女たちが「ライバル令嬢」だという感覚は、前世の記憶を取り戻した今でさえ、全くない。

　なぜなら私は本当にジュリアス様ルートしかクリアしたことがなく、主人公として彼女たちをライバル視した経験が皆無《かいむ》だからである。そう、私にとって「ライバル令嬢」は、今の私自身であるクラウディア・リーゼンフェルト、ただひとりなのだ。

「クラウディア、今日のドレスも本当に素敵よ。紫水晶のようなその瞳の色によく似合っていて」

「センスのいいリンダにそう言ってもらえると、本当に嬉しいわ。貴女《あなた》も、今日も本当に素敵。それにこのお茶会も、とっても素敵よ。細やかな気遣《きづか》いが行き届いていて」

「本当にそうよね……！　王宮のお仕事も大変でしょうに、こんな素敵なお茶会を開いてしまうなんてさすがリンダだわ！」

「クラウディアもキャロルも褒めすぎよ」

　リンダは嬉しそうに微笑んだ。と、それまで無言だったグレースが、不意に私のほうを向いた。

「ねえクラウディア、実は小耳に挟んだんだけど……貴女、ジュリアス殿下との婚約のお話をお断りしたって本当なの？」

思いもよらぬ質問に、私は硬直する。

「そ、その話って、どこから……？」

「父から聞いたの。もちろん、ここだけの話よ。父は、貴女と仲の良い私が何か事情を知らないかと思って私にこの件を話したようだし、私が何も知らないと答えると、それならこのことは忘れなさいって。この四人にじゃなきゃ、こんな話しないわ」

グレースのお父上は、この国の宰相。殿下の婚約者候補の話についていても知っていて当然か。

「実は……そうなの」

「ええっ、どうして!?　あの王太子殿下との婚約の何が不服なの!?　お会いしたことはないけれど、とても優秀でお美しい方なのでしょう!?」

そう言ったミーナはもちろん、ほかの三人も到底信じられないという顔だ。

ジュリアス殿下が素晴らしい王太子であることは国民なら誰でも知っているから、その方との婚約を拒むなど確かに異常だし、そもそも王太子殿下からの婚約の申し出をお断りするなんてそれ自体あり得ないことだ。

私だって、あんな事情さえなければお断りしたくなどなかった。だが、ひとつ間違えば処刑されるかもしれないのである。そんなの、お受けできるわけがない！

しかしそう説明することもできないので、ジュリアス殿下だからお断りしたのではなく、自分には王太子妃になる自信がないからお断りしたのだと伝えた。

まあ予想通り、『淑女の鑑』と言われる貴女が相応しくないなら、いったい誰が殿下のお妃様に相応しいというの!?」という父と同じような反応が返ってきたわけだが、それでもどうしても無理なのだと言うと。

「でも確かにいくら優秀で美しい方でも、ジュリアス殿下がお相手というのは少し大変かもね」

「リンダ、それってなぜなの?」

「王宮で働いていると殿下のお姿を拝見することもあるんだけど、あの方って完璧すぎてなんだか人間味がない上に、女性に対しては特に明確な壁を作っていらっしゃるのよ。そのせいで殿下は女性恐怖症だとか、男色家疑惑まで……まあ、そんなこと言っているのはごく一部の人だけどね」

「そういえばシモン様も仰《おっしゃ》っていたわ。根も葉もない噂《うわさ》を立てられて殿下が迷惑してらっしゃると。それなら噂を消すために女性と交際でもしてみたらいいとルーファス様が仰ったそうなのだけど、ジュリアス様は『本当に好きでもない相手と交際するなんて不誠実な真似《まね》はできない』と一蹴《いっしゅう》なさったとか」

女性恐怖症に男色家疑惑とは……。最推しが誤解されていることに胸が痛むが、しかしジュリアス様が女性に対し無関心というのは、ゲームの設定と同じようだ。昨夜のあの激甘ジュリアス様が私の脳が生み出した想像上の産物だったのだということを改めて理解する。

「ああいう方ってきっと、恋人にもとても紳士的《しんしてき》で礼儀正しいのでしょうね。私は『君しか見えない』ってくらいに情熱的に愛してくださる方がいいわ!」

そうだ、ミーナの言う通り、ゲームの中のジュリアス様は最後まですごく紳士的だった。キスだって、最後の舞踏会でやっと一度してくれるだけで、しかもそっと唇を合わせるだけのものだ。ゲームの中のジュリアス様、あれが本来の彼の姿なのだ。

『夢の中の全ては、君の願望だよ』

やっぱりあれは全部、私の願望だったということなのか……。そう理解すればするほどに、あんなものすごいキスを夢の中でジュリアス様としてしまったことに、なんとも言えぬ罪悪感を覚える。

自分で婚約の話をお断りしておきながら、あんな夢まで見て未練《みれん》たらたらなんて、やはり私には悪役令嬢の素質があったのだ……。やはり、現実のジュリアス様との婚約がなくなって本当に良かった。

もう決して、あんな夢は見るまい！　そして夢の中ではもちろん、現実世界のジュリアス殿下とも絶対に関わらないようにしなければ。そうでないと、私の中の「悪役令嬢」な部分が急に目覚めて、婚約もしてないのにジュリアス殿下に恐ろしい執着をし出すかも――！

クラウディアとしてのこの愛すべき平穏な日々を守るため、何が何でも絶対にジュリアス様とは関わらないようにしよう！　この日のお茶会で改めてそう固く決意したはずなのに――なぜだろう、その日の晩の夢の中には、またもやジュリアス様が現れた。

快晴の空が広がる美しい草原に、爽《さわ》やかな風が吹き抜ける。清々《すがすが》しいその光景の中に私は眩《まばゆ》いほど美しいその人がこちらを見つめて、とても優しく微笑んでいるのを見つけた。

――ああ、困った。もう絶対に夢でも会わないようにしようと決意して眠ったのに、こうしてまた夢の中でジュリアス様に会えたことに、こんなにも胸が高鳴ってしまうなんて。

「クラウディア、こんばんは。やはり、私に会いたくなったんだね？」

「どうやら、そのようですね。はあ……」

「どうしてため息など吐くんだ？」

「自分の愚《おろ》かさを嘆《なげ》いているんです。現実世界で貴方との縁を結ばなければ想いも簡単に断ち切れると思ったのに、こうして今夜も夢の中には貴方が現れ、そしてそれをこんなに嬉しいと思ってしまうなんて……」

「……そう、嬉しいと思ってくれているんだ？　それなら……これも嬉しい？」

そっと私を抱き寄せると、そのまま口づけられた。初めはちゅっと優しく触れ合うようなキス、それから唇を唇で優しく喰《は》むようなキス。抵抗しようと思うのに、あまりに気持ちよくて抵抗できなくて――。

「ぷはあっ……ジュリアス様……だめ――」

「だめだと言いながらそんな顔をして……ああ、すごく可愛い。クラウディア、私の愛《いと》しいクラウディア。こんな風に君が私を受け入れてくれるなど、夢のようだよ。まあ、実際に夢の中なわけだが」

夢の中の登場人物が、自分からこれは夢の中だなんていうのを聞くのは初めてかも。そう思ったら、思わず笑ってしまう。

それにしても夢の中のジュリアス様は、私とは昨日初めて会ったはずなのに、まるでずっと私のことを好きだったみたいに言う。そんなご都合主義な話も、夢の中だから起こり得ることなのだろう。

「ジュリアス様……どうしてそんなに優しくしてくださるのですか。私……困ります」

「どうして困るんだ？」

「だって……せっかくジュリアス様を諦《あきら》めようとしているのに。これでは、諦められなくなってしまいそうだもの」

「諦めるなんて……許さないよ？　君は私に、身も心も囚《とら》われてくれなくては」

「――そうでないと、ストーリーが正しく進まないからですか？　もしや、それで私はこんな夢を見ているの？」

「ストーリー……さあ、どうだろうね？　だが、私は決して君を逃すつもりはないよ」

もしかして、本当にそういうことなのだろうか。私が勝手にストーリーを変え、早期退場しようとしたから、それでも私がちゃんと悪役令嬢の役割を果たせるようにゲームの強制力が私にこんな夢を見せているの？　私がちゃんとジュリアス様に恋をして、主人公に嫉妬するようになるために――!?

ということは……このまま流されていたら、やっぱり処刑エンドまっしぐら!?

――それなら私は、早急にこの夢から逃げ出さないといけない。

私はジュリアス様の腕の中からするりと抜けると、一目散《いちもくさん》に駆け出した。

「クラウディア!?」

真っ青な空の下、どこまでも続く美しい草原。私の突然の逃亡に驚いたジュリアス様の声を背後に聞きつつ、私は彼からなるべく離れた場所へとひた走った。振り返ると、ジュリアス様の姿はもう点のように小さくなっている。よしよし！　夢の中の私は風のように足が速いようだ！

ひとまず、夢の中のジュリアス様から物理的に距離を取ることはできた。あとは目を覚ます方法を考えないと！

試しに頬《ほお》をつねるが、普通に痛い。頬を叩《たた》いてみるが、やはり痛いな。そのくせ、まったく起きられそうな気配はないし——。

こんな古典的なやり方ではやはりダメなのか!? こんなに甘くて美しく、それゆえになによりも危険なこの夢から、どう逃れたらいい……!?

突如、ぐらっと視界が揺れる。ああっ、もしやこれで夢から覚められるの!?

はっと目を開けると、そこはいつもの自分の部屋のベッドの上だ。まだ外は暗いようだけど——。

やった、成功だ! 私は夢から覚醒《かくせい》できたのだ——!!

……そう思ったのに。

「クラウディア」

驚きとともに、声のした方へはっと顔を向ける。

「なっ……ジュリアス様!?」

「どうして逃げ出したんだ?」

「えっ、まさか……まだ夢の中!?」

「夢の中で逃げ出すなんて、不可能だよ。夢の中では——なんでも自由自在だ。たとえば……」

ジュリアス様がふっと視線を落とす。その視線の先、つまり私の胸元に視線を落とすと。

「きゃあっ!?」

ばっと両手で胸元を隠す。

わ、わ、私ったら、いったいなんという恰好《かっこう》を——!?

先ほどまで普通のドレスを着ていたはずなのに、ほとんど素肌が透けて見えてしまっているような薄い生地のネグリジェを身に纏っている。いやいや、いくら夢の中とはいえ、こんな姿を殿方に晒《さら》してしまうなど……!!

　ジュリアス様のほうを見れば、どこかうっとりとした表情を浮かべながら私の半裸姿を見つめており、私は顔が燃えるように熱くなるのを感じた。

「ああ、とても美しいな。ほら、そんなふうに隠さないで、私によく見せてくれ」

「むっ、無理です！　ああ、どうしてこんな……こんな、破廉恥《はれんち》な夢を私が見るなんて――！」

　すっかり混乱している私をよそに、夢の中のジュリアス様は私のほうに近づいてくる。

「夢の中のジュリアス様！　お願いですからどうか、この部屋から――いえ、私の夢から出て行ってください！」

「無理な相談だ。こんなに魅惑的な姿の君を前にしてここを去ることなど、到底できるはずないだろう？」

　美しくも妖《あや》しげな微笑を浮かべて、ジュリアス様はギシッという音を立ててベッドの上に乗り上げてくる。

「ちょ、ちょ、ちょーっとお待ちくださいませ、ジュリアス様！　なんだかとても健全ではない状況のような気がするのですが!?　私の知る『夢恋《ゆめこい》』は、全年齢対象の非常に健全なゲームであって、こんな十八禁のような展開は、そのっ……！」

「今からすることもとても健全で……しかも崇高《すうこう》な行為だよ？　私たちがいずれ夫婦になったときに、未来のこの国の王が生を受けるための大切な行為――の練習だからね」

「や、やはりそういうことを今からなさるおつもりなのですか!?　私の夢の中で!?」

「愛しい人がベッドの上で半裸で美しく誘っているのに、手を出さないでいられる男がいると思うかい？」

「なっ――私は断じて誘ってなど！　第一、私たちは婚約しないことになったではありませんか！私のお父様が国王陛下にちゃんと……！」

しかし、何も答えない。夢の中のジュリアス様は、都合の悪いことには黙秘権《もくひけん》を行使なさるようだ。

「私はねクラウディア、本当は正当な方法で君を手に入れるつもりだったんだ」

「……？」

「それなのに君がそれを拒絶するから、こうして少し手荒な真似を取らざるを得なくなった。だから……君が悪いんだよ？　こうして君を――身体から落とさねばならなくなってしまった」

「な……何やら物騒《ぶっそう》な物言いですが……ちょ、ちょっとジュリアス様!?　やあっ――！」

私の上に思いっきり覆《おお》い被《かぶ》さって来たジュリアス様は、その薄いネグリジェの上から私の両胸を揉《も》みしだく。突然こんなことをされて怖いはずなのに、ゾクゾクしてなぜかものすごく気持ちいい。

「やっ、やあんっ……！」

「可愛い声だ。それに、なんて美しい……もっと、貴女の全てを見せてくれ」

「だ、だめえっ――！」

しゅるっと胸元のリボンが解《ほど》かれ、辛《かろ》うじて肌を覆っていたその薄いものさえ失くなり、彼の前に完全なる裸体を晒してしまっている。そして気づくと、何故《なぜ》か先ほどまでしっかりと王太子らしい煌《きら》びやかな服を纏っていた彼も、完全に真っ裸――!?

「なっ――ど、どうして⁉　いつの間に……！」

「忘れたのか？　ここは、夢の中だ。すべてが思いのままだ」

「ではこれも私の願望だと……まさか、そう仰るのですか⁉」

「あるいは、そうかもね？」

「そんな……ありえませんっ‼」

「どうして？」

「だってこんなこと、私は望んでいな――ひゃんっ⁉」

ちゅっという音を立てて、ジュリアス様がその膨《ふく》らみの片方の頂《いただき》を吸った。全く初めての感覚に仰《の》け反《ぞ》ると、くすりと笑ってもう片方にも同じように吸いつく。

「やっ――やあっ！　だめえ！」

ジュリアス様の美しい金髪が輝く頭を必死で押さえても、彼は少しも怯《ひる》むことなく、今度はその頂を優しく舐《ねぶ》る。

「はっ――はあんっ……！」

「クラウディアはすごく敏感で、感じやすいんだね。とても可愛いよ」

いやいやいや！　ありえないでしょ⁉　前世も含め全くこんなことされた経験ないのに、どうしてこんなにリアルで……こんなに気持ちいいのっ⁉

両胸をゆっくりと時間をかけて解《ほぐ》され、優しく、でも執拗《しつよう》なまでに舐られ、ときどき甘嚙《あまが》みまでされて――甘い痺《しび》れが全身にまで広がっていく。

いつの間にか私はすっかり抵抗する気をなくしていて、夢の中なのに夢現《ゆめうつつ》で……。

「ひゃあんっ⁉」

すっかりぼーっとなっていた頭が、一気に覚醒する。いや、結局まだ夢の中なのだから、覚醒したわけではないんだけど……って、そんなことはどうでもいい！　問題は今、ジュリアス様の手があってはならないところにあって、そこをとても優しく撫《な》でているということで――‼

「すごく濡れてる。とろとろだね。いっぱい感じてくれてるんだ？」

「や、やだあっ……」

くちゅくちゅと卑猥《ひわい》な水音が耳を冒《おか》す。ありえない……こんな、前世でも今世でも経験したことのない行為を、夢の中でこんなっ――‼

「もっと気持ち良くしてあげる」

「えっ――あっ……やああんっ⁉」

ジュリアス様の指先が、先ほどまでより少し上のあたりに触れたのだが、まるで全身に電撃が走ったかのような感覚に襲われて、腰が勝手に浮いてしまう。

「ああ、そんなにいいんだ？　なら、もっとたくさん弄《いじ》ってあげる。でも、安心して。優しく大切に可愛がってあげるから」

「あっ……だ、だめえっ……！　そこ、もうやめてください！　おかしくなるっ――‼」

「おかしくなっていいんだよ、クラウディア。君が私の手で美しく乱れるのを見るのは、最高の喜びだから。本当なら初夜までお預けだったのに、前倒しで愛らしい君のこんな表情を知ることができるとはね。嬉しいよ、クラウディア。君のおかげだ」

夢の中のジュリアス様は、断固として私と結婚するおつもりのようだ。ああもうっ……せっかく私が綺麗さっぱり諦めようとしているというのに、なんて罪作りなお方なんだ！

といってもこれは私の夢の中なのだから、これは全て私自身の潜在意識がもつ「願望」ってこと？　いやいやいや、だとしてもおかしいでしょう!?　確かにジュリアス様は最推しですけど、私の妄想は最高でもキスまででしたよ!?　しかもごく健全な唇と唇をそっと合わせるだけのっ!!

それですら謎《なぞ》の罪悪感を覚えていたというのに、あんな舌を絡めあうようなのとか、ましてこんな風に身体中を好き勝手に弄られるような恥ずかしい妄想、断じてしたことないのに――。

と、次の瞬間、ありえない感覚に私は硬直した。ジュリアス様のすんなりと伸びた美しい、しかし男らしい逞《たくま》しさもあるその指が、あらぬところにぬっぷりと差し込まれたからだ。

「ジュ、ジュ、ジュリアス様……！　いったい、なにを――!?」

「なんだ、君はまだ閨教育《ねやきょういく》を受けていないのか？」

「……!!」

「そうか、それは嬉しいな。では、私が全て教えてあげよう。夢の中で閨教育を受けることになるなんて、君も稀有《けう》な経験をするな？」

「何を仰って……や、やあっ――！　中で指を動かさないでっ……!!」

「今しているのは全部、前戯《ぜんぎ》と呼ばれるものだよ。君のここが私のものを受け入れるための準備だ。こうして気持ち良くなるとたくさん蜜が出てきて、私のものをすんなり受け入れやすくしてくれる」

いやいや、こんなすごいことされながら何を説明されても、まったく頭に入りませんって!!

「――すごいね、こうして中をかき混ぜてあげると、蜜がとめどなく溢れてくる」

「ひゃあんっ！」

一気に指を引き抜かれてほっとすべきなのに、なぜか喪失感《そうしつかん》のようなものを覚えている自分に驚く。するとジュリアス様は先ほどまで私の中をかき混ぜていたその指をわざと自分の目の前に持ってきて、じっと見つめる。

「やっ……そんなのじっと見ないでくださいっ！」

恥ずかしさのあまり死にそうなのに、彼はふっと微笑むとその指を舌でゆっくりと舐《な》め——!?

「いやああっ——!?　ジュリアス様、いったい何を——!?」

「ああクラウディア、君の蜜はとても甘いな。せっかくこんなに甘美《かんび》なものが溢れているんだ、直接味わわないわけにはいかないね？」

「何を仰って……あっ、だ、だめえっ——!!」

ジュリアス様の動きから次の行動を予測できてしまい、私は必死でそれを阻止しようとする。でも夢の中だからなのか、実際に男の力の前に女が非力なのか、いとも簡単に私の秘所に顔を埋《うず》めた彼は、そこにちゅっとキスをした。

「ジュリアス様ぁ!?　そ、そ、そんなところに口づけなど——！」

「香《かぐわ》しく咲き誇る花を前にすると、人は無意識に口づけてしまうものだ。それにしても君という花は、なんて愛らしく美しいのだろうね？」

「何をわけのわからないことを次から次に……！　あっ——ああんっ!!」

花びらをめくるかのように、襞《ひだ》の一枚一枚を優しく舌で舐めてくるジュリアス様。そして一番敏感な芽のところも舌先で執拗に舐られ、優しく吸い上げられる。ありえない感覚に悶《もだ》えつつ、でもそのあまりの快感に、もはや抵抗する気力もない。

「あっ……はあんっ――」

「気持ちいいんだね、クラウディア。君のような完璧な淑女がこんな風に妖艶《ようえん》に乱れる姿は、あまりにも煽情的《せんじょうてき》だ。私しか、永遠に知ることのない君の姿――嬉しいよ」

夢の中のジュリアス様の声が、脳を甘く痺れさせる。だめだ、なにもまともに考えられない。こんなの……知らない！　ああもうっ！　私はなぜこんな淫猥《いんわい》な夢を――。

「……えっ!?　やっ……な、なか、だめえっ――!!」

ジュリアス様の舌が、先ほど指でかき混ぜられたそこにぐんっと差し込まれる。

その生温かくやわらかいものが自分の内側に入ってきて、そこを優しく探るように這《は》う感覚に仰け反った。

そのうえ先ほどから確かに感じていて、でも今まで感じたことのない不思議な感覚が押し寄せてくるのに気づく。

「だ、だ、だめっ！　なにか――来るっ……！」

私がそう叫ぶと、ジュリアス様は舌を中に挿《い》れたまま、敏感な芽のところをぐっと強めに捏《こ》ねた。

腰がぐっと浮いて、自分からジュリアス様の顔に自分の股《また》を押し付けるような形になってしまう。

「ああああんっ!!」

自分のものとは思えないような甘ったるい嬌声《きょうせい》が、夢の中の自分の部屋に響き渡る。全身がはっきりと強張《こわば》り、そしてまもなく弛緩《しかん》した。

心臓の音が大きく聞こえて、全身がかあっと熱い。まるで全力疾走《しっそう》した後のような気怠《けだる》さで、妙に身体が甘く重たい――。

「上手に達《イ》けたね。これは君がエクスタシーを感じたってこと。君の中が収縮してるのがわかるだろう？　そしてその心地よい刺激によって、私は君のなかに子種をいっぱい注いであげられる」

なにやらものすごい閨教育を夢の中でされているけれど、ツッコミをいれる気力さえない。

「ああ……その恍惚《こうこつ》としてる君の表情――可愛いな。本当に可愛くて、すごく愛おしい」

完全に脱力して、ベッドに深く深く沈み込みそうな私の身体中に優しくキスを落としてくる、ジュリアス様。いやいやいや……私はなんという破廉恥な夢を見ているんだ、本当に。

「――こんな夢を見てるって誰かに知られたら、お嫁にいけない……」

夢の中のジュリアス様がくすりと笑う。

「君は、私の妻になることが決まっているんだよ？　それなのに嫁の貰《もら》い手《て》など、とてもおかしな心配をするんだね」

「夢の中のジュリアス様、私たちの婚約はなくなったのですよ？　それなのに、どうして私に未練を抱かせるようなことばかり仰るのですか。私はせっかく、最推しの貴方を諦めようとしているのに……」

「諦めるなんて、絶対に許さないと言っただろ？　まだそんなこと言うなら……本当は今日はこのあたりでやめておこうと思ったが、ダメだね。最後までして、ちゃんと君が誰のものか思い知らせてあげないとね」

「最後までって――あっ、ジュリアス様っ……だ、だ、だめえっ!!」

ぐっと両足を大きく開かされ、そして私の花芯《かしん》に硬く熱い何かがぐいっと当てられる。さすがにわかりますよ、それ、いわゆる殿方の「あれ」ですよね？　私が彫刻とかで見知っているあれとは色も形も大きさも随分《ずいぶん》と違いますけれど、間違いなくあれですよねっ——!?

ジュリアス様はその額にうっすらと汗を滲《にじ》ませつつ、余裕のなさそうな表情で彼自身を私のあそこに強く押し付けてくる。ヤ、ヤバい。色気がヤバいです。その表情で見つめられるだけで、妊娠してしまいそうなレベルなのですが——!?

さて、いくら夢の中とはいえ、これは貞操《ていそう》の危機。夢で純潔《じゅんけつ》を散らされてもなんの問題もないのかもしれないが、しかしそんな夢を処女なのに見てしまうということが完璧令嬢としてあるまじきことな気がするので、なんとしても阻止すべき……なのにっ！

「ああんっ——!!」

「くうっ……きっつ……」

「ジュリアス様ぁっ……だめ！　挿れちゃダメぇっ！」

「ああ、このまま一気に君の一番深いところまで入ってしまいたいな……。あっ——そうだ、クラウディア。君は処女だが、夢の中なら快感しか感じずに済むようにしてあげられる。だから……全部、一気に受け入れてくれるね？」

「えっ——やっ……ああぁぁんっ!!」

ジュリアス様のものが、私の最奥《さいおう》まで一気に貫いた。脳天を突き抜けるような快感に襲われるが、確かにいわゆる「初めて」に感じるらしい痛みなんて少しもない。ただ、恐ろしいほどの快感と甘い痺れとなんともいえぬ充足感に全身が支配されて、ジュリアス様にぎゅうっと強くしがみついた。

「あっ……ああっ！」

「ああクラウディア、君の中は、なんて気持ちがいいのだろう！　もうこのまま、君とずっとこうしていたいよ」

「ジュリアス様ぁ……！」

「なんて可愛い表情をするんだ君は！　こんなの、本当に堪《たま》らない。最初から君を諦めるつもりなどさらさらないが、こうして君と繋がる喜びを知り、諦めるどころか、一生このまま君と繋がっていたいとすら思ってしまう。ああ、私は愚かな男だね。そんな男に愛されるなんて、君も実に災難だな？　クラウディア、もっとたくさんキスしよう。ほら、舌を出して。そう、いい子だね」

催眠術にでもかけられているみたいに、ジュリアス様の言葉に逆らえない。そうして自ら口を開けて舌をそっと差し出すと、その舌がすぐに絡め取られ、優しく吸い上げられ、そのまま食べられてしまいそうな熱く激しい口づけを受ける。

上と下で深く繋がったまま、ただ快感だけが身体も意識も支配していて、それがすごく――嬉しい。

「キス、気持ちいい？」

「ふわあっ……気持ち……いい」

「ここも気持ちいいよね？　奥、すごく締め付けてくる。離れたくないって言ってるみたいだ」

「あっ……ああんっ……だ、だってふわふわして……！」

「ああクラウディア……死ぬほど可愛い。……もう、耐えられないな。このまま、動くよ？」

「えっ？　あっ――やっ、だ、だっ、だめっ！　激しっ――!!　あっ、あん、ああんっ!!」

徐々に激しくなる抽送《ちゅうそう》もキスも、全てが驚くほど気持ちいい。

おかしい……夢というのは、脳が記憶を整理する過程の中で見るもののはず。それなのに、私がまったく知らないはずのいろんなことをこんなふうに夢で見られるものなの……？

「――っ！　もうっ――出る」

「出るって何――あっ……あんっ!!　また、来ちゃうっ……!!」

「一緒に達《イ》こう、クラウディア」

「ふわあっ――!?」

一気に最奥を穿《うが》たれる。その刹那《せつな》、また頭の中で白い爆発が起こった。そうしてその直後に、身体の一番深いところに何か熱いものが放たれる感覚。全身がくたっと脱力するのに、自分の中だけは深く入ったままの彼自身をキュンキュンと締め付け続けて……。

そんな私をとても幸せそうな表情で、でも力強く抱きしめるジュリアス様。まるで、天にも昇るような多幸感と充足感に包まれる。

耳元で、背筋がゾクゾクするほど甘く、ジュリアス様が囁《ささや》く。

「ああ……すごく良かったね。最高に気持ち良かった。私たちの身体の相性は最高のようだ。君が私の妻になるなんて、本当に幸せだ」

「で、ですからジュリアス様……私たちは結婚しないと……」

「まだそんなこと言うの？　夢の中とはいえ、私に純潔を散らされて、子種まで注がれたのに？」

「でも……これはあくまで夢です……」

ものすごい夢を見ているけど、所詮《しょせん》は夢だ。現実の世界では私はまだちゃーんと処女だし、ファーストキスさえまだなのだ。こんな……こんな卑猥な夢を見て、しかも確かに恍惚としちゃったけれども……。

「ああ、そうだね。それがすごく寂しいよ。はやく、本当に君を抱きたい。君のなかに私の子種をいっぱい注ぎ込んで、私たちふたりの子どもをたくさん作るんだ。楽しみだね？　私たちの子なら、世界一可愛いに決まっているからね。——そうだろう？」

あははは……夢の中の、つまり私の願望通りのジュリアス様は、相当ヤバいお方のようだ。

「——これから毎晩、君を抱きにくるよ。そして私を諦めるなんて愚かな考えを絶対に抱けなくなるくらい、君を私に夢中にさせてあげる」

なにやら恐ろしい言葉とともに、これまた恐ろしいほどに甘いキスを私の唇に落とす。あまりの気持ち良さに意識がふうっと遠のいて——。

◆◆◆

次に目を開くと、今度こそ朝だった。ばっと上体を起こすと、身体を確認する。スケスケじゃない普通のネグリジェを着ている。それに、ベッドには普通の寝返り程度の乱れしかない。

よ、よ、よかった……あれはやっぱり、ただの夢っ——!!

……って！　全然よくないっ!!　私ってば、いったいなんという破廉恥な夢を!?

さらに、自分のあそこがしっとりと濡れていることに気づく。

うわあ、あんな夢見て、本当にそういう気分になっちゃって、ここを濡らしちゃったっていうの!? ありえない……ありえないでしょう、こんなのっ!!

ばっとベッドから起き上がると、ケイティにできるだけ冷たい水を用意してもらい、それで顔を洗った。それでも、甘ったるいあの感覚が身体に残っている気がする。

それにしても、どうしてあんな夢を見てしまったのか。やはり私がストーリーを改変しようとしたことで生じた「歪《ゆが》み」のようなものを、この世界が何とか正そうとしているのだろうか。もしそうだとしたら、またあの夢を見てしまうのだろうか。

それなら、もっと直接的に私を悪役令嬢化させるような夢を見せればいいはずだ。たとえば、私と婚約者にならなかったジュリアス様が悪役令嬢《クラウディア》という障害がないことで主人公と順調に距離を縮めていく姿を夢で見せられ続けたら、もしかするといつの間にか私は嫉妬の鬼と化すかもしれない。なんといってもあの「クラウディア・リーゼンフェルト」だもの。

とすると、あれは本当にただの私の願望なのだろうか。自分では知らなかったけれど、実はずっとジュリアス様にああいうことされたいと思っていたのだろうか。

いやいやそんなわけ……と思いつつ、昨夜の夢のことを思い出す。あんなに強引に抱かれたのにすごく気持ち良かったし、ジュリアス様とひとつになって抱きしめられているとき、私は大きな幸せすら感じていたのだ。

くっ……やはりあれは私の潜在意識が持つ願望だったのかもしれない。だとしたら、現実のジュリアス王太子殿下に申し訳なさすぎる……。

複雑な心境のまま、ケイティに手伝ってもらい、いつも通り完璧に身支度《みじたく》を整えて朝食の席へ向かう。既にお父様とお母様が待っていて、優しい笑顔で迎えられた。

――気まずい。何というか、こっそり初めての朝帰り後に両親と顔を合わせるような感覚である。まあそんなシチュエーションは前世でも体験したことがない上、今世だってなぜかあんな夢を見てしまっただけで、実際には私はまだちゃんと処女でやましいことはなにも……って、なんて爽やかな朝に相応しくないことを考えているんだ私は。

「クラウディア、昨夜もよく眠れたかい？」

「えっ!?　え、ええ、もちろんですわ！」

お父様からのいつもの問いかけに、過剰《かじょう》に反応してしまった。だが父も母も私の動揺《どうよう》に気づいていないようでほっとする。

「今日は、うちでお茶会を開くのよね。いつもの仲良しの子たちを呼ぶのでしょう？　楽しい時間が過ごせるといいわね」

優しく微笑む母は、今日も美しい。髪色と目の色は完全に父譲《ゆず》りだが、顔は母によく似ていると言われる。まあ父も母も美男美女だから、どちらに似たって美人になるに決まっている。

『楽しみだね？　私たちの子なら、世界一可愛いに決まっているからね』

不意に、昨夜夢の中のジュリアス様に言われたあの言葉を思い出してしまった。いやいや、夢の中のジュリアス様ってば、なんてすごいことをさらっと言うんだ!?

「ありがとうございます、お母様。そういえば、おふたりは今日お出かけになるのですよね？」

「ああ、また陛下に呼ばれているので、王宮で用事だけ済ませたらあとはふたりでのんびりとデートでもして帰るつもりだよ」

両親の仲がいいことは嬉しいが、父がまた陛下に呼ばれているというのが気になる。ジュリアス殿下と私の婚約の話はなくなったはずなのに、このところ父は毎日のように王宮に出向いている。

まさか、私が無理を言ってしまったせいで、なにか面倒なことになっているのだろうか。

「お父様、王宮での用事というのは、例の婚約話とは関係ないのですよね？　私を王太子殿下の婚約者にというお話は、もう本当になくなったのですよね……？」

すると父は、慌《あわ》てて言った。

「もちろんだとも、クラウディア！　あの件はもう全て、片付いている。可愛いお前が心配するようなことは何もないのだ。だがその……ひとつだけ知りたいのだが、お前はジュリアス殿下と個人的に会ったことは本当にないのだね……？」

その質問に、昨夜の夢の中でのジュリアス様との逢瀬《おうせ》を思い出してしまうが――。

「もちろん、ただの一度もございませんわ。私が殿下とお会いする機会などなかったこと、お父様もご存じではございませんか」

そう言って微笑むと、父はなぜか困惑を浮かべて「ああ、そうだよなあ……だが、だったらどうして……」と呟《つぶや》き、しかしそれから優しく微笑むと、そのまま話題を変えてしまった。

朝食の後は昼からのお茶会のために準備を進めた。主催者を替えてお茶会を連日行うことは決して珍《めずら》しいことではないが、二日目の主催者は前日のお茶会の完成度と比較されるため、意外とプレッシャーがかかるものだ。

でも私の場合、そういう不安や緊張とは無縁だ。そもそも招待客は昨日と同じメンバーであるし、人を貶《おとし》めて楽しむような下品な人間は私の友だちにはいない。なにより私はあのクラウディア・リーゼンフェルトなのである。お茶会の主催者として、ほんの僅《わず》かな不手際《ふてぎわ》だってあるはずがない。

たとえ、昨夜のあの夢の余韻《よいん》のせいで地に足が着いていないような精神状態だったとしてもね！

そうしていよいよ、お茶会が始まった。今日のテーマは「花」にしたので、公爵邸のティールームは華やかな花々で美しく飾り付けられており、用意したお茶にもお菓子にも、その全てに花がふんだんに使われている。

「まあっ……！　お花畑の中でお茶会をしているみたいで、本当に素敵！」

「本当に綺麗だわ。それに、とってもいい匂《にお》い！　きつすぎない上品な香りの花ばかりだから、これだけあっても少しも鼻につかないし！　さすがはクラウディアね。今回も、素晴らしいわ！」

皆に絶賛されて、ほっと一安心。いや、しっかりと準備して臨んだから、自信はあったのだ。ただほら、昨夜のあれのせいでいろいろ平常心ではなかったから……。

「ああ、このお花なんて本当にいい匂いだわ」

そういってグレースがひとつの白い花にそっと顔を寄せた。それがまるで花に口づけたように見えたせいで――。

『香しく咲き誇る花を前にすると、人は無意識に口づけてしまうものだ。それにしても君という花は、なんて愛らしく美しいのだろうね？』

――だめだ！　また思い出してしまった！

朝からずっとこれなのだ。ほんの些細《ささい》なきっかけで、ジュリアス様を思い出してしまう。ふわりと微笑むあの美しい笑顔、すらりとしているのに抱き寄せられるとわかるあの逞しい身体、そしてあの、やわらかくて甘くて……そしてうっとりするほど素敵なキス――。

「……キスってどんな感じなのかしら」

ガチャン！

おっと、私ともあろうものが、カップとソーサーをぶつけてしまうとは。

「え、ええとキャロル、急になんのお話……？」

「実は昨日読んでいた本にね、キスは何よりも甘いものだって書いてあったの。でもキスって唇と唇を合わせるだけでしょう？　それが甘いって、どういうことなのかと思って」

本好きのキャロルは少し天然でそんなところも可愛いのだが、ときどき突拍子もないことを口にする。

「キャロルったら、また急におかしなことを言いだして……」

「たとえばリンダは、誰かとキスしたことってある？」

「あるわけないでしょう？　婚約者だってまだいないのに」

「それならグレースは？　セドリック様とキスをしたことはある？」

「何を言ってるのよ、キャロル。私とセドリック様は、まともにお話をしたこともないのよ。親同士で勝手に決められただけの婚約者だもの。それにたとえ婚約していても、未婚の身で殿方と口づけをするなんてはしたないわ」

……なぜだろう、私もグレースと同意見のはずなのに、ものすごく罪悪感を覚えてしまう。原因はもちろん、夢の中のジュリアス様と何度も何度も口づけをしてしまったせいだ。しかも、ものすごくディープで大人なキスを。

あれはただの夢で、現実の私はファーストキスだってまだだ。でも夢の中では、たった二晩でもう何度したかわからないくらいのキスをしてしまった——だけでなく、あの感触も味も、しっかり思い出せてしまうのだ。

夢って、もっとぼんやりしているものじゃなかったっけ？　でもあの夢の記憶はすごく鮮明で、味も匂いも感覚も、目覚めた今でさえはっきり思い出せてしまう。そのせいで、現実にはキスは未経験なのに、キスというものがどんなに甘くて素敵なものか、よく知った気になっている。

唇をそっと合わせるだけでなんだかふわふわして、そのまま舌を絡められると、甘く痺れるのだ。そのうえ互いの唾液《だえき》が混ざったものを飲み下すと、なぜかうっとりするほど甘く感じられて……。

「何を馬鹿なことを考えているのよ。本当に呆《あき》れてしまうわ。クラウディアも、そう思うでしょう？」

「えっ!?　え、ええ、そうね！　そう思うわ！」

危ない、危ない。思いっきり思考がジュリアス様に持っていかれていた。そのせいで、適当な返事をしてしまったが——。

「やっぱりそうよね……。だけど、シモン様ったら完全に私を妹扱いなんだもの。だから不意打ちでキスのひとつでもしてみたら、私のことをひとりの女性だと意識してもらえるんじゃないかと……」

いつの間にかシモン様を好きなキャロルの恋愛相談になっていたようだ。攻略対象のシモン様とキャロルは幼馴染み同士で仲がいいが、シモン様はゲームの開始時点でキャロルを妹のような存在としか思っていない。でもキャロルはずっとシモン様を好きなので、絶賛片想い中なのである。

私は最難関のジュリアス様ルート一択だったから、ほかの攻略対象はほったらかし状態だった。そのため、ライバル令嬢たちは勝手にどんどんカップル成立していった。

つまり、きっかけさえあればちゃんとそれぞれカップルとして成立するわけで、キャロルには十分な可能性があるということだ。

幼い頃からずっと一途《いちず》にシモン様を想っているキャロルには是非ともシモン様と両想いになってもらいたい。そのためになにか、私が手伝えることはないだろうか――。

と、そのときあることを思い出す。

「ねえキャロル、そういえば貴女この前、傷ついた小鳥を見つけて助けてあげたと言っていたわよね？　その話、シモン様にもした？」

「いいえ、していないわ。でも、どうして？」

「シモン様って物作りが得意だと言っていたでしょう？　それなら小鳥の怪我《けが》が治るまでの小屋を作ってもらったらいいんじゃないかと思ったの」

「小鳥の小屋を？」

「ほら、男性って頼られると嬉しいものだってよく言うじゃない？」

「そういうものかしら……？」

本当は小屋がどうっていうよりも、動物が大好きなシモン様がキャロルが動物に優しいところを知れば、ふたりの関係がもっと早く進展するんじゃないかなと思ったのだ。

ちなみにシモン様が動物好きだという情報は、ゲームのジュリアス様が夢の中で話してくれた。

私自身はジュリアス様ルートしかしたことがないから他の攻略対象の情報はあまり知らないのだが、友人想いのジュリアス様は、夢の中でよく攻略対象の話を主人公にしてくれたのだ。

「せっかくなら、一緒に小屋を作ったらいいのよ！　共同作業をすると仲が深まるっていうし！」

「クラウディアもリンダもすごいわ……！　そんなの、私ひとりでは絶対に思いつかないもの」

瞳を輝かせるキャロルに、グレースが呆れ顔で言う。

「はあ……キャロル、貴女ね、いい友だちがいて本当に良かったわよ？　ある意味でものすごく純粋だからなのでしょうけれど、無理やりキスをして異性に意識させようだなんてそんなはしたないこと、考えるだけでも淑女らしからぬ、とっても良くないことなのよ。ねえ、クラウディア？」

「えっ!?　え、ええ、そうね！　本当にそう思うわ……」

そう答えた私は、自然に笑えているだろうか。だがそこは、「淑女の鑑」と言われるクラウディア・リーゼンフェルトである。きっと、完璧な笑顔を返せているに違いない。

――まあ実際にはこのグレースの言葉により、昨夜あんな破廉恥極まりない夢を見たのはやはり淑女としてありえないことなのだと改めて痛感したとともに、だがその間にも昨夜のジュリアス様の裸体と色気だだ漏《も》れの微笑が何度も意識の端にチラついたせいで何ともいえぬ羞恥心《しゅうちしん》と罪悪感に悩まされることになったわけだが。


そしてまた、夜が来た。

二日連続で、ジュリアス様が夢に現れた。初日には夢の中でファーストキスを奪われ、二日目には夢の中で純潔を散らされ、中出しまでされてしまったのである。断じて、三日連続出てきていただくわけにはいかない。

――とはいえ、こうしてベッドに寝転がっただけで昨夜の夢を思い出して少し変な気分になってしまった。なんてことだ。あの行為を少し思い出しただけで、身体が疼《うず》いてしまう。いわゆる「ムラムラする」というやつだ。

夢は私の願望の現れ。それならこの状態で寝たら、欲求不満でまたああいう夢を見てしまいそうだ。ならいっそ、自分で先に発散してしまえば――。

はっ！　そうだ、それがいい！　先にすっきりしちゃえば、あんな危険で破廉恥な夢を見ることもないはず！

「自慰《じい》」という行為は知っている。でも、もちろんこれまでしたこともないし、する予定もなかったのでやり方も知らない。だから正直、ちゃんと出来るかわからない。

だけど要するに、自分で自分の身体を触って、昨日みたいに気持ち良くなればいいのよね？　それなら夢の中でジュリアス様に触られて気持ち良かったところを触れば――うん、たぶん達《イ》けそうな気がする!!

ものすごーく恥ずかしいが、そおっとネグリジェを捲《まく》り上げて、まずは両胸に触れてみる。ジュリアス様の触り方を思い出し、たくさん舐められた感覚を思い出しながら触ると、わりとすぐに気持ち良くなってきた。まあ、夢の中ほど気持ち良くはないけれど。

そのうち、下の方がじんじんと疼き出して、とろりと中から蜜が漏れてくるのを感じる。それで片手をそっと下に持っていくと……わあ、本当にちゃんと濡れてる！

その蜜を割れ目全体に伸ばすように撫でてやるとゾクゾクっとして、もっと蜜が溢れてきた。そのまま敏感な芽のところにも優しく塗《ぬ》り込んでみると強い快感と――浮かんできたのは、ジュリアス様のあの優しい笑顔。あっ……もう、来る――！

「んんっ――!!」

ぱんっ！　と弾けるような感覚。思いのほか、簡単に達《イ》けてしまった。全身が脱力して、心地よい倦怠感《けんたいかん》に包まれる。

まもなく重たい眠気に一気に襲われる。ああ……きっとこれで――大丈夫。すごーくスッキリした気分だし――このまま……普通の夢を――……。


「クラウディア」

――またお前か。

「ジュリアス様……どうして……」

「ひどいな？　もう三日目だし、毎晩来ると昨日ちゃんと伝えておいただろう？」

「ですが……私は今日はもういいんです。ちゃんと自分で処理したから、すっきり寝つけたんです。だから今夜は、欲求不満ではないはずなのに……」

「……自分で処理？」

笑顔なのに、背筋がゾクっと凍《こお》るようなどこか凄《すご》みのある表情を浮かべるジュリアス様。

「なんだクラウディア、我慢《がまん》できなくなって、先に自分だけで気持ち良くなっちゃったのか？」

「そ、そんな妙な言い方はよしてください！　ただ私は、自分が欲求不満だからこんな破廉恥な夢ばかり見てしまうのだと思って、自己解決を――！」

「君が欲求不満かどうかなんて、関係ないよ？」

「えっ？」

「君を身体から落とすって、そう言っただろう？　君が私に夢中になって、私なしでは生きられなくなるまでは、毎晩抱きにくるからね。無駄《むだ》な抵抗はよせ」

「なっ――!?」

「ああ、もちろん私なしでは君が生きられなくなったら抱きに来なくなる、ってわけじゃないから安心して。ただその頃には……もう夢の中ではなくて、現実の君を好きなだけ抱けるだろうから、ね」

おおう、なんてことを仰るのだこの夢の中のジュリアス様はっ！　こんな激甘超肉食系が私の望むジュリアス様なのか!?　そんなはず……!!

――いや、まあ正直、こんなふうに熱烈に求められるのも悪くないかな……なんて思っちゃっているってことは、やっぱり私の趣味なのかもしれないけれども。

でもそうなると今度は、こんな夢を勝手に見ていることが現実の清廉潔白《せいれんけっぱく》なジュリアス殿下に申し訳なさすぎるのですが……。

「ねえクラウディア、今日は少しお仕置きをしないといけないね？」

「は……い？　お仕置き、ですか……？」

「そうだよ？　私は君との交わりを丸一日死ぬほど楽しみにしていたのに、君は先にひとりで気持ち良くなっちゃったんだからね」

「いや、丸一日って……貴方は夢の中の登場人物に過ぎないのに……」

「さあ、どうだろうね？」

どうだろうって、いったいどういう――……。

「ってことで……今夜も、いっぱい気持ち良くなろうね？」

ですけどねっ!?

……？　お仕置きするんじゃないのか……？　って、お仕置きされる謂《い》われはまーったくないん

そうして気づけば今夜も美しい草原から私の部屋のベッドの上に移動していて、またしても夢の中マジックでお互い一瞬で全裸状態。そして何の躊躇《ちゅうちょ》もなく私の上に覆い被さってきたジュリアス様は、私にすぐさま深くて甘いキス――。

深いキスに、全身がぞくぞくと震える。だめだ、抵抗する気なんて既に少しも湧《わ》かない。せっかくすっきりしてから寝たはずなのに、この艶《なまめ》かしく魅惑的なキスで先ほど以上に身体がじんじんと疼き出す。

そのまま優しく胸のふくらみを愛撫《あいぶ》され、私はすっかりされるがままだ。そもそも、夢の中で逃げ出すことの無意味さは既に理解しているし、正直言って、こんなに気持ちいい行為から逃げ出したいなんて微塵《みじん》も思っていない。

「ああっ――ジュリアス様ぁ……」

「もうすっかり蕩《とろ》けた表情だね、クラウディア。ああ、うっとりするほど可愛いよ」

甘いキスをちゅっ、ちゅっと身体中に落とされて、その感覚にすっかり酔《よ》わされる。

あとは昨日みたいに一番奥まで貫かれて、いっぱい打ちつけられて、中にもいっぱい熱いのを出されたらすごく気持ちいいだろうなあ……って、何考えているんだ私っ!?

自分のヤバすぎる思考に羞恥に染まるが、あれからもう随分と長いこと愛撫されていて、胸も執拗なまでに舐られ、優しく喰まれ、揉みしだかれているというのに――今夜のジュリアス様は一向に下の方には触れてこない。

「んんっ……どうして――」

「どうしたの、クラウディア？」

恥ずかしくてはっきりと口には出せない。だけど、触れてもらえないことでなんだかもどかしくてたまらないその部分に、私は思わず視線を落としてしまう。

「――ああ、可愛いクラウディア。清廉な君が自分から私を求めてくれるなんて、嬉しいよ。だけど、これはお仕置きなんだ。だから、私からは触ってあげない」

「……お仕置き？」

「そうだよ。君は今日、自分ひとりで気持ち良くなってしまったんだろう？　それなら――今日は君からちゃんとおねだりしないと触ってあげないし、中にも挿れてあげない」

「えっ」

「でも安心して？　可愛い君を本気で困らせたいわけじゃないし、私だって本当はすぐにも君の中に入りたいからね。だから――何をしてほしいかちゃんと自分で言えたら、すぐにしてあげるよ」

「さっきみたい……に？」

「私にされたいことを全て素直に言ってごらん。どこに触ってほしいんだ、愛しいクラウディア？」

ぶわっと顔が熱くなる。いくら夢の中だからって、そんなことを自分から言うなんて、恥ずかしすぎる――！

「そんなに顔を真っ赤にして、どうしたの？　ほら可愛いクラウディア。簡単だよ？　どこを触ってほしいか私に教えてくれればいいだけだ。でも言わなかったら……ずっとこのまま」

甘いキスと胸などへの刺激で下半身はますます疼きがひどくなる。それなのに一向に触ってもらえないというその事実が、さらに強く私を渇望《かつぼう》させる。

自分からなんて、言えるわけない。でも、ずっとこのままなんて……。

もどかしさが、さらに強くなる。それとともに、羞恥心や理性がぼんやりと曖昧《あいまい》になっていく。

ジュリアス様に、触れてもらいたい。触ってもらえたらこのもどかしさは消え、代わりにとっても気持ち良くなれるだろう。

そう、ただ口にすればいいだけなのだ。ただ、それだけ。第一、これは全部夢の中のこと。

……ああ、そうだ。これは全て、夢なのだ。それなら——。

「ジュリアス様……」

「なんだいクラウディア」

「ここも——触ってください」

「どこ？」

「この……いっぱい濡れてるところ……」

こんなことを言うのも、自分からこんな風に股を開いて見せるのもありえない。それなのになぜかジュリアス様の声を聞いていると頭がふわふわしてきて——。これも、夢の中だから……？

「——ああ、すごく濡れてるね。すごく……煽情的だよ。でも君のここは、どうしてこんなに濡れてるのかな？」

「それはっ——！　……それは、ジュリアス様の熱くて硬くて大きいのをここに挿れていただくため……です」

刹那、ジュリアス様の瞳がはっきりと揺れる。

「――ああクラウディア、それは反則だよ」

「えっ？」

「君は、おねだりがうますぎる。そんな風に君にねだられたら、私はこの世界の全てだってすぐさま君に差し出してしまうだろうね」

ジュリアス様はそんな大袈裟《おおげさ》なことをとても真面目《まじめ》な顔で言ってから私に優しく口づけ、そして微笑んだ。

「うまくおねだりできた可愛いクラウディアには、ご褒美《ほうび》をあげる」

ジュリアス様の指が私のあそこを優しく撫で、そしてそのまま中へと一気に侵入する。

「ああっ――はあん……！　すごく――気持ち……いいっ!!」

ようやく与えられた刺激は、想像以上の愉悦《ゆえつ》を呼び起こした。中に差し込まれた彼の指の動きの全てから、恐ろしいほど鋭敏に快感を拾ってしまう。

ダメだ、気持ち良すぎる。良すぎて、腰が勝手に動いてしまうのだ。彼に、もっと触ってほしい。そしてもっと……もっと奥まで、かき混ぜてほしい。

「ジュリアス様、もっと……！　奥が、すごく疼いて……だから、貴方がほしいの……！」

「……!!　――ああ、もう無理だな。もっと焦《じ》らすつもりだったのに。そんな可愛いことを言われてしまったら、私のほうがもう我慢の限界だ」

指を一気に引き抜くとそのまま私の両膝《りょうひざ》を優しく掴《つか》んで、大きく左右に開く。そしてその真ん中に彼の熱い熱棒をぐんと突き立てると――。

「ああんっ——!!」

目の前に星がチラつくほどの衝撃と快感に、全身が悦《よろこ》びに震える。

ああ、なんて気持ちいいんだろう。彼のものが私の中をいっぱいに満たしていて、そしてぎゅっと外からも包み込まれて、驚くほどの安心感に包まれる。

こんな特別な感覚、私は他に知らない——。

そのまま腰を打ち付けられ、熱く深く口づけられて……そのすべてから狂おしいほどの悦びを与えられた。そうしてまもなく、私たちはふたり一緒に絶頂を迎えた。

「「あああっ——!!」」

彼の熱い飛沫《ひまつ》に最奥が濡らされるのをはっきりと感じながら、私たちは深く繋がったまま抱き合った。

夢の中だというのに、それに本当には一度も経験したことのない行為のはずなのに——その感覚はあまりにも鮮明で、あまりにも気持ち良くて……。

「クラウディア……ああ、なんて幸せなんだろう。愛する君をこの胸に抱き、君が自ら私を求めてくれるとは。こうして君を落とすために君を抱いては、私の方が底なしの沼にはまっていくような気がする。これでは、ミイラ取りがミイラになるようなものだ」

そんなことを言いながら美しく微笑むジュリアス様をぼおっと見つめながら、胸が痛いほどにときめいて——これは本当にだめだな……と思う。

だって、ジュリアス様はそもそも私の最推しなのだ。そんな人からこんな溺愛モードで愛されて、嬉しくないわけない。

こんなの……どんどん諦められなくなってしまうじゃない。

婚約をすることもなくなった現実の私とジュリアス様には、本当になんの関わりもなくなってしまったというのに。

「……クラウディア？」

「えっ？」

「どうしたんだ？　急に、そんな悲しそうな顔をして」

「……いえ。ただ——これが全部、夢でなかったらいいのにと、そう思ってしまって」

「クラウディア……！」

「夢の中だから言いますが、自分から婚約のお話をなかったことにしていただいたくせに、こうして貴方に夢の中で深く愛されてしまうと……深く後悔してしまうんです。主人公の子がジュリアス様ルートだって確定してから婚約破棄していただくのでもよかったんじゃないかなとか……」

「それなら、まだ遅くないだろう!?　やはり私と婚約したいと君から君のお父上に言ってくれさえすれば、すぐにでもまた——！」

妙に真剣な表情でそんなことを言う夢の中のジュリアス様が可愛くて、思わず笑ってしまう。そして、そんなジュリアス様を見つめながら、私はいっそうある思いを強く感じてしまう。

「ですが……全部、夢だからいいのかも」

「……どういうことだ？」

「夢の中なら、全てが私の願望通りに進みます。正直こんな恥ずかしい夢ばっかり見て、それが自分の願望なのかと思うと自分でもショックですが……でも、実際に私はこの夢をとても幸せな夢だと思っている。この夢の中にいる限りは、ジュリアス様は私の理想のジュリアス様だわ。きっと、無条件に私を愛してくださるし、いつまでも心変わりされることもない。ずーっと、ただ甘くて優しくて……私だけを求め、深く愛してくれる。でも、現実は――そうはいかないから。現実のジュリアス様は、きっと私になんの感情も抱いてらっしゃらない。だって現実の世界では私たち、会ったことすらないんですよ？　だから婚約者になれても、夢の中とは違ってジュリアス様に冷たくされたら、私はきっとすごく辛《つら》いと思うの。だったらやっぱり――こうして夢の中の貴方だけを見て、いつまでも幸せな夢を見ていたいわ」

ジュリアス様は、とても悲しそうだ。でも……仕方ないじゃない。いくらジュリアス様のことが好きでも、ギロチンの処刑エンドは怖すぎるし、それ以上に――いまさらジュリアス様に冷たい眼《まな》差《ざ》しを向けられるなんて、辛すぎて耐えられない――。

するとジュリアス様は少し切なげに微笑むと、ぎゅうっと私を抱き直し、そっと額に口づけた。

「……それでもいいよ、私の可愛いクラウディア。だがそれなら――夢の中だけでも、私に本気で恋をしてくれ。ほかのことなんてどうでもよくなるほど、盲目的《もうもくてき》に。そうしたらいつか夢と現実が曖昧になって、現実の私のことも諦められなくなるかもしれないからね？」

「なかなかに恐ろしいことを仰るのですね、私の夢の中のジュリアス様は。それが一番怖いのだと、何度も申し上げているのに……」

彼は何も答えず、私に優しくキスをした。そしてそのキスで急にふっと意識が遠のき、次に目を開けると――朝だった。

◆　◆　◆

ああ……また、凄い夢を見てしまった。

ついさっきまで完全に裸で、下は深く繋がったままジュリアス様に抱きしめられていたのだ。それなのに目を開けた瞬間、すごくお行儀よく仰向けに横たわっている。もちろん、しっかりと（スケスケじゃない）普通のネグリジェを着て。

これは、いったいどういう症状なのだろう？　「淫夢《いんむ》」というのがあるのは知っているけれど、それってこんなにリアルなものなのだろうか。

それにしても、これが私がストーリーを改変しようとした副作用、あるいは、ゲームのストーリー補正のための強制力だとしたら……私がどうあがいてもこの夢を見続けてしまうということ――？

もしかしてあれは「ドリームリンク」を使い私の夢に入ってきた本物のジュリアス王太子殿下ではないか、なーんて馬鹿なことも考えたのだ。でもそんなの、ありえないとすぐに気づいた。だって私が転生したのは「悪役令嬢」。どこの世界に、悪役令嬢の夢に自ら入ってくる攻略対象がいるのだ。

そうでなくてもジュリアス様は、オープニングムービーの中でも五人の中でもっともこの「遊び」に乗り気ではなかった。それはそうだ、ジュリアス様は女性に対し、ゲーム開始時点で全く興味がない。友人たちに「ただのおふざけなんだから」と強引に承諾させられなければ、指輪があってもそもそも主人公の夢に入ってみることすら、絶対に試さなかったはず。

つまりそんなジュリアス様が、自分との婚約を拒絶した見ず知らずの女性《わたし》の夢に「ドリームリンク」を使って入ってくるなんて、到底ありえないのである。

それ以前に、夢の中のジュリアス様は現実のジュリアス王太子殿下とはかけ離れているようだ。実際に殿下に会ったというリンダの話を聞く限り、現実のジュリアス殿下はゲームの中の設定に忠実で、女性に全く興味のない紳士的で少しクールすぎるほどの男性のようである。

それに比べて、私の夢の中のジュリアス様は最初から私に超甘々の溺愛モードだ。いつもうっとりするほど甘い笑顔で私を見つめてきてすぐに優しく抱き寄せて、クールとは全く無縁の熱く激しいキスをしてくれる。そしてそのままもっと熱く激しく甘いいろんなことを――。

ということはやはりあの夢はゲームの強制力が見せているという線が一番濃厚なのだろうけれど……ああ、ダメだ。こんな幸せな夢を見られるなら、全然アリじゃない？　別に強制力が働いていてもよくない？　って思っちゃった私は、既に相当ハマっちゃっているのかも。

◆◆◆

そんなこんなでそれからも私は毎夜毎夜夢の中でジュリアス様に抱かれ続けた。前世から最推しだったのだ、そんな彼に糖蜜よりも甘い愛の言葉を延々と囁かれながら抱き倒されて、身も心も彼に堕《お》ちないはずもなく、私はいまや本気で夢の中のジュリアス様に完全に恋している。

だからといって現実世界のジュリアス様とお近づきになりたいとは少しも思わなくて、むしろできることなら一生会いたくないと思っていた。

——だって実際に会ってしまったら、私の夢が壊されてしまうかもしれないから。

そもそも、私の夢の中のジュリアス様は、その容姿から完全に「想像上の産物」だ。私が知っているのは前世でやっていたゲームの中の二次元ジュリアス様であって、三次元化したジュリアス様には一度も会ったことがなく、夢の中の彼は私の脳が勝手に作り出したものだから。

つまり現実世界の三次元ジュリアス様は、夢の中の私の理想のジュリアス様とはかなり違うかもしれないってことだ。

でも正直、それ自体はたいした問題じゃない。むしろ、私の夢の中のジュリアス様に現実のその人が少なからず似ているほうが怖い。そんな現実世界のジュリアス様に出会って、冷たく接されることのほうがはるかに恐ろしかった。

ファンがアイドルからコンサートでファンサを受けてすっかり舞い上がって、自分は彼にとって特別なファンのひとりになれたんじゃないかって勘違《かんちが》いをするみたいな感じに似ている。

で、勝手に思い上がっている分には幸せでいいんだけど、なまじ街中でそのアイドルに会っちゃったりすると「ずっとファンなんです！」って伝えたとしても、よくて「そうなんだ！　応援ありがとー☆」、あるいは「あ、そうなの？　どうも～（仕事でもねーときに笑えっかよ）」てなもんでしょ!?

こんな（あるいはそれ以下の塩）対応をジュリアス様にされたら私、絶対に立ち直れない。

第一、夢の中ではあんなに夢のような（っていうか本当に夢だけど）幸せな時間をいっぱい過ごしているのに、いまさら「はじめまして、ジュリアス王太子殿下」なんて言うの、辛すぎるもの……。

ってことで私は自分の幸せな夢を守るため、現実世界のジュリアス様との遭遇《そうぐう》を避けることに全力を注いだ。具体的には、少しでも王太子殿下の参加する可能性のあるような上位貴族の集いへの参加をとにかく回避しまくったりしたわけである。

加えて、現実世界のジュリアス様の情報も極力耳に入れないように努めた。だって、いくら夢と現実のジュリアス様が別人だとしても、好きな人の恋愛話とか婚約の話とか、やっぱり、聞きたくないもの。

まあそれでも、ときには危《あや》うい状況に陥ったり、聞きたくもないことが耳に入ってしまったりすることもある。この日のお茶会が、まさにそうだった。

この日はミーナの家、つまりは攻略対象であるマリウス様の実家であるロッシュ家でのお茶会だった。本当は現実世界のジュリアス殿下と関わらないように攻略対象たちとも全く関わりたくないのだが、ミーナはマリウス様の義理の妹であり、大切な友人のひとりである彼女を悲しませたくない。それでこの日、私はできる限りの警戒をしつつ、ロッシュ伯爵邸へと赴《おもむ》いたのだ。

「実はね！　今日の飾り付け、マリウス義兄様《にいさま》にも少し手伝っていただいたんだけど、アイデアをくれたのはカフェの店員さんなの」

「カフェの？」

「そうなの！　実はそのカフェ、お義兄様がとてもいいカフェだったと教えてくださったんだけど、そこにとても可愛くて素敵な店員さんがいてね。私、その子の大ファンになっちゃったの！」

「あら、ミーナがそこまで言うなんて珍しいわね？　いつも『私が一番可愛いんだから、一番甘やかされて当然！』みたいな貴女がねえ？」

グレースが少し皮肉っぽい言い方で揶揄《からか》うと、ミーナは少し恥ずかしそうに笑いながら言った。

「その……私も最近少し反省したのよ。確かに私は可愛いけど、だからって我が儘を言っていい理由にはならないものね。実はそれも、その店員さんを見ていて思ったのよ。その子って明るくてすごく可愛いのに、いつでも他人《ひと》に親切で優しいの。それも、よくいる異性にだけいい顔をする子じゃなくて、同性のお客さんにもすごく気さくで丁寧《ていねい》で、おしゃべりもとっても楽しくて！　彼女を見ていたら、あんな女性に私もなりたいなあって……」

グレースじゃないが、ミーナがここまで言うなんて本当に珍しい。ミーナは本当に可愛くてずっと甘やかされていた子だから少し自己中で我が儘なところもあった（でも妹可愛いので許せちゃう）のだが、確かに最近そういうところを見なくなっていた。きっと、そのカフェの店員さんの影響なのだろう。

カフェの店員さん、か。そんなに可愛くて、明るく優しく、ライバル令嬢の心さえがっつり摑んでしまうような素敵な女の子なんて、考えなくてもわかる。それはきっと――。

「ねえ、そのカフェって、なんて名前なの？」

「『カフェ・セントラル』よ。とても有名なカフェだから、皆も行ったことがあるんじゃないかしら」

――やはり、そうか。そのカフェこそ、ゲームの主人公の働くカフェ。つまり、ミーナの心を摑んだその可愛い子というのは、まず間違いなく「主人公」である。

実際に出会ったわけでもないのに、「主人公」が確かに存在する、その事実を理解しただけでなんだか胸が苦しくなった。

「また今度、皆で行ってみない？　そこのカフェ、ケーキも本当に美味しいんだから！　それに皆にも是非、あの子を紹介してあげたいし！」

「いいわね、行きましょう！　そんな子なら、私も是非一度会ってみたいわ！」

「私も！　できるだけ、早く行ってみたいわよね！」

皆は行く気満々のようだが、私はどうしても気が進まない。それで、思わず先日ジュリアス殿下と会わずに済むように使った「仮病」をまた言い訳にして、しばらくは自分は難しいだろうと伝えた。

先日、王宮で働くリンダが私たちに王宮の中の騎士訓練場を見学させてくれるという話があったのだが、万が一にもジュリアス殿下と会いたくない私は、当日仮病を使ったのである。

リンダには悪かったが、しかしこの選択は正しかった。あとでお見舞いに来てくれた皆の話では、なんとその場に本当にジュリアス殿下が来たというのだから。

予定外の訪問に騎士団の方々も驚いていたそうだけど、なぜか殿下はそのとき「リーゼンフェルト公爵令嬢は来ていないのか」と尋ねられたそうだ。もしかすると事前に私が王宮に来ることを知った殿下は、婚約者候補の話が来たのに自分を拒絶した私の顔を一度見ておいてやろうと思ったのかもしれない。

まあ真偽《しんぎ》の程はともかく、仮病を使って本当によかったと安堵《あんど》したわけだが……あれからまだそれほど日が経《た》っていないので、まだ本調子ではないから私は遠慮しておくと言うと、それなら私が回復してからまた皆で行きましょうとの話になってしまった。

まあ、すぐに行くのを阻止できただけいいとしよう。それにまたどうしても例のカフェに行くことになってしまったら、再び仮病でも使えばいい。そんなことを考えていると。

「それにしても、ジュリアス殿下って本当にお美しい方だったわよね！　直接お会いしたのは初めてだったけれど、忘れ難い美しさだったわ！」

ミーナが感嘆の声を上げると、皆がそれに同調した。

「でも、女性に興味がないというのは本当のようね。所作も本当にお美しくて、私たちにも丁寧にご挨拶《あいさつ》くださったけれど、クラウディアのことをお尋ねになった以外は本当に何もなく、そのまますぐに行ってしまわれて」

「王都でも特に有名な美人が四人も揃っているのにねえ？」

リンダは少しおどけた調子でそう言ったが、私を含むこの五人組がこの王都どころかこの国でも有名な美人令嬢たちなのは事実だ。そんな四人を前にしてもほんの少しも興味を持たないだなんて、ジュリアス殿下は本当に女性に興味がない——いや、もしかすると、既に主人公といい関係になっているからこそ、そんな態度だったのかも……。

そんな嫌な予感に、勝手に胸が苦しくなった。しかし、なんとも馬鹿な話だ。自分がストーリーを改変したことで、今の私はジュリアス殿下の婚約者でもなんでもないのだ。それなのに、ジュリアス殿下が主人公と親しくなっていってるかもしれないその事実を想像して、勝手にこんなに胸が苦しくなるなんて。

ああ、やっぱりあの夢は、ストーリー補正のための強制力が見せていたのだと改めて痛感する。そしてそれが、大いに効果があったということも。だって婚約阻止したのに、あの夢のせいでしっかり私はジュリアス様のことを愛してしまったし、もし私が前世の記憶さえ取り戻してなければ、主人公への強い嫉妬心で恐ろしい考えを抱いてしまっていたかもしれないもの。

不意にキャロルが少し言《い》い淀《よど》んでから、再び口を開いた。

「その、本当は勝手に話していいのかわからないんだけど……ジュリアス殿下はそういうのではないみたい」

「「「えっ？」」」

「ほら、皆のアドバイスのお陰で、前よりもシモン様が私と一緒に過ごしてくれる時間が増えてるって、そう言ったでしょう？　最近はそれだけじゃなくて、いろんなお話をしてくださるの」

キャロルは私たちのアドバイスに従って傷ついた小鳥のための小屋をシモン様と一緒に作ってから、かなり良い関係になっているようだ。

たぶん、ここのカップル成立はもうまもなくだろう。そのことを素直に嬉しく思う気持ちとともに、本当にほんの少しだけ、胸がきゅっと苦しくなる。

だって、このふたりがカップルになるということはつまり、少なくとも主人公はシモン様を攻略しなかったということだから。

……はあ。大切な友だちの喜ばしいことなのに、こんな感情を抱いてしまう自分が嫌になる。やっぱり私には「悪役令嬢」の素質があったのかも。だとしたら、やっぱりこれで良かった――。

「ジュリアス様ね、どうも心に決めた方が既にいるらしいの」

「……えっ？」

「最近はその方とよく会っているみたいで、これまでにないほど幸せそうだから見ているこちらまで嬉しくなると、シモン様が本当に嬉しそうに仰ってたわ」

――心に、決めた方。

「だからね、殿下は女性に興味がないのでも、女性恐怖症でも男色家でもなくて、ただ本当に愛する方だけを想われる、一途な方だったんだと思って。大好きな皆には、そのことを知っていてもらいたかったの」

「ねえ、お相手の方がどなたかは聞いた？」

リンダの質問にキャロルは首を横に振る。

「それならまだ女性に興味がないことの証明にはならないわよ？　だってもしかしたら、お相手が男性――」

「もうっ、リンダったら変なことばかり言って！」

明るい笑い声が、ティールームに響く。きっと、私もちゃんと笑えているはずだ。だけど頭の中は真っ白で、何も考えられなくなっていたけれど。

その日の夢では、私があまりに元気がなかったせいで、ジュリアス様をすごく心配させてしまった。だからって、現実世界のジュリアス殿下が主人公といい関係になってきているらしいという噂を聞いてしまい落ち込んでいるだなんて、夢の中のジュリアス様には言いたくなかった。

理由を話せないままでいると、ジュリアス様はそれ以上なにも聞かず、ただずっと私を甘えさせてくれた。私をとても優しく抱きしめて、甘いキスだけを何度も、何度も。

おかげで、次の日にはすっかり元気になれたのだ。だって、私が愛しているのは現実のジュリアス殿下ではなく、夢の中のジュリアス様だから。

夢の中のジュリアス様は何があっても私を愛してくれて、ずっと大切にしてくれる。ジュリアス様の優しさと愛に触れていると、不思議なほどにそれを確信することができるのだ。

そんな感じで私はただの一度も現実世界のジュリアス殿下にも主人公にも遭遇することなく、ただ夢の中の愛しいジュリアス様からの愛を一身に受ける日々を過ごし続けた。

そして私の作戦は、どうやら想像以上に上手《うま》くいってしまったようだった。

◆◆◆

私は「王宮の舞踏会の招待状」を片手に、大きなため息を吐いた。

なんと、もうこの時が来てしまいましたか。

これはつまり、ゲームのエンディングイベントで主人公が攻略対象の誰かと親密度ＭＡＸになったということだ。そしてルートは――。

『此度《こたび》の王宮舞踏会は、ジュリアス王太子殿下のご婚約を記念して開催されます』

――盛大なる、ネタバレ。一行目から、あんまりなネタバレ……。

私は、じわあっと涙が溢れてくるのを感じた。

はあ……。わかっていたことなのに。むしろ、「よかったあ！」と安心すべきところのはずじゃないか。だってやっぱり主人公は、ジュリアス様ルートだったのだ。もしこれで私が普通にジュリアス様と婚約していたら、悪役令嬢クラウディア・リーゼンフェルトはよくて国外追放、悪ければギロチンの運命だったたってことじゃないっ――!!

あのときジュリアス様と婚約せずに済んだおかげで、私はなんの問題も起こさないまま、品行方正な完璧令嬢として今なお穏やかに生きている。そして、ごく普通にこうして舞踏会への招待状も来たのだ。もし今、私が悪役令嬢のクラウディアなら招待状が届かず「どうして婚約者である私に招待状が来てないのよ!?」ってなって、ひと騒動起こしているはずの場面だもの。

そう、私は完璧にこのストーリーから退場できたのだ。だから、本来であれば悪役令嬢だった私は、ごく普通のモブな美人公爵令嬢として、この国の王太子殿下の婚約記念舞踏会に参加することができる。でも……。

どうにか、欠席できないだろうか。

――わかっている。こんなに大切な舞踏会、リーゼンフェルト家の一人娘である私が欠席するなんて簡単には許されないだろう。でも現実世界のジュリアス殿下に、どうしても会いたくないのだ。会って、夢の中のジュリアス様と全然似てなかったら、少しは平気かもしれない。

だけどもし私の夢の中のジュリアス様によく似ていたら……きっと私、耐えられないわ。

私は急ぎ、父の執務室へと向かった。

侍女のケイティが私の来訪をお父様に告げるとすぐに入室が許可されて、私が入室すると執務机からぱっと顔を上げて笑顔を浮かべる父の姿が目に入った。

「お父様」

「クラウディア、ちょうど良かった！　ちょうど今、お前を呼びに行かせようと思っていたのだ！　舞踏会の件で――」

「お父様……！　どうか、今回の王宮での舞踏会を欠席させてください！」

「えっ!?　だ、だがクラウディア、それは不可能だ」

「お願いいたします、お父様！　ほかのことなら何でもします！　でもこの舞踏会にだけは、どうしても行きたくないのです！」

お父様は驚きと困惑の表情を浮かべているが、それから申し訳なさそうに私に言った。

「クラウディア、私はお前のことを目に入れても痛くないほど愛している。だが、いくらお前の頼みであっても、今回だけは断れぬのだ。なぜなら、これは王命なのだよ。招待されたものは、なにがあっても全員参加せよとのご命令だ」

なに、王命……!?　それを断るなんてことは、確かにいくら父が公爵であってもよほどの理由がない限り不可能だ。娘が駄々をこねたからなんて理由は、ここで通用するはずがない。つまりこれも、ゲームのラストでメインキャラを全員揃えるための強制力――。

「それに舞踏会で着るための特別なドレスまで、わざわざ王宮からお前宛に届いているのだ。すごいものだな。招待客のためにわざわざドレスまで準備するなど、聞いたことがない」

なんですって!?　――ああ、わかった。やはりこれも、ラストシーンのためだ！　キャラデザとかいろんなもののバランスを考えて、完璧なものが予《あらかじ》め用意されるということ。

どうやらもう、逃げ道はないようだ。仕方ない。こうなったらもう、参加するほかない。

となるとあとは、できるだけジュリアス様と直接対面しないよう頑張るしかない。心を無にしつつ、あくまでモブとして参加し、たった一晩だけ耐えればいいのだ。そうすればこの物語はエンディングを迎えるのであり、私はこのストーリーから本当の意味で退場できるはず――。

その日の夜、私はまたジュリアス様に思いっきり抱き倒され、甘く蕩けるような怠《だる》さを感じつつ、彼の腕に抱かれていた。

そうして私が幸せに浸っているときに、夢の中のジュリアス様は突然すごーく嫌なことを私に思い出させてきた。

「ところで、クラウディア。王宮の舞踏会の招待状は受け取った？」

「……まさか、夢の中のジュリアス様からその話を持ち出されるとは思いませんでした」

「では、もう受け取ったんだね」

「……ええ、残念ながら」

「――では、贈ったドレスももう見たかい？」

「ドレス……？　ああ、王宮からドレスが送られてきているということは、父から聞きましたわ」

「私が、心を込めて選んだんだよ？」

「えっ？」

「だから、気に入ってもらえると嬉しいな」

「ドレス……あっ――ふふっ！」

「どうしたんだ？」

「いえ！　それ、素敵な設定ですね！」

「設定⁇」

「今回の舞踏会は、ジュ……この国の王太子殿下の婚約記念の舞踏会ですから、すごーく行きたくなかったんです。夢の中のジュリアス様と現実の――その王太子殿下はまったく別人だとわかっているんですが、それでも……私は、ジュリアス様のことを愛してるから。いくら別人だとわかっていても、貴方にそっくりな方が私以外の人と婚約する現実を見せつけられるのが辛くて」

「クラウディア……」

「でも、そのドレスを選んでくださったのが夢の中のジュリアス様だと思いながら参加できれば、少しは楽しめるかもしれません。ねえ、夢の中のジュリアス様。王宮の舞踏会が終わっても、ちゃんと毎晩私の夢に出てきてくださいますか？」

「ああ……そうだね、君がそれを望むなら」

「では、望みます。だから夢の中だけは、いつまでも私のジュリアス様でいてください。――いいですか？」

ジュリアス様は優しく微笑むと、私に甘いキスをした。

第二章 ✦ 悪役令嬢は夢中

ついにやってきた、舞踏会《ぶとうかい》当日。結局私は完全にメインストーリーと無関係でいられたおかげで主人公の女の子ともまだ一度も会ったことがないが、今日ようやく会うことになる。

「お嬢《じょう》様っ!!　これ、本っ当に素晴らしいドレスですよ!!」

ほかの侍女《じじょ》たちと一緒に今日のドレスを持ってきてくれたケイティが、叫び声を上げた。

「こんなに美しいドレス、見たことがありません！　さすがは王宮からのプレゼントですね!!」

本気で感動している様子の侍女たちの姿を見て、思わずわくわくしてドレスケースを覗《のぞ》き込《こ》むと……。

「まあっ――！　本当に、すごく綺麗《きれい》だわ……！」

そこには想像した何倍、いや、何十倍も美しいドレスが入っていた。

アイスブルーとロイヤルブルーを基調《きちょう》とするその見事なドレスは、上部から裾《すそ》に向かって綺麗なグラデーションになっている。ベルスリーブと裾のドレープ部分には上品かつ華麗《かれい》なレースが贅沢《ぜいたく》にあしらわれていて、全体的には伝統的なスタイルを踏襲しつつ、流行のオフショルダーを取り入れ、ウエスト部分に上質なシルクの青いリボンが結ばれていることで、伝統と最新のトレンドを完《かん》璧《ぺき》に融合《ゆうごう》させているのだということに流行《はや》りに敏感《びんかん》な人はすぐに気づくだろう。

公爵令嬢《こうしやくれいじよう》として日ごろからドレスは最高のドレスメーカーに作ってもらっているけれど、それにしたってこんなに洗練《せんれん》された素晴らしいドレスは見たことがない。

「見てください、お嬢様っ!!　こんな、美しい宝石まで……!!」

ドレスとは別に、なんと装飾品《そうしよくひん》まで贈ってくださったようだ。驚きを覚えつつその箱を覗き込むと、予想をはるかに超える素晴らしいものがそこには用意されていた。

無数のダイヤモンドとパールが連なり、トップ部分にはひと目でわかるほど純度の高い最高級のサファイアが見たことのない大きさで煌《きら》めく、国宝と見紛《みまが》うばかりの豪奢《ごうしや》なペンダントと、これとお揃《そろ》いのイヤリングである。

いや、すごいな!?　いくらラストシーンのためとはいえ、ストーリーに無関係になった私にまで、こんなすごいものを贈ってくださるとは!!

それにしてもこの大きな美しいサファイア……ジュリアス様の瞳《ひとみ》の色にそっくりだ。それでふと、夢の中のジュリアス様の言葉を思い出す。

『私が、心を込めて選んだんだよ』

夢の中のジュリアス様が、私のために選んでくれた――。あの言葉が急に真実味を帯びた気がして、すっかり嬉《うれ》しくなってしまった。夢の中のことは、現実とは全く関係ないことなのに。

「あら、お嬢様ったら、恋する乙女《おとめ》みたいなお顔をなさって！　よほどこのドレスが気に入ったのですね？　すごーくお可愛《かわい》いです！」

ケイティに揶揄《からか》われてしまった……。でも、そっか。私ったら、夢の中のジュリアス様のことを思い出すだけで、こんなにも幸せな気持ちになれてしまうのだ。そう思うと嬉しさと悲しさの混じった、とても奇妙なため息が出た。

夜になり、私はその素晴らしいドレスを身に纏《まと》い、両親からも屋敷の者たちからも大絶賛されながら王宮へと向かった。

そのまま何事もなく王宮に到着し、舞踏会ホールのある総大理石の美しい建物に一歩足を踏み入れると――。

……うん、さすが本来ならメインキャラクターである私だ。気品もあるし、美しいし、うっとり見惚《みと》れたくなるのもわかります。だがそれにしたって――注目、浴びすぎでは？

正面玄関を入ってすぐ、人々の視線が完全に自分に集まっていることに嫌でも気付かされた。私の姿を見て、それから驚いたような表情を浮かべると、そばにいる人とこそこそ話を始めるのである。しかもそれでいて私に直接話しかけてくるでもなく、ただ遠巻きに私のことを見ているのだから、気になってしょうがない。

もしその表情があんなにキラキラしていなければ、きっとなにか私の知らぬところで私に悪い噂《うわさ》でも立ったのかと思うところだが、どうやらそうではないらしい。

となるとやはり、この素晴らしすぎるドレスと宝石のせいだ。こんな美人がまるでこの会の主役級の着飾り方をしてきたら、そりゃあ目立っちゃうだろう。

とはいえ、これは王宮から送られてきたものなのだ。私が空気を読まず、こんな素晴らしいドレスを着ることで本日の主役の座を奪《うば》い取ろうとか画策《かくさく》しているわけではないってこと、ちゃんとわかってもらえるだろうか……。

いずれにせよ、舞踏会ホールにさえ入れば、友人たちはもう集まっているはずだ。急いで彼女たちと合流して、今夜はただ心を無にして完璧なモブ令嬢に徹《てっ》しさえすれば、それでもう——。

「まあ！　クラウディア様ですね!?」

——!!

可愛らしい声が背後で響《ひび》き、身体《からだ》が強張《こわば》ってしまう。

ああ私は、この声をよく知っている。この声の主は……間違いない。

振り返った視線の先にいたのは、想像以上に想像通りの「彼女」の姿だった。

明るい金髪を頭の両側でふわりと巻き、澄《す》んだ水色の瞳をキラキラと輝かせる彼女は、ものすごく可愛い。胸元《むなもと》に大きなリボンがついた緑のドレスも、彼女の人懐《ひとなつ》っこい笑顔に本当によく似合っている。

「申し遅れましたクラウディア様！　私、エイミー・メープルと申します！　お目にかかれて、本当に光栄《こうえい》です!!」

——ああ、エイミー・メープルという名なのね。貴女《あなた》のことなら、よく知ってる。だって主人公である貴女になりきって、何度あのゲームをプレイしたことか。

確かに今日、彼女の姿を目にすることにはなると思っていた。でも、できるだけ距離《きょり》をとるようにして、絶対に直接話すようなことにはなるまいと、そう決めていたのだ。それなのにまさか着いて早々《そうそう》、こんな風にご本人から話しかけられてしまうとは……。

ああ、会いたくなかったのに。ジュリアス様と絶対に会いたくないのと同じくらい、できることなら一生、会いたくない人物だったのに。だって彼女こそ、そのジュリアス様の——。

「ああ、でも本当によかった！　クラウディア様もちゃんとこの世界に存在なさったのですね！　ずっとお会いできなかったので、すごく変だと思っていたんです。だって本当なら、クラウディア様はメインキャラの一人――じゃなくてええと……とても、特別な方ですからね！　それに今夜は……」

――ん!?

いま「メインキャラ」って、そう言いましたよね!?　はっ!!　もしや、彼女も転生者《てんせいしゃ》――!?

「あっ、あの！　貴女もしかしてっ――!!」

「こんばんは」

そこに、あまりにも聞き慣れた声が背後から響き、私は硬直《こうちょく》する。

――ああ、この声は。

振り返ると、夢の中の彼と全く同じ顔をしたその人が、そこに立っていた。

男子王族の正装である金の飾緒《しょくしょ》のついた白い軍服を身に纏ったこの恰好《かっこう》は、私が特に好きなジュリアス様の姿でもあった。

集めたスチルはそれこそ穴が空くほど見つめたし、このデザインのグッズが出ると思考停止《しこうていし》で購入ボタンを押していたほどである。

でも……当時は、あくまで「二次元の最推《さいお》し」だった。

今は、違う。今目の前にいるのはかつての最推しが三次元化した姿などではなく、私が夢の中で本気で恋をした、私の最愛の人と全く同じ顔で、同じ声で……そして全く同じ微笑《ほほえ》みを浮かべながら優しく私を見つめる、現実の男性。

そして──私にはもう、決して手に届かないところにいる、尊《とうと》いお方。

私は動揺《どうよう》を押し殺し、なんとか冷静さを保つ。

そうよ。完璧令嬢であるクラウディア・リーゼンフェルトが、こんなところで突然泣き出すわけにはいかないのだから。

「……お初にお目にかかります、王太子殿下《おうたいしでんか》。リーゼンフェルト公爵家のクラウディアでございます」

──なんとか言えた。もう、今にも泣き出しそうな気持ちだけど……。

「……ドレス、よく似合っているよ」

「えっ？　あっ──その……恐縮《きょうしゅく》でございます」

夢の中のジュリアス様と違《たが》わず重なるとても優しい笑顔と口調《くちょう》に、ますます泣きたくなってしまう。だめだ、これ以上ここにいたら、本当に泣き出してしまう──。

「ああそうだ、ウエルカムドリンクをこのふたりにも」

「かしこまりました」

給仕《きゅうじ》が、私とエイミー・メープルにグラスを渡す。涙を堪《こら》えるためにも、そのドリンクをくっと一気に飲み干すと──。

あ……れっ⁇

視界がぐらっと揺れ、力が抜ける。誰かが、私の身体をぐっと支え、そしてふわりと抱き上げた。

朦朧《もうろう》とする意識のなか、私を抱き上げた人物の顔を見つめると──。

「殿……下？」

最後に見たのは、にっこりと妖しげな微笑みをたたえるジュリアス殿下だった。

「おやすみ、私の可愛いクラウディア」


「ううん……」

意識が朦朧として、すぐに状況把握《じょうきょうはあく》ができない。そもそもここは、どこだろう？　見覚えのない場所だ。ずいぶんと広くて、すごく豪華なお部屋だけど——。

「やあ、クラウディア」

声のするほうにはっと目を向ければ、ベッドの横にジュリアス様が座っていた。

——はっ!!　ジュリアス様がいるということは、ここは……夢の中!?

「私——！　王宮の舞踏会に行ったはずなのに……！　あ、そうだわ！　給仕の方にウエルカムドリンクを渡されて、それを飲んだら急にくらっとして——！　私ったら、まさかあれで倒れてしまった!?」

「そのようだね。クラウディアはお酒に弱いのかな？」

「——これまで飲んだことがなかったので、わかりません。でもどうやら……ものすごく弱かったみたいですね。大失態《だいしったい》です……」

「——それで。現実の私は、どうだった？」

夢の中のジュリアス様が、いつもと変わらぬ美しい笑顔でそう言う。

「……はあ」

「期待外れだったか……？」

「その逆です。素敵すぎました。声もお姿も笑顔も、もう本当に全てが完璧で、夢の中のジュリアス様と瓜《うり》二つで……。それに、その恰好も。ジュリアス様、ちゃんとさっきと同じ服を着てらっしゃるのですね？　あまりにも素敵で、見惚れてしまいます」

「それは私のセリフだよ。君はいつでも誰より美しいが、今夜の君は一段と輝いている」

ジュリアス様が本当にうっとりとした表情で私を見つめるので、頬《ほお》があっと熱くなった。と同時に、あることを思い出す。

「ああ、すっかりお伝えするのを忘れておりました。素敵なドレスをご用意くださり、ありがとうございました。私、今日の舞踏会に参加するのが本当に辛《つら》かったのです。でもこのドレスを見て、これは夢の中のジュリアス様が私のために選んでくださったのだと思ったら、とても幸せな気持ちになったのです」

「クラウディア……」

「それに、このサファイアも。貴方《あなた》の瞳と全く同じ色だわ。それが、とても嬉しかった。実は、現実世界の殿下にも、お褒《ほ》めいただいたんですよ？　よく似合っているって。その仰《おっしゃ》り方も眼差《まなざ》しも本当にお優しくて……貴方にそっくりで。だから私、胸が苦しくて死にそうだったわ」

「どうして？」

「だって……だって今日は、現実世界のジュリアス様の婚約発表の日なんですよ？　主人公のエイミー・メープルにもすぐに会ってしまうし。ふたりが並んでいるのを見て、胸が押しつぶされそうだった」

「ああ、君が悲しむことなんて少しもないのに。私の全ては、ずっと昔からクラウディア、君だけのものなのだから」

「夢の中のジュリアス様は、本当にお優しいですね。……現実のジュリアス様も、とても優しそうな方だった。まだ一言くらいしか言葉は交わしていないけれど、ゲームでの初対面のときとは全く違ってとても慈愛《じあい》に満ちた笑顔を最初から向けてくださって。あんな素敵なお姿を見てしまったら、どうしたって後悔してしまうわ。最初から諦《あきら》めずにちゃんと婚約していたら、もしかして私と結ばれることもあったんじゃないかって――……でも、もう遅いけれど」

夢の中のジュリアス様はそっと隣に来てぎゅっと私を抱きしめると、とても優しく、でもすごく深くて甘いキスをした。

「ふわあっ……なぜかしら。いつもよりもっと気持ちいいです」

「……私もだよ。ようやく――本物に会えたからじゃないか？」

「それって、すごく悲しいですね……」

「どうして？」

「わかってらっしゃるくせに、いじわるですね？」

「そうかな」

「ええ、いじわるです。――でも、あそこでお酒を飲んで気を失ってしまえてよかったわ。そうでなかったら私、きっと大勢の前で泣き出していたはずだもの。まあ、あのリーゼンフェルト公爵令嬢がお酒を飲んで倒れたってだけでも、十分騒ぎになっているでしょうけど」

「どうだろうね？」

「ねえジュリアス様……もっとキスしてくれませんか？　今は――すべてを忘れたいんです。今夜がいったいどんな夜で、私は誰と会ったのか、そんなことをすべて忘れてしまえるような……いつもみたいに、夢のように甘いキスをいっぱいしてください」

「キスだけでいいのか？」

「……本当は、キス以上もしたいです」

「ああ、喜んで」

ジュリアス様はそっと私を抱き寄せると、この上なく優しく口づける。やっぱり——いつもより、もっと甘く感じる。それに、いつもよりもくらくらする。生まれて初めてお酒を飲んだからかな。不思議《ふしぎ》な感覚だけど、ジュリアス様の匂《にお》いもいつもよりも濃くって……それがうっとりするほど素敵——。

「……ジュリアス様の匂い、すごく好き」

「匂い？」

「ええ。なんていうか、心がとても落ち着くんです。この匂いに包まれて、こうして抱きしめられていると、世界中のどこにいるより安全だって、そんな気がするの。もうこのまま永遠にジュリアス様に抱きしめられていたいと思ってしまう」

私はそのまま、ジュリアス様の胸元に顔を埋《うず》め、そして思いっきり息を吸った。やっぱり、いつもより濃く、はっきりと感じられる。私が何より大好きな、うっとりとする——ジュリアス様の匂いだ。

「これまではその匂いが、なんていうか少しだけ遠くてぼんやりとしていたんですが、今日は特に、いつも以上にはっきりとその匂いを感じられるんです。それで、頭がくらくらしちゃう。——ずっと、ジュリアス様の胸にこうして抱かれていたいわ」

「……クラウディア、君は私を煽《あお》る天才だな？　会の終わりは……三時間後か。それだけでは到底《とうてい》足りないが――」

「ジュリアス様、いったいなんのお話を――あっ……！」

ジュリアス様はドレスの胸元に手をかけると、ぐっとそれを引き下ろした。すると、胸のふくらみが露《あらわ》になってしまう。

「脱がせやすいドレスにしておいてよかった。まあ、最初からこうして脱がせるつもりで選んだからね」

「あ、あの、ジュリアス様っ!?　この脱がされ方、なんだかすごく恥ずかしいのですが!?」

いつもなら夢の中マジックで一瞬にして裸《はだか》にされるのに、今日に限ってわざわざご自分で脱がせようとしてくる。しかも今のこの状態……ドレスの上部を引き下げられて、胸だけがぽろんと彼の眼前《がんぜん》に晒《さら》されている状態は、言いようもなく恥ずかしい。

「これも、趣《おもむき》があるだろう？」

「趣って……えっ、ちょ、ちょっと待って――！」

ジュリアス様はドレスの下のほうから中へと手を差し込むと、器用に私の下着をするりと抜き取ってしまった。

「ジュリアス様っ!?」

「ほら、せっかくのドレスが汚れてしまわないように裾を上まで捲《まく》り上げて」

「えっ!?」

「ほら、ここを持って。そう、いい子だね。ああ、すごく綺麗だ。そのまま、少し脚《あし》を開いて？」

「ジュ、ジュリアス様……この恰好、ものすごく恥ずかしいのですが……」

「君の身体なら、もう隅々《すみずみ》まで見せてくれただろう？」

「で、ですが！　こういうのはその、初めてなので」

「そうだね。でも、そうして恥じらっている君を見るのも堪《たま》らないよ。もっと――虐《いじ》めたくなる」

そう言いながらご自分の上着を脱ぐジュリアス様に、私は思わずぽつりと零《こぼ》す。

「ジュリアス様って、意外とＳ……？」

「Ｓ？」

「サディストってことです」

「ふーん？　で、その逆は？」

「Ｍで、マゾヒストです」

「じゃあクラウディアはＭだね」

「ちっ……違います！　一応は悪役令嬢キャラなんですから、Ｓのはずです！」

「でも、私にこうして虐められるのが好きだろう？」

そんなことを言いながら、私の胸にそっと手を伸ばすと、その先端《せんたん》をきゅっと摘《つま》んだ。

「ひゃんっ！」

いつも以上に鮮烈《せんれつ》な快感《かいかん》が、全身を一気に駆《か》け抜ける。

「……いつもより、感じてる？」

「そっ……それは――!!」

「もしかして、こんな恰好させられているからかな？　だとしたらやっぱり、相当なMだと思うけどね？」

「ち、ちがいま——ああんっ!!」

両方の先端を指先で捏《こ》ねるように撫《な》でながら、胸をやわやわと優しく揉《も》まれる。

「ああ……本当に手に吸いつくようだ。なんてやわらかくて愛《いと》おしいんだろう」

とても嬉しそうに、私にキスをしながら優しく囁《ささや》く。そのまま何度も何度も唇《くちびる》にキスしたあと、額《ひたい》、頬、耳、首筋と、いつも以上に至るところにキスを落とされる。

そのキスは、まるで一回一回優しく「愛してる」と囁かれているみたいな甘さを持っていて、そのキスと胸への愛撫《あいぶ》だけでもうすっかり腰が砕《くだ》けたようになってしまった。それに——。

「ああ、ここも触ってほしかったんだね。ほら、触ってほしいなら、ちゃんと大きく開いておくんだよ？　そうでないと、せっかくのドレスが汚れてしまうからね」

それなら、いつもみたいにちゃんと全部脱がせてくれればいいのに。それに夢の中でドレスが汚れたって、別に問題ないと思うけど。——でもそれも、趣の問題なのかしら？

ああ、死ぬほど恥ずかしい。でも、もうそこが恐ろしいほど濡《ぬ》れて、シーツまでびしょびしょに濡らしてしまっているのもわかっているし、中が疼《うず》いて仕方ないのだ。

それで私は、言われた通り、素直《すなお》に脚を大きく開いた。するとジュリアス様はごくんと大きな音を立てて生唾《なまつば》を飲み込むと、私のそこにとても優しく指を這《は》わせた。

「ああっ——！」

「すごく濡れてる。そんなに気持ち良かった？」

「気持ちいい――すごく、気持ちいいです……ああんっ――」

「ここも、ぷっくり膨《ふく》れて可愛いね。優しく撫でてあげる」

「あんっ！」

敏感な芽が、いつも以上に鮮烈な快感を全身に送る。そのせいで、私はそのままジュリアス様の胸に倒れ込んでしまった。すると嬉しそうにぎゅっと抱きしめられ、下を優しく指で弄《いじ》られたまま、たくさんキスされる。

「ふわあ――ジュリアス様ぁ……」

「これでもまだ、足りないだろうな」

「お願い……もう挿《い》れて――」

「まだだよ、今日はゆっくりしようね」

「えっ？　でも……」

「もう少し、ちゃんと準備をしたほうがいいからね」

「準備って……あ、――ああっ!!」

ジュリアス様の指がぐっと奥まで差し込まれる。するといつも以上に鮮烈な快感と衝撃が全身を駆け抜けて、私はすっかり驚いてしまった。でも中を優しくかき混ぜられるうちにその感覚にも慣れてきて、この先の悦《よろこ》びを知っている私には指だけでは徐々に物足りなくなってしまう。

「ジュリアス様ぁ、もっと……！」

「少しずつだよ。急に増やすと、痛いかもしれないから」

「痛くないわ……だって、夢だから痛くしないって――」

「さあ、どうかな？」

「えっ？　あっ……やんっ!!」

どうやら、指を二本に増やされたらしい。やっぱりいつも以上に衝撃《しょうげき》が大きいけれど、でももちろん痛くはない。むしろ、その先の気持ち良さを知っているせいで、どうしてももっとほしくなってしまうのに――。

「あんっ」

なぜか急に、指が抜かれてしまった
「……ジュリアス様？」

と、次の瞬間、彼は私のあそこに顔を近づけると、そこにキスをした。

「やあんっ――」

「ああ……今からこの花を本当に奪うことになるのか。なんと――愛おしい」

「……？　あっ……ああんっ！」

敏感な芽のところを優しく何度も舐《な》めてからちゅっと吸い上げ、そしてその下のほうへと舌を這わせると、そのまま中に挿入してくる。

生温《なまあたた》かい舌が中を優しく押し広げようとするような動きで優しく動く。今日の前戯《ぜんぎ》は本当にどれも特別丁寧《ていねい》で、執拗《しつよう》で――そしてすごく気持ちいい。

「……もう、そろそろいいかな……」

やっと挿れてもらえる――そう思っただけで中がキュンキュン疼いて、蜜《みつ》がいっそう溢《あふ》れてきた。

「そんなとろとろの顔で見つめられたら性急に奪ってしまいたくなる。私のクラウディアは可愛すぎるな。私は、君に惑《まど》わされてばかりだ」

「ああっ――――！」

胸の頂《いただき》にちゅうっと吸いつかれて、腰が思いっきり浮いた。もう数え切れないほどされている はずなのに、今日はどれもこれも鮮烈で、ジュリアス様がいつも以上に執拗な前戯をするので、奥が疼いて仕方がない。はやく、ジュリアス様とひとつになりたい。そして、ふたりで気持ち良くなりたい――。

「ジュリアス様ぁ、もう――お願いっ……」

ジュリアス様は一瞬大きく目を見開くと、私をぎゅうっと抱きしめた。

「こんなに愛しい存在を私は知らない。全てを私のものにしたい。私のものだと、全身に刻印《こくいん》して……そうしてずっと離したくない」

「では、そうしてください。夢の中だけでも――私を永遠に離さないで」

「――愛してるよ、心から」

「ジュリアス様……私も、貴方のことを愛しています」

ジュリアス様はとても嬉しそうに微笑む。そして私のドレスをとても優しくゆっくりと全部脱がせた。

「クラウディア……なんて美しいんだ」

「毎晩、好きなだけ見てらっしゃるくせに」

「ああ、そうだね。だが……今夜は、いっそう輝いて見えるよ」

本当にうっとりとした眼差しで見つめられ、恥ずかしいけれど嬉しくて、なんだか彼の熱い眼差しだけで犯《おか》されるような感じ――。

「そうだクラウディア。今日は……君が、私を脱がせて」

「えっ？」

「それも、趣があるだろう？」

夢の中ではなんでも思い通り。だからいつだって一瞬で服を消しちゃうくせに、今日に限ってこんなことばかり仰るので不思議に思う。

でも、もう上着は脱いでいるとはいえ、正装姿のジュリアス様はいつも以上の破壊力《はかいりよく》である。それを脱がせるというのは確かに……なんだか、すごく興奮しちゃうかも。

「わかりました」

そっと、首元のタイに手をかけ、外す。そのままシャツのボタンをひとつずつ外し、そしてそれを脱がせて――ジュリアス様の美しくも男らしい身体が、私の眼前に晒されていく。

「クラウディア、顔が真っ赤だよ」

「だ、だって……！」

「可愛い」

「ジュリアス様のいじわる……」

笑いながらキスをしてくるジュリアス様。そうして完全に裸になった彼は私の上にそっと覆《おお》い被《かぶ》さってくると、深く優しく口づける。

「ふわあ……キス、気持ちいいです。それに、身体が触れ合っているところも全部……すごく気持ち良くて――おかしくなっちゃう」

「煽りすぎだよ、クラウディア。可愛すぎ……」

「そんなこと……」

そっと額にキスを落としたジュリアス様は、妙に真剣な表情で言った。

「クラウディア……許してほしい」

「えっ？」

「いまから私がすること」

「なんですか？」

ジュリアス様はただ静かに笑っていた。いったい、何を許してほしいのだろう？　別に、ジュリアス様になら今さら何をされたって構わないのに。第一、これはぜーんぶ私の夢の中のことだし。

ジュリアス様の言葉の意味を考えあぐねていると、ジュリアス様がいつものように私の両脚をそっと摑《つか》んで左右に開き、彼自身をその中心にあてがう。

「んっ――！」

その感覚だけで、ぞくんと背筋《せすじ》が震える。その先の快楽を知りすぎているせいか、それだけでどんどん内側から蜜が溢れてくるのが自分でもはっきりとわかった。

「クラウディア、私の全てを受け入れてくれ」

やけに真剣な表情のジュリアス様に、改まった感じでこんなことを言われるとなんだか照れてしまう。それに――すごくドキドキする。

「ええ、もちろんです。ジュリアス様の全てを受け入れます」

そう言って私が微笑むと、とても優しく微笑んだジュリアス様にそっと手を握られる。

「……ジュリアス様？」

「痛いと思うが……今夜だけは、我慢《がまん》してほしい」

「えっ――？　あ……っっ――！」

もはや数えきれないほど彼を受け入れてきたはずなのに、今までに感じたことのない痛みを感じて私は硬直した。

「十分にほぐしたつもりだったが、やはり初めては痛いものなのか。だがどうしても今夜、私と君は結ばれなければならないんだ。――許してくれ、クラウディア。それもこれも……君が、私との婚約を拒《こば》んだからなんだよ？」

「ジュ、ジュリアス様っ……！　痛いっ――！」

「ジュリアス様、いったいなにを仰って――ああっ！」

確かにそれは毎晩何度も受け入れ、そして私の最奥《さいおう》を穿《うが》っていたジュリアス様のそれだ。なのに今夜は、まるでそれを初めて受け入れるかのようなものすごい圧迫感だった。

「ああう――っ!!」

「すまない、クラウディアっ――！　くうっ……」

ジュリアス様が腰をゆっくりと落としていく。皮が強く内側に引っ張られるような感覚。引き裂《さ》かれるほどではないけれど中を無理やり押し広げられるような壮絶《そうぜつ》な感覚に、はっきりとした痛みとものすごい圧迫感《あっぱくかん》を覚える。

と、急にジュリアス様に優しく口づけられた。

「つ――呼吸を止めず、深く、ゆっくりと呼吸するんだ。身体が強張っていては、より痛みを感じてしまう」

そう言われて、自分が完全に息を止めてしまっていたことに気づいた。

「はあっ――！　ジュ……ジュリアス様っ――！」

「くうっ……やはり、キツいな……想像以上だ。君をこんな風に苦しめて……本当にすまない。だが私は今、とても幸せだよ。やっと……本当に君とひとつになれるから。君を苦しめているのに――酷《ひど》い奴《やつ》だな、私は。サディストと、君に呼ばれた理由がわかる」

「ああっ――ジュリアス様……先ほどからいったいなにを仰って……！」

「可愛いクラウディア、キスをしよう。キスをすれば、気も紛《まぎ》れるだろうから」

「えっ――あっ……はむうっ――」

ジュリアス様の深い口づけで、身体の力が一気に抜ける。すると確かに、先ほどまでよりも圧迫感による苦しさが軽減された。それで私はその苦しさから逃れようと、ジュリアス様とのキスに集中しようとする。

すると少しずつ、苦しさしかなかった感覚の中からじわじわと快感を拾い始める。そうしていつも彼から与えられる、限りない悦びの感覚を少しずつ思い出す。

まもなく、彼が私の中を完全に満たすのを感じて――。

「ああ……愛しいクラウディア。これで、私たちは本当にひとつになれたよ」

耳元で囁かれた、あまりにも甘いその言葉に、もはや痛みや苦しみではなく、なんとも言えぬ高《こう》揚感《ようかん》と充足感《じゅうそくかん》を覚えていることに気づく。

「……痛かったね。本当にすまなかった」

ジュリアス様はまるで壊れやすい宝物でも抱くかのようにとても優しく抱きしめたまま、何度も何度も私にキスをした。

「……もう、大丈夫です。むしろ……いつも以上にジュリアス様に満たされている感じで——幸せです」

あんなに苦しかったのに、すごく不思議だけど、本当にそう感じた。

ジュリアス様を最初に受け入れたとき、夢の中だから初めての痛みを感じることもなく、ただ最初から最後まですごく気持ち良かった。

でも今のは——まるで、本当にジュリアス様に初めてを奪ってもらえたみたいで、すごく嬉しかった。それで胸が不思議なほど大きな喜びで満たされた。

「……そう言ってくれて嬉しいよ」

また、とても優しくキスをするジュリアス様。そうして深く繋がったまま、ジュリアス様は動かずにずっと私を抱きしめてくれていた。

「——あの」

「ん？」

「いつもみたいに……動かないんですか？」

「動いたら、痛いかもしれないから」

「ですがもう、痛くありませんよ？」

「だが……」

「ねえジュリアス様、それよりどうして今日に限って、痛くしたんですか？」

「ちゃんと、君の初めてをもらうため」

「……ああ、それが、私の願望だったから」

「えっ？」

「今夜は……やっぱり辛かったので。現実世界のジュリアス様に会ってしまって、そして本当に夢の中の貴方とそっくりで——すごく苦しかった。だから……貴方はもう一度、きちんと私を奪ってくださったんですよね？　わざと痛くして、まるで今夜が本当の初夜《しょや》であるかのように。現実は違っても、少なくとも夢の中の貴方は私だけのものだって、そう思い出させてくださるために。——私が、そう望んだから。夢の中のことは、全て私の願望の現れだもの」

ジュリアス様はなぜか困ったような、でも妙に嬉しそうな表情で微笑む。

「もし……次に目が覚めても今と同じことを思ってくれるなら、私はとても嬉しいよ」

今夜のジュリアス様は、少し変なことばかり仰る。でもいつも以上に優しく、大切な宝物のように抱かれて、すごく幸せだ。

「ええ、もちろんです。だから……一緒に気持ち良くなりましょう。今夜も、中にいっぱい出してくださいね？」

ジュリアス様の瞳が揺れ、そして私に激しく口づけた。そしてそのままゆっくりだけど、ジュリアス様が抽送《ちゅうそう》を開始する。

やっぱり、少しだけ痛い。だけど我慢できないほどじゃないし、むしろ今夜はこの痛みさえも少し嬉しくて——その痛みすら、いつしかより大きな快感に塗《ぬ》りつぶされていった。

「あんっ……ああんっ！　はあっ……ふわあっ——」

「ああ、君の中は温かくてやわらかくて、それでいて私にぴったりと絡《から》み付いて――本当に気持ちいい」

喜悦《きえつ》に染まる美しいジュリアス様の表情と甘い声があまりに色っぽくて、私は自ら深いキスを仕掛ける。そのキスにとても嬉しそうに応《こた》えてくれながらさらに律動《りつどう》を早め、そして――。

「クラウディア、もう――出るっ……！」

「ああっ――ジュリアス様っ……!!」

ぐんっと最奥を穿たれたとき、これまででもっとも大きな爆発を感じた。頭の中は真っ白になり、全身が甘く痺《しび》れて脱力し――そのくせ私の中はジュリアス様自身をとても強く締めつけて、彼を決して離すまいとしているのがわかった。

ジュリアス様もまた今までに見たことのないほどの恍惚《こうこつ》とした表情を浮かべており、そんな彼に熱く見つめられたら、ぞくぞくとしてそれだけで私はまた軽く達してしまった。

彼は私の中に驚くほどいっぱいの熱情を吐《は》き出し、今なお断続的にそれが放たれて私の中を濡らし続ける。

最後の一滴まで私の中に放たれた後も、ジュリアス様は私をぎゅうっと大切に抱きしめていてくれ、私はこれ以上ないほどの幸福を感じてしまう。

深く繋《つな》がったまま何度も何度もキスをして――……私はこの時が一生続けばいいのにと思った。

「……クラウディア、これでもう、君は本当に私のものだよ」

「――ふふっ。いまさらですね？　私はもう、ずっと前からジュリアス様のものなのに」

ジュリアス様はとても嬉しそうに微笑むと、私の額にまた優しくキスをする。その心地よさにすごく安心して、ふうっと眠気に誘われてあくびをする。

「クラウディア、このまま少し眠りなさい。本当は明日までずっと君を抱いていたいし、そのあとは君の身体をゆっくりと休ませてあげて、その寝顔を隣で見ていたいのだが……もう少ししたら、また舞踏会に戻らないといけないからね」

「ジュリアス様ったら、今日はおかしなことばかり仰って……今が夢の中なのに、眠ったらむしろ目が覚めてしまうのでは……ふわあっ――」

「大丈夫だよ。少なくとも――今夜はね。さあ、私の腕の中でお休み。……良い夢を」

ふふっ。夢の中の人に「良い夢を」って言われるなんて、なんだか変なの。そんなことをぼんやりと考える。そうして彼に優しく抱きしめられたままふわふわしていて――まもなく、意識がふっと途切れるのを感じた。


気づくと私はひとりで野原にいて、困惑《こんわく》した。おかしいな、夢から覚めたなら、ここは夜の王宮であるはずなのに。倒れたときに現実世界のジュリアス殿下が抱き留めてくださったはず。だから、休憩室《きゅうけいしつ》かどこかに運ばれていると思ったんだけど――。

それなのに今、私は野原にいる。しかも今私が着ているこの服は、舞踏会のドレスでもない。つまり――これも夢の中、ということ？　あっ、もしや、ふたつ目の夢⁉　まあ一晩《ひとばん》でいくつも夢を見ることはあるけれど、最近はずっとひとつだけしか見なかったのに。

「ジュリアス様？　どこですか？」

――返事がない。最近、ジュリアス様の出てこない夢は一度も見なかったから、なんだかとても変な感じ。なんだかすごく……寂しいな。いつの間にか、夢にジュリアス様が出てくるのが当たり前になっていたのだ。なんて、贅沢な「当たり前」だろう。

「……ああ、さっきの……すごく幸せだったな」

夢の中の野原に寝転がりながら、私はさっき見た夢を思い出す。

あんな素敵な夢ばかり見ていたら、夢の中から出たくなくなっちゃう。

でも——ある日突然、ジュリアス様が今みたいに夢に出ていらっしゃらなくなったらどうしよう。

そんな不安が過《よぎ》って、胸がすごく苦しくなった。

「『夢中になって、恋をして』。ジュリアス様……私は本当に、貴方に夢中なのね」

夢の中で目を閉じる。意識がふうっと遠のく。ああ、どうやらもう、目が覚めるみたい。そしてふっとまた目を開くと——。

「クラウディア、もう目が覚めたの？」

あれっ？

「ジュリアス様……？」

「もう少し寝ていても、よかったのに」

目の前にはとてもやわらかな微笑みを浮かべて横たわるジュリアス様がいて、私に腕枕《うでまくら》をしてくれている。驚いて周囲に視線をやると、そこは先ほどと同じ、あの広く豪華な寝室だ。

「えっ？　嘘《うそ》、まだ夢の中……!?」

はっと上体を起こすと、あらぬところに痛みを感じる。

「痛ぁっ……」

「ああ、やはり痛むのか。初めてなのに、無理をさせてしまったからな」

私をそっと抱き寄せ、そのまま唇にキスを落とす。

「えっ！　あれっ!?　これって、夢の中ですよね!?」

「さあ、どうだろうね？　少なくとも私は、ちゃんと起きているよ」

「えっ!?」

「本当はこのまま君をここでゆっくり休ませてあげたいんだが、そろそろ着替えて会に戻らないとね。主役がふたりとも参加しないというのは、さすがにまずいから」

『会』って……」

「もちろん舞踏会だよ？　私たちの婚約発表記念のね」

「『私たちの』って……あの、私まだ夢を見ているんですよね？」

「クラウディア、なにも夢は、夢の中だけで見るものじゃないよ。目覚めている時に見る夢が本当になったときにはね、『夢が叶《かな》った』って言えばいいんだよ。そして私の夢は、ようやく叶った。君を本当に私のものにできたから」

——!?

「ま、ま、まさかとは思いますが……ここにいる貴方は、本物のジュリアス王太子殿下でいらっしゃったりしませんよね？」

「ここにいる——というか、最初からずっとそうだよ。君と美しい虹の出ている花畑で会った、あの晩からね」

「……はい⁉」

私が硬直していると、目の前のジュリアス様は左手の小指に輝く銀色の指輪を見せた。

「『ドリームリンク』」

「えっ――」

「君は最初からこれの存在を知っていただろう？　君の前世で大人気だったゲームの……ええとなんだっけ？　ああそうだ、『夢中になって、恋をして』。そのなかで攻略対象のひとりであり私の友人であるマリウスが、魔女《まじょ》から買ってくるという魔法の指輪――それが、これだ」

「はいぃっ⁉」

「君は、私との婚約を拒んだ。だが、私はどうしても君を手に入れたかった。それでどうにかして君を説得しなければと思っているときに、マリウスが面白いものを魔女から買ってきたわけだ。ほかの四人は直後に偶然見かけたエイミー嬢の夢に入ってみると言ったが、私は君の夢に入ることにしたんだよ。君が私との婚約を拒んだ、その理由をどうしても知りたくてね」

「そ、そんな……」

「そうしたら君は自分には前世の記憶があり、私のことを好きなくせに処刑エンドが怖いからという理由で婚約を拒んだのだと教えてくれた。だから私は君を夢の中で落とすことにしたわけだ」

「で、では、私がこれまで散々《さんざん》口にした恥ずかしい言葉や行いは全部、本物のジュリアス王太子殿下に――⁉」

「王太子殿下など……いまさらそんな他人行儀《たにんぎょうぎ》な呼び方はよしてくれ、愛しいクラウディア。それにこれまでの君の言動《げんどう》に、恥ずかしいものなんてひとつもなかったよ？　確かに、君のおねだりや愛の言葉は、私という人間を愛に惑わせるには十分過ぎたが」

私の思考はショートして、固まってしまう。

「クラウディア……怒ったか？」

「えっ？」

「いくら合意《ごうい》の上とはいえ、夢の中だと思っている君に許可《きよか》を取って、現実世界の君の純潔《じゆんけつ》を奪ってしまったからね。かなり卑怯《ひきよう》なやり方をしてしまった」

その言葉でようやく、さっきのは夢ではなくて、本当に自分が本物の、現実世界のジュリアス様に抱かれ、純潔を散らされたらしいと理解できた。その途端《とたん》、ぶわあっと顔が熱くなるのを感じる。

「だが、どうか許してほしい。君が公爵を通じて婚約を拒否したことで、私は別の手段を取らざるを得なくなった。つまりそれが、君との既成事実《きせいじじつ》を作ることだったんだ。こうして君が合意の上で私に抱かれ、純潔を散らされて、そのうえ王太子である私の子種《こだね》を受けたということになれば……もはや君は、私との結婚から逃げられないだろう？」

「ジュ、ジュリアス様っ⁉」

「これなら、さすがにあの公爵だって認めざるを得ないだろうからね。実は君が私との婚約を拒絶したことを知ったその日から、ずっと私は公爵にどうしても君と直接会わせてほしいと懇願《こんがん》していたんだ。だが君が婚約を嫌がるのは私のことを嫌いだからだと思ったらしく、公爵は私を警戒《けいかい》して君に会うのを絶対に認めてくれなかった。だからこそ、夢の中で会う必要があった。君が合意の上で私に抱かれたとなれば、公爵だって誤解を解いてくださるだろう」

――えっ、じゃあもしや今から舞踏会に戻って私たちが関係を持っちゃったことを公表するおつ

もりなのかなジュリアス様⁉　そ、そ、それは……恥ずかしすぎるのですが⁉

「あっ、あの、ジュリアス様⁉　まさかこの……婚前交渉《こんぜんこうしょう》……を、皆の前で発表なさるのですか？」

「ははっ！　安心して。皆には言わないよ」

「よ……よかった――！」

「但《ただ》し、陛下《へいか》と君のお父上には伝えるけどね。そうでないと娘命の公爵は私と君の婚約を認めてくれないだろうから。私たちが愛し合っていて、そしてもういくとこまでいってしまったのだとわかれば、さすがのあの人でも認めざるをえないだろう？」

そんなことを言いながら、ちゅっと私のこめかみにキスをした。しかしジュリアス様……正直、親に知られるのが一番気まずいのですが？

「それで……クラウディア、君は私を軽蔑《けいべつ》する？」

「えっ？」

軽蔑という思いもよらぬ言葉に驚くが、そう口にしたジュリアス様はなぜかとても不安そうな顔だ。まるで叱られるのを待つ子どもみたいな顔で、こんな彼の表情は見たことがない。

「ジュリアス様……？」

「だって私は、ずっと君を騙《だま》していたから。そうして夢の中での最初のキスも最初の交わりも、全部私が無理やり奪ってしまった。さっきなんて君に睡眠薬《すいみんやく》を盛って、それで夢の中だと思い込んだままの君を――」

「あっ！　あれ、睡眠薬だったんですか⁉」

「なんだ、まだ気づいてなかったのか？」

「普通にお酒だとばかり……」

「あれはただのアップルジュースだよ。君にはすぐにあの場で眠ってもらう必要があったからね。どうしても今夜、君の純潔を奪う必要があったから、君が倒れて私が介抱《かいほう》するという流れが一番自然にふたりで会を抜けられるかなと。で、本当は目覚めた君に事情を話して事に及ぶつもりだったが、君が夢の中だと勘違いしていたので、このまま夢だと思わせたまま抱いてしまうほうが手っ取り早いかなと思って。なにより……現実の君に、拒まれるのが怖かった」

ジュリアス様の予想だにしない暴露《ばくろ》に思わず吹き出しそうになった。

「それで——クラウディア、そんな私を……やはり軽蔑するか？」

目覚めてから知らされた真実があまりにも衝撃的過ぎて、正直まだ思考が少しも追いつかない。今も、夢を見ているのだとしか思えない。だってジュリアス様は昨日までお会いしていたときと全く同じ姿で私の目の前にいるのに、このジュリアス様は夢の中の、私の脳が作り出した存在ではなくて、現実世界のジュリアス王太子殿下だというのだ。

かといって、彼があのジュリアス様じゃないかといえばそうではなくて、私の夢に現れていたあのジュリアス様がそもそも本物のジュリアス殿下だったのだ。ということは、私は今まであんな恥ずかしい姿を本物のジュリアス殿下にお見せしていたってことで、しかもさっきなんて、夢ですらなく、本当のジュリアス王太子殿下とあんなことを……！

「クラウディア」

その声に、はっと顔を上げる。すると、不安そうな表情で私の答えを待つジュリアス様がいた。

その瞬間に感じたのは、さっきまでの困惑や羞恥心《しゅうちしん》でもなければ、もちろん軽蔑などでもない。込み上げてきたのはただ、ものすごく愛おしいという、その感情。

いつだって誰よりも堂々とした完璧王子様なのに、こんなズルみたいなことをなさって、その後になってこんなに不安げに私の顔色を窺《うかが》うなんて。ああもう……すごく可愛くて、愛おしい。

そのとき、ようやく私はその意味に気づいた。夢の中のジュリアス様が現実世界のジュリアス殿下と同じ人だったということが意味する、とっても素敵で、幸福な意味に。

「ではもう……良いのですか？」

「えっ？」

「もう、諦めなくても良いのですか？　私は……夢の中だけじゃなく、本当の、現実のこの世界でもジュリアス様、貴方のおそばにいても良いと――」

次の瞬間には、私はジュリアス様に少し痛いほど強く抱きしめられていた。

「ああ、ああ！　もちろんだとも！　ずっと、いつまでも私のそばにいてほしい！　諦めるなんて、絶対に許さないよ！　夢の中でも現実でも、クラウディア、君は私の全てなんだ！」

心が、喜びに満ちていく。私からもジュリアス様を強く抱き返すと、勝手にぽろぽろと涙が溢れてきた。

「……大好きです、ジュリアス様。前世からずーっと貴方のことが好きでしたけれど――でも今は、あの頃とは比べ物にならないほど、貴方のことが好きなんです」

「ゲームの中の私とは違って、私は君に対してあまり紳士的《しんしてき》とは言えないし、君を手にいれるためにあんな狡《ずる》いこともしてしまった。きっとこれから先も……愚かで恥ずかしい姿を君にだけは何度も見せてしまうことになるだろう。どうやら私は自分で思う以上に、独占欲も嫉妬心《しっとしん》も強いようだから。それでも君は、私を軽蔑しないか？　こんな愚かな私を見捨てずにいてくれるだろうか？」

私はジュリアス様の唇にちゅっと口づけると、にっこり微笑んだ。

「軽蔑なんて、するはずありません。むしろ……嬉しいです。そんなズルをしてでも、私のことを諦めたくないって思ってくださったのでしょう？　それなら……すごく嬉しい」

「クラウディア……！」

「それに、申し上げたでしょう？　私は前世から、貴方のことが大好きなんです。『大好き』の年季《ねんき》の入り方が普通ではないんですからね！」

私の言葉にジュリアス様はとても嬉しそうに微笑むと、また私をぎゅーっと抱きしめた。

「君にそう言ってもらえてすごく嬉しいよ。でも、前世からにはさすがに敵《かな》わないが、私の片想いも実は相当年季が入っているんだけどね。君は知らないだろうけど」

「えっ？」

ジュリアス様はただ静かに笑いながら、私の額にそっと優しくキスをした。

「それにしても……君は本当に素直で可愛いね」

「えっ、なぜです？」

「私がここは夢の中だと言うと、服を自分で脱がなきゃいけなくても、初めてで痛くても、君は夢の中だと信じて、一度も疑わないんだから。私はいろいろヒントも出したし、さすがにどこかのタイミングで現実だと気づくだろうと思ったのに……まさかそのまま私に本当の純潔まで奪われてしまうとはね？　目が覚めてからもしばらく気づかなかったし、そんなに純粋で素直で可愛い君が、本当にゲームの中で悪役令嬢設定だったの？　何かの間違いじゃないか？」

　そう言って優しく微笑むジュリアス様に、私は少し気まずさを覚えながら答える。

「間違い……ではないと思います」

「へっ？」

「私、ここ数ヶ月で痛感したんです。自分という人間が、自分で思っていたよりもずっと嫉妬深くて独占欲の強い人間だったということを。私、ジュリアス様のことが本当に好きなのです。だからもしゲームの世界みたいにジュリアス様が主人公に惹《ひ》かれていくのを目の当たりにしたら、私はきっと、耐えられなかったわ。さすがに殺そうとまではしないでしょうけど、それでもきっと自分ではないような恐ろしいことを考えてしまったはずよ。だから私にはちゃんと、悪役令嬢の素質《そしつ》が——きゃあっ!?」

　話の途中なのに突然ジュリアス様に押し倒されて驚いていると、そのまま深く口づけられた。

「んっ……ジュ、ジュリアス様っ……ど、して急に……はむぅ——ぷはあっ！」

「ああもうっ！　クラウディア！　君はどうしていつもそうやって私の我慢を試すんだ!?」

「が、我慢を試す……？」

「舞踏会が終わるまでもうそんなに時間がないのに……！　それに、初めての君にこれ以上無理をさせたくないから必死で耐えているんだぞ!?　それなのに君は可愛いことを言って私を煽ってばかり——！」

「はっ!?　え、い、今の言葉のいったいどこに可愛い要素が!?」

「全部だよ！　はあ……確かに君は、悪役令嬢の素質があるのかもしれないな。私の心をこんなにもかき乱しておいて、当の本人はそのことに気づいてもいないなんて……本当に恐ろしい、世界一愛しい悪役令嬢だよ、君は」

褒められているのか貶《けな》されているのかよくわからないが、いずれにせよその後の口づけと笑顔があまりに甘くて素敵だったので、悪役令嬢も悪くないな、なーんて思ってしまった。

それから私は内心まだ夢見心地《ゆめみごこち》のままジュリアス様に身体を清《きよ》められ、ドレスまで着せてもらって、ふたり一緒に会場に戻った。

殿下は舞踏会ホールのある建物の中に、先ほど私が入った入り口とは別の入り口から入っていく。その美しい廊下《ろうか》には人気《ひとけ》はなく、どうやら王族専用の入場口なのだろう。

舞踏会ホールへの入り口と思われる大きな金の扉の前に、ひとつの人影が見えた。距離があり最初は確信を持てなかったが、近づくにつれ、その正体はもう疑いようのないものとなった。

私は、満面の笑みを浮かべてこちらに向かって歩いてくるその人物に、すぐさま丁寧にカーテシーをした。

「おおジュリアス、やっと戻ったか！　そして貴女が、クラウディア嬢だね。いやあ、本当に美しいお嬢さんだ！　ジュリアスが夢中になるのも致し方あるまい！　しかしそれにしてもジュリアス、少し時間がかかりすぎではないか？　会が終わるまでに戻らないのではないかとヒヤヒヤしたぞ！ああそれから、リーゼンフェルト公爵がクラウディア嬢がどこにもいないと必死で探しておったので、お前と一緒にいることを伝えさせたよ。そしたらいっそう焦《あせ》っておったが……。それで――その様子だと、すべてうまくいったのだな？」

ジュリアス様はにっこり微笑む。そして、どう反応してよいかわからず困惑している私の手を引き、そのままホールへの扉を開けるように指示を出した。するとすぐにその大きな金の扉が開き、ホールの人々の視線が一気に私たち三人に集まった。

突然このように注目を浴びたことで思わず足がすくんだが、ジュリアス様はそんな私をしっかりとエスコートしながら、ホール中央へと堂々と進んでいく。

先ほどまで姿を消していた今夜の主役である王太子殿下の登場に会場はどよめき、踊っていた人たちもダンスを一時中断し、ホール中央を空ける。

私は未《いま》だ自分の置かれた状況に大いに困惑している。でも、ようやく私を見つけたお父様の「あっ、クラウディア……！」という小さな呟《つぶや》きと、ジュリアス様に大人しく手を引かれているという状況に驚愕《きようがく》しているその表情には、あえて気づかないふりをした。

ごめんなさい、お父様……。

ホール中央に着くと、ジュリアス様が突然私の前に跪《ひざまず》く。いったい今度は何⁉　と身構えると、ジュリアス様がとても優しく私に微笑みかける。

「クラウディア、私は貴女に初めて会ったその日から、ずっと貴女に恋焦《こいこ》がれていた。そして今夜、ようやく貴女にこの言葉を伝えられることを心より嬉しく思う。クラウディア・リーゼンフェルト、私は貴女に夢中なんだ。夢の中でも——現実でも。だからどうか、私と結婚してほしい」

うん、やっぱりこれは、夢の中なんじゃないだろうか。だってこんなこと、ありえないもの。

自分は悪役令嬢クラウディア・リーゼンフェルトに転生したはずなのだ。それなのに、メイン攻略対象である彼が私のことを夢の中まで追ってきて私を身体から落とそうとしてきた挙句《あげく》、こんな

風に私に夢のようなプロポーズをするなんて――……。

「……クラウディア？」

私の答えを待つジュリアス様の表情はとても真剣だ。そうして気づく。ああ、そうだ。これが夢だったからって、なんだというのだろう？　夢でも現実でも、一緒じゃない？

私は、ジュリアス様の事が好き。心の底から愛しているわ。だからこれが夢でも現実でも、私の答えはひとつだけ。

「喜んでお受けいたしますわ、ジュリアス様！　私もずっと、ずーっと、貴方のことが大好きだったんですもの!!」

ジュリアス様はこの上なく嬉しそうに強く私を抱きしめ、人目も憚《はばか》らず熱いキスをした。

会場は一瞬で割れんばかりの拍手と歓声に満たされた。そんな状況でもお父様の悲鳴はしっかり私の耳に届いたわけだけど――私はそのキスがあまりにも甘くて幸せで、今だけは恥ずかしさも感じずに、ただ幸せいっぱいそのキスに応え続けるのだった。


公開プロポーズのあと、国王陛下からの祝福（私の両親にもジュリアス様と挨拶《あいさつ》に行ったのだが、父が完全に混乱状態だったので、落ち着かせるために母がホールの外へと連れ出してしまった）と、私の友人たちとジュリアス様の友人たち、つまり残り四人の攻略対象たちからも婚約を大いに祝福されることになった。そしてそこには、エイミー・メープルの姿もあった。

攻略対象とライバル令嬢、そして主人公までもが目の前に勢揃《せいぞろ》いしたその光景は、ただただ圧巻《あっかん》であった。通常ならこのあまりにも贅沢な状況を前にして大興奮間違いなしだったが、今はまだなんだか地に足が着かないような、まるで夢の中にいるような不思議な感覚が続いていた。

友人たちからも、「殿下との婚約はお断りしたんじゃなかったの!?」と問い詰められたが、私自身がまだ困惑していることを察してくれた彼女たちは、「次のお茶会ではしーっかり話を聞かせてもらうから！」と言って、でもなにはともあれと私とジュリアス様の婚約を本当に喜んでくれた。

それからジュリアス様の友人たち、つまりは四人の攻略対象も紹介してもらった。これがもう驚くほど皆イメージ通りで、紹介される前から誰が誰か一目でわかり、雰囲気《ふんいき》や話し方も本当に想像通り。

「それにしても、水臭いぞジュリアス！　俺たちにすら最近まで相手が誰か言わないんだもんな！」

そう言ってジュリアス様を小突いたのは、騎士団員でもあるルーファス様だ。王太子殿下を相手に本来ならかなり不敬《ふけい》だが、ジュリアス様はもちろん、他の三人も全く気にしていないあたり、本当に仲が良いのだろう。まあ、私もジュリアス様には夢の中でさんざん無礼《ぶれい》を働いてしまっていたので、決して人のことを言えた義理ではないのだが……。

「クラウディア嬢、ご存じですか？　ジュリアスはこの指輪を手に入れてから、毎日それはもう幸せそうだったのですよ」

「えっ？」

「セドリック、彼女に余計なことは――」

「余計なことなんて、言うつもりはないよ。それにクラウディア嬢だって、この話に興味があるだろう？」

「ええ、ございます！」

思わず即答してしまった。セドリック様はくすりと笑い、ジュリアス様は少し困惑顔である。

「そもそもこの指輪をマリウスが買って来るまでの数日、ジュリアスはいつになく落ち込んでいてね。普段は辛いことや面倒事《めんどうごと》があっても少しもそれを表に出さない人だから、私たちも心配していたんだ」

「ジュリアス様が……？」

「クラウディア嬢、貴女に婚約の申し出を断られてしまったからだよ」

驚いてジュリアス様のほうを見ると、少し顔が赤い。どうやら照れているようなので事実らしい。

「でもこの指輪を初めて使った夜から、ジュリアスはあの落ち込みようが嘘みたいに元気になったんだ！　それで理由を尋ねたら、ずっと会いたかった人に会えたのだと、見たこともないような幸せそうな笑みを浮かべるもんだから俺たちも驚いたよ！　ジュリアスは俺にもっと感謝してくれてもいいんじゃないかな。だってこの指輪は、ほかでもない俺が買ってきたんだからさ！」

マリウス様がいたずらっぽく笑うと、ジュリアス様が私のほうを見て、にっこりと笑った。

「ああ、マリウスには本当に感謝しているよ。この指輪がなければ、私はこの最愛の女性を振り向かせることができなかったかもしれないから」

そのときのジュリアス様の笑顔が、どこかあどけなさの残るマリウス様の笑顔より子どもみたいな本当に屈託《くったく》のない笑顔だったので、私はもちろん、他の攻略対象たちもとても驚いていた。

◆　◆　◆

本当に、全てが夢の中のような一夜だった。でもジュリアス様からのあの夢のようなプロポーズも含めてあれは全て紛れもない現実だったようで、私は正式に彼の婚約者となった。

なお、私たちが既に関係を持ってしまったことは王室関係者たちに伝わったほか、今回の私の心変わりに納得できず、私が殿下に脅《おど》されているのではと心配するのを説得する際に結局父にも話してしまった（恥ずか死ねる）。

ってことで、それならもうできるだけ早く結婚させたほうがいいという話になったらしく、すぐに王宮へ引っ越し、王族としては異例の半年後の結婚が決まったわけだ。

ちなみに本来の主人公であるエイミー・メープルはやはり転生者だった。しかもなんと彼女は「夢恋《ゆめこい》」の制作元の社長令嬢だったらしく、このゲームの原作者の裏設定資料とやらをこっそり読ませてもらったそうだ。

あのあと、私たちはすぐに友だちになった。相手も同じ転生者だということにお互い気づいたのもあるが、それ以上にエイミーは本当に明るくて楽しい女の子で、とてもよい友だちになれたのだ。

そんなわけで今日も、王宮に彼女を招いてふたりだけのお茶会だ。既にほかの私の友人たちとも親しくなったのだが（そもそもマリウス様の義妹《ぎまい》であるミーナとはカフェで仲良くなっていたし）、さすがに他の皆にまで前世の話をするわけにはいかないので、ときどきこうしてふたりだけのお茶会をしている。

このお茶会で私は、彼女を通していくつかの驚愕の事実を知ることになった。

「じゃあ、ジュリアス様は一度も貴女の夢に出てこなかったの？」

「そうなの！　そもそも私はマリウス様推しだからジュリアス様ルートに行くつもりは全くなかったけど、それでも二、三回は夢に出ていらっしゃると思って楽しみに待っていたのよ。推しではないとはいえ、あれだけ素敵な方だし！　それなのに結局一回も夢に出ていらっしゃらなくて、おかしいなーと思ってマリウス様にそれとなく尋ねてみたの。そしたら、ジュリアス様には意中の女性がいて、その人の夢を毎日訪れているらしいって笑いながら仰るから、びっくりしちゃった！　で、ジュリアス様のお相手といえばクラウディア・リーゼンフェルトに決まっているから、ストーリーが変わったならもしかしてクラウディアも転生者じゃないかなあって！」

「そうだったのね……。でも、不思議なのよね。私は婚約を拒んだだけなのに、ジュリアス様ったらどうして夢にまで出ていらしたのか。婚約を拒まれたのが、そんなに意外だったのかしら？」

「ああ、その理由ならわかるわよ！」

「えっ、本当!?」

「言ったでしょ？　原作者の『裏設定集』を読んだの。実はね、そもそもジュリアス様の初恋の相手はクラウディアなの。だから婚約も、最初からジュリアス様のご希望だったのよね！」

「初恋!?　えっ、でも私たち会ったこともなかったのに、どうして!?」

「会っているのよ、貴女たちふたりがまだ子どもの頃にね」

なに!?　いや、そんな記憶まーったくないのですが!?

「私、そんなの本当に知らないわよ!?」

「ううん、絶対にどこかで会っているはずよ？　メイン攻略対象なのにジュリアス様の親密度だけやけに上がりづらいのは、そもそも彼が最初からクラウディアに恋をしているからなんだって。それにクラウディアだけ最後が国外追放か処刑っていう重めバッドエンドなのも、クラウディアを愛するジュリアス様でも守り切れないほどの大きな悪事を彼女が働かないといけないからなのよ。ジュリアス様がいくらクラウディアを守りたくても、殺人未遂《みすい》によって国の法で裁《さば》かれてしまっては、さすがの彼でも助けられないでしょ？」

「は……なぜそんな設定に……」

「原作者がジュリアス×クラウディアカプ激推しで、最初はクラウディアを主人公にしていたみたい。でもクラウディアは美人の公爵令嬢。ゲーム制作会社としては王道の『明るく天真爛漫《てんしんらんまん》な平民の女の子』を主人公にしたかったわけで、ストーリーが出来上がってから主人公を無理やり変更させられたみたいなのよね！　だからあんな裏設定を作ったみたい。原作者の、せめてもの抵抗《ていこう》？」

　なんとまあ……。

「つまりね！　もともとジュリアス様の正ヒロインは、クラウディアなの！　だから、ほかのルートでは絶対にすごーく仲睦《なかむつ》まじい王太子ジュリアス様と王太子妃クラウディアの姿がラストで見られるのよ！　まさかほかのエンディング、見たことなかったの⁉」

　そうだったのか。ジュリアス様一筋すぎてほかのルートをやったことがなかったから、全く知らなかった。

「ちなみに大したことじゃないけど、貴女の侍女のケイティにも裏設定があってね？」

「えっ、ケイティに？」

「あれ、原作者の自己投影《とうえい》キャラなんですって」

「へっ？」

「だからこそ、原作者が一番大好きなクラウディアを陰で支えるキャラにしたんだって、『裏設定集』に書いてあったわ」

そりゃまた、なんとまあ……。

「まあ、それだけクラウディアは原作者に愛されているキャラってことよ！　だから、殺人未遂とか相当なことをやらかさない限り、貴女はどうしたってジュリアス様に捕《つか》まる運命だったってこと！　婚約回避したくらいじゃ、彼から逃げられるはずなかったのよ！」

なんてこった。じゃあ、私のやったことは全く無駄な悪足掻《わるあが》きだったのか？　いや、結局この展開でなんの問題もなかった——というか、めちゃくちゃ幸せだからいいんですけど。

「ところでだけど……ジュリアス様って、夢の中でどんな感じだった!?」

「えっ!?」

「ほら、主人公がジュリアス様ルートで進んでも、ジュリアス様って夢の中で最後までずっと紳士的でしょ？　他のキャラは中盤《ちゅうばん》からキスしてくれるし、マリウス様なんて三夜目にはキスしてくれるのよ？　でもジュリアス様って、最後の舞踏会までただの一度もキスしてくれないじゃない！　だから、相手が大好きなクラウディアなら、展開もちょっと違うのかなあーって」

ええ、そうですね、全然違いました。一夜目にファーストキスをさらっと奪われ、そのままディープキスを覚えさせられ、二夜目には最後までヤられて、そのうえ中出しまでされたんだっけ——。

……!!　ああ、そうか。本当なら全年齢向けの乙女ゲームだもん。私があそこで婚約を拒まなければ、私は普通にジュリアス様と婚約することになって、そしてなんの波瀾《はらん》もなく結婚に至ったのだろう。そのときようやく初夜を迎えることになったはず。

でも私が婚約を拒んだせいで、ジュリアス様の心に火をつけてしまったらしい。その結果、本来なら存在しなかったはずの溺愛《できあい》エロルートを図《はか》らずも解放してしまったということで——こうして結婚前から、壮絶に抱き倒されているわけか。

なんてこった。私ってば、意図《いと》せずなんという禁断《きんだん》の丸秘《まるひ》ルートを解放してしまったのだ……！

そんなことを思いながら遠い目をしている私を見て、エイミーは不思議そうに首を傾《かし》げていた。

——ってことで、夜。

「ジュリアス様、ひとつお聞きしたいのですが、私たちって子どもの頃に会っていますか？」

「ああ、ようやく思い出してくれたんだな!?」

先にベッドに入っていた私の隣に来ようとしていたジュリアス様は、瞳を輝《かがや》かせて私の顔を見つめる。

「いえその……そういうわけではないのですが、舞踏会の夜にもジュリアス様は『私の片想いも実は相当年季が入っているんだけどね』って、仰ったでしょう？　それにそもそも、貴方は初めて夢の中に出ていらっしゃったときから、ずっと私のことを好きだったみたいに仰っていたから……」

「……そうだよ。私はずっと前から、君のことが好きだったんだ」

「ですが……私には、本当に記憶がないのです。ジュリアス様に一度でもお会いしていれば、忘れるはずがありません」

「じゃあ、ヒントをあげようか」

ジュリアス様はそう言うと、私の髪をそっと手に取り、口づけた。

「あの日は、君とお揃いで嬉しかったよ」

「えっ？」

「いずれ私たちに子どもができたら……もしかするとあの日の私とそっくりな子も、ひとりくらいは生まれるんじゃないかな。楽しみだね？」

突然そんなことを言われて思わず赤面してしまうが、でもその言葉と、彼が今も手にしている私の黒髪を見ていて、はっとあることに気づく。

「あの、ジュリアス様。もしかして、ジュリアス様ってりんご飴《あめ》がお好きだったりします？」

「やっと思い出してくれたのかな？」

「やっぱりそうなのですね!?　どうしてあのとき、男の子だって教えてくれなかったのですか!?」

私が怒ったようにそう言うと、ジュリアス様はとても楽しそうに声を上げて笑った。

でもこれで、ようやく謎《なぞ》が解《と》けた。確かに私は子どもの頃に、ジュリアス様と会っていたのだ。

ただ——私はジュリアス様のことを完全に女の子だと信じ切っていたわけだけど……。

私が十歳の冬のお祭りの日、見たことがないほど美しい黒髪の美少女と出会った。ちょうど雪が降りだしたときだったので、まさか「雪の精《せい》」ではないかと疑ったほど、綺麗な子だった。その子のほうから私に話しかけてきて、それから私たちはふたりでお祭りを回ることになり、忘れがたい、とても素敵な時間をその子と過ごしたのだった。

もうずいぶん昔のことなのに、「あの子は今どうしているのだろう」とたびたび思い出したものだ。

でもまさか——あれが、黒髪の鬘《かつら》を被ったジュリアス様だったとは……。

聞けば、ジュリアス様はお忍びで外出するときには黒髪の鬘を被るらしい。ただでさえ目立つ容姿なのに、この国の王子が金髪碧眼《きんぱつへきがん》の超絶美男子であることは国民なら誰でも知っているから、当然か。

その時は、真冬だったから長いコートを着ていたので、もう完全に美少女にしか見えなかった。だって、あんなに美人な男の子がこの世に存在するなんて、思わないもの……。

「酷いです！　私が貴方のことを女の子だって思っていること、ちゃんとわかっていらしたくせに、わざと教えてくださらなかったでしょう!?　どうしてあんなことなさったのですか！」

「ははは！　ごめんごめん！　君が私を女の子だと勘違いしているのが面白くてね！　それにそのおかげで、君と間接《かんせつ》キスもいっぱいできたし？」

間接キス……？　あっ、そういえばりんご飴、ひとつだけ買って、ふたりで齧《かじ》って食べたんだっけ……。うわあこの人、あの頃から策士《さくし》だったのか。

「ジュリアス様……私を騙すのが、よほどお好きなのですね？」

「騙してでも、どんな狡い手を使ってでも手に入れたくなるほど、私はずっと君に夢中ってことだよ」

……甘ーい声と表情でそんなこと言われて、りんご飴よりも甘いキスをされて、嬉しくないわけないんですけどね。

あれから毎晩毎晩ジュリアス様に抱かれ続けている。まだ婚約中なのにいいのか？　って感じだが、もう関係を持ってしまったことは双方《そうほう》の親にも知られちゃっているわけで、その上で王宮に移り住むように言われ、部屋も一緒なんだから、そういうことをするのも暗黙《あんもく》の了解ってわけですね……。

そんなジュリアス様は現実世界でもいわゆる絶倫《ぜつりん》であり、毎晩激しく求められてなかなかにハードな毎日だ。とはいえ彼にこうして見つめられ、優しく愛撫され甘くキスをされると、どうしても拒み切れなくて……まあ結局、毎晩気持ちよく流されているわけです。そして今日も――。

「ああ、君の中は本当に最高に気持ちいい。このままずっと、君と繋がっていたいな。だが、安心していいよ。今日は現実のほうでは三回くらいで我慢してあげるから。その代わり、夢の中ではいつもの倍は離さないけどね？」

これがまた、困ったものなのだ。三回でも十分多くないか？　というツッコミは別にしても、結局疲れ果てて寝ても、夢の中でまたジュリアス様に散々抱かれ倒すのだから……。

正直なところ、こうして想いも完全に通じたのだから「ドリームリンク」は使わなくなるのだろうと思っていたのだが――どうやらそれは甘かったようだ。

「月のものがある時も夢の中では抱くことができるし、現実ではなかなかできないプレイも夢の中ならできるからね」と言うので、じゃあいいですよと使用を許可したら、結局なんだかんだ毎日愛用している。

リアルのほうがより感覚が鮮明なために気持ちよさが増すとはいえ、夢の中でも十分すぎるほど気持ちいいし、そのうえいくらヤッても疲れない。それどころか、ちゃんと寝ているわけだから起きたらめちゃくちゃ疲労回復しているわけで――。

そのせいで、寝る前にリアルで抱かれ、夢の中でまた抱かれ、目が覚めたときに時間があったらそのまま抱かれることもあるという、なんとも恐ろしい抱かれ方をしている。こんな風にドリームリンクを使っているなんて、ほかの四人の攻略対象＋エイミーには絶対に言えない……。

そして恐ろしいことに、こうしてジュリアス様に抱き倒されるこの日々を私はすごく幸せだと感じてしまっているわけで。

さて、宣言通り三度思いっきり抱かれ、彼の腕の中でたくさんキスをされながらうとうとしていた私だったが――ここで、不意にあることに気づいた。

「そういえばなんですけど」

「なんだい？」

「夢の中で何度も、これは『君の願望だ』って仰ってましたよね？　でも今思うと、あれってジュリアス様の願望だったたってことですよね？　私は夢の中のジュリアス様を自分の頭が作り出した存在だと思っていたので、自分が無意識にあんな破廉恥《はれんち》な願望ばっかり持ってるのかとすごくショックだったんです。でも実際は『ドリームリンク』を使って私の夢に入ってきていたのは本物のジュリアス様だった訳ですから、夢の中でのことは全部、貴方ご自身の願望だったということでしょう？　あんなこと言って騙《だま》すなんて、本当に酷いです……」

「ははは！　ああ、あのときの君のリアクション、すごく可愛かったね。そんなはことないと断《だん》固《こ》認めないのかと思いきや、恥ずかしそうに顔を赤らめていたっけ。否定できなかったたってことは……やっぱり君の願望でもあったたってことだろう？」

そんなことをいじわるく言うジュリアス様は、やっぱりなかなかのSだと思う。だけど……。

「まあ……そうかもしれませんね」

「――!!　ああダメだよ、クラウディア。君は私を煽りすぎる」

「えっ？　あっ――も、もう駄目ですってば！　今日はリアルは三回だけって……!!」

「無理だ。こんな風に君に煽られて、我慢するなんて不可能だよ。だって私はずっと前から君に夢中なんだから」

「もうっ、ジュリアス様ったら！　んっ――」

でもまあ……こんなに嬉しそうな顔でキスされたら、そりゃあ嬉しくないわけないです。仕方ない。もう一回、リアルでも抱かれてあげますか。まあ、本当にあと一回で済む保証《ほしよう》はないけれども。

「愛してるよ、クラウディア。今夜も、ふたりで最高の夢を見ようね」

こうしてまた今夜も長くて甘い、夢のような夜になる――。

処刑エンドを回避しようと婚約を拒んだ結果、図らずも溺愛エロルートが解放されてしまったけど……大好きなジュリアス様に言葉通り「寝ても覚めても」愛される毎日で、私は最高に幸せだ。

「夢中になって、恋をして」。

愛しいジュリアス様、私も貴方に夢中です♡

第三章 ✦ 王太子殿下は夢を見る

初めて彼女と会ったのは真冬の、十歳のある祭りの日だった。

いずれ国を治める立場である私は、民の暮らしぶりを自分の目で見て学ぶ必要がある。そのため、それまでにもしばしば「お忍び」という形で街に出ていた。

とくに祭りの日というのは、人々が日常の鬱憤《うっぷん》から解き放たれる貴重な場である。ゆえに普段は見られないような民の姿を見られるので、非常に興味深い。

ただ、この国の王子が金髪碧眼《きんぱつへきがん》であることは周知《しゅうち》の事実であり、人目を引きやすいこの顔と相まって正体がばれる可能性が高まる。ゆえにお忍びの際には黒髪の鬘《かつら》をつけるのが常であり、その日も黒髪の鬘をつけていた。

この国の冬は寒い。その厳しい寒さを紛《まぎ》らわすための熱された香辛料《こうしんりょう》入りワインから立ち上る湯気はどこか異国的《いこくてき》な感じがあり、当時まだお酒を飲めない年齢であった私にとって、妙に魅惑的《みわくてき》に感じられた。

そんな熱いワインを大鍋で煮込んでいるその湯気《ゆげ》の向こう側に、彼女はいたのだ。分厚く上質そうなコートにその身を包み、寒さで頬《ほお》をりんごのように赤く染めながら夢想的《むそうてき》な紫色の眼差《まなざ》しで空を見上げるその美しい少女の横顔に、私は一瞬にして釘付《くぎづ》けになった。

そのまましばらく宙《ちゅう》を見ていたその黒髪の少女は、不意《ふい》に上のほうへと手を差し出すと、何かをそっと受け止めた。

――雪だ。ちょうど降り出した今年最初の雪のひとひら。それを彼女は手袋をはめたその小さな手で受け止めたのだ。彼女は手の上のそれを見つめながら、ふわりと微笑《ほほえ》んだ。その刹那《せつな》、私は自分の胸が大きく高鳴るのを感じた。

そして次の瞬間、私の視線に気づいたらしい彼女とふっと目が合った。

彼女は私のほうを見て、にっこりと笑う。その笑顔と所作《しょさ》には彼女が持っている生まれながらの品の良さのようなものが滲《にじ》み出ていて、微笑み返すこともできないまま、私はうっとりと見惚《みと》れてしまった。

まもなく彼女が誰かに呼ばれてそちらを振り返る。そしてそのままその場を去ろうとしていることに気づいて、私は焦《あせ》った。

このまま彼女を見失うわけにはいかない。少なくとも彼女がどこの誰なのか、それだけは知っておかなくては――！

これまでに感じたことのない強い焦燥感《しょうそうかん》に駆られ、隣に控える護衛《ごえい》に少しだけ離れてついてくるよう命じると、気づけば私は彼女のほうへと駆《か》け出していた。

「雪を捕まえたの？」

ああ、こんな風に見知らぬ少女に声をかけるなど、王子としてあるまじき行為《こうい》だ。だがどうしても、その衝動《しょうどう》を抑えられなかったのだ。

そんな私のほうをはっと振り返った彼女は少し驚いていたが、嬉《うれ》しそうにすぐ「ええ、そうなの！」と言って、にっこりと微笑んだ。その笑顔があまりに愛らしくて……私はすぐに、自分が彼女に初めての恋をしたことに気づいた。

彼女もまた護衛と侍女《じじょ》を連れていたこと、そして何よりその気品ある振舞いから、すぐさま彼女が貴族、それも上位貴族の娘であることがわかった。私はすぐに彼女の名を尋《たず》ねようかと思ったが、そうすると自分も名乗らねばならなくなると気づいて、一瞬躊躇《ためら》う。

すると彼女が私に雪は好きかと尋ねてきたので、好きだと答えると、自分もすごく好きなのだと言って微笑んだ。

その笑顔がまたあまりにも可愛《かわい》くて見惚れ、それから彼女は嬉しそうに雪と綿菓子の話を始めたので、結局名前を聞くタイミングを完全に失ってしまった。

そんな訳で私たちは互いの名前も知らぬまま、しかし子ども同士の気安さでいろいろ話した。そうして父親が市庁舎《しちょうしゃ》で用事を済ませている間、彼女は護衛と侍女を連れて祭りを見て回っているのだということを知った。

と、不意に彼女が私の顔をじっと見てきたので、ぶわっと顔が熱くなった。赤面《せきめん》していることが彼女にばれてしまうと思い気恥ずかしかったが、彼女の直後の言葉に、私は困惑《こんわく》した。

「貴女《あなた》って、雪の精《せい》みたいね！」

「……へっ⁇」

「とーっても美人だわ！　貴女みたいに綺麗《きれい》な女の子、見たことないの！　貴女って、本当に人間？　それとも、本当に雪の精なのではなくて？　さっき私が捕まえたあの雪の結晶《けっしょう》の――」

雪の精……は、まあ置いといて、私はどうやら初恋の少女に女の子であると認識《にんしき》されてしまったらしいことを知り、かなりのショックを受けた。

それですぐに訂正《ていせい》しようかと思ったが、彼女が不意に私の手を取り、とても嬉しそうに笑いながら屋台《やたい》のほうへ連れて行こうとしたので、私はそのまま口を噤《つぐ》んだ。

――そうだ、私が男だとわかったら、彼女はこの手を離してしまうだろう。だが言わなければ……彼女はこのまま私の手を握っていてくれるはず。許されるなら、手袋越しにも伝わる彼女のぬくもりを、私はまだ感じていたかった。

だから決めたのだ。私はこのまま彼女に、女の子であると勘違《かんちが》いされていようと。

それから私たちはかなり長い時間、ふたりで祭りを見て回った。彼女はとてもよく笑い、その表情も、声も、仕草《しぐさ》も、すべてが本当に愛らしかった。

しかし同時にその所作には特別な育ちの良さがにじみ出ていて、年齢にそぐわぬ気品を感じさせていた。

しばらく歩いてから、私たちは屋台でなにか買うことにしたのだが、ふたつ買うと大きすぎるので、ふたりで半分こすることにした。

私たちは大人たちが飲んでいる熱いワインが羨《うらや》ましかったのもあり、子ども用にぶどうジュースで作られたものを見つけると、すぐにそれを一杯注文した。

彩色《さいしょく》の施《ほどこ》された陶器《とうき》のコップからは白い湯気がほわほわと上がり、アルコールの香りこそしないが、香辛料の異国的な香りと熱された葡萄《ぶどう》の芳醇《ほうじゅん》な香りがした。

それを受け取り、こくんとひとくち飲んだ彼女を見て、なぜか妙にうっとりとした気分になる。

彼女は私を同性だと思っているため、なんの躊躇いもなく私にそれを渡す。そして、とても温かいしすごく美味《おい》しいから早く飲むようにと、私に勧《すす》めた。

私のほうはというと——それが好きな女の子との間接《かんせつ》キスになることをはっきりと自覚してある種の背徳感《はいとくかん》を覚えつつ、しかし彼女が口づけたその場所から、異国的な香りのするその飲み物をひとくち飲んだ。

お酒は全く入っていない。だが、それは妙にくらっとするような魅惑的な味がした。それをまた彼女にそっと返すと、彼女は私の口づけたところになんの躊躇いもなくその赤い唇《くちびる》をつけて、こくんと飲んで……。

——そんな、なんだか夢の中のような光景を私は生まれて初めて酔っ払ったような気分で、ただぼんやりと見つめていた。

「ねえ、次は何か食べない？」

特に食べたいものがあったわけではなかったが、彼女の赤い頬と愛らしい唇に見惚れていたせいだろう、すぐそばで売っていた、赤く輝くそれを指さした。

「あっ——りんご飴《あめ》ね！　貴女、りんご飴が好きなの？」

特段好きでもなかったが、私が頷《うなず》くと、彼女もまたりんご飴を好きなのだと言ってにっこりと笑った。

りんご飴は、ふたりで食べるのには不向きな食べ物だ。だがそのりんごは、子どもが一人ずつ食べるには大きすぎた。それでこれもひとつだけ買って、ふたりで分けようということになった。

真っ赤なりんご飴に、私が齧《かじ》り付く。硬質《こうしつ》な薄く赤い飴が割れて、中からりんごの果汁《かじゅう》が溢《あふ》れた。

「美味しい？」

「うん、甘くて美味しい」

彼女にりんご飴を手渡すと、同じところから彼女も嬉しそうにそれに齧り付く。薄く輝く赤い飴が、彼女の唇の上に少しくっつく。りんごの甘く爽《さわ》やかな香りがふわっと漂《ただよ》い、その蜜が彼女の赤い唇を濡《ぬ》らした。

そのときふと私は、彼女の唇を食べたいと思った。その、きらきらする飴のついた赤く小さな唇に舌を這《は》わせ、彼女の唇をゆっくりと味わったら、きっととても甘い味がするだろうと――。

だがすぐに「美味しい！　貴女ももっと食べて！」と言って、再びそのりんご飴を手渡されたとき、私は自分がどうやらものすごいことを考えていたことに気づいて、思わず赤面した。

そうして手渡されたりんご飴を再び齧りながら、私はこの世にこんなに美味しいものがほかにあるだろうかとすっかり感動し、その瞬間からりんご飴が私の好物になったのは言うまでもない。

そう、全てが、初めての感覚だったのだ。彼女の一挙手一投足《いっきよしゆいっとうそく》が愛《いと》おしく、その小さな唇が紡《つむ》ぐ如何《いか》なる言葉も、その鈴を転がすような愛らしい声も全て、自分だけのものにしてしまいたいと思った。

彼女の笑顔を見ていると、胸が喜びで満たされた。寒い冬の日であるはずなのに、心も身体《からだ》もぽかぽかと温かくて――。

それからまだしばらくふたりで祭りを見て回り、私はこの時間が永遠に続けばいいと思うほどの幸せを感じていた。しかし、別れの時はまもなくやってきた。

「クラウディアお嬢《じよう》様！　公爵閣下《こうしやくかつか》がお呼びですので……」

そこで私は、彼女の名がクラウディアであることを知った。そしてどうやら、公爵家のご令嬢《れいじよう》であることも。

この国に公爵家はふたつ。うち、小さな娘がいるのはリーゼンフェルト公爵家のはず。つまり彼女は――リーゼンフェルト公爵令嬢のクラウディアということだ。

「ごめんなさい、もう行かなくちゃ！」

彼女は残念そうにそう言うと、侍女に急《せ》かされながら、そのまま手を引かれていった。

「今日はとても楽しかったわ！　またね！」

振り向きざまに、彼女は嬉しそうな笑顔でそう言った。

私はそんな彼女の背中を見つめながら、静かに呟《つぶや》いた。

「――またね、クラウディア。絶対に、君に会いにいくよ」

◆　◆　◆

月日は流れ、待ちに待った時がやってきた。

正式に立太子《りったいし》を済ませ、王太子《おうたいし》となった私に待っているのは婚約者選びである。通常ならさまざまな事情を考慮して事前に用意された婚約者候補たちの中から、将来のこの国の王妃《おうひ》となるに相応《ふさわ》しい資質《ししつ》を十分に備えるものを選び出す。

だが、私の父である国王陛下《へいか》がこの件について初めて口にしたその日、私はすぐに「婚約者候補を挙《あ》げていただく必要はない」と告げた。

陛下は大層驚き、その理由を問われた私は、「既に心に決めた女性がいるから」と答えた。

私の返答に陛下は困惑していたが、私がその相手の女性の名を告げると、ほっとした様子だった。

どうやら、もともと婚約者候補の筆頭に、彼女の名前が挙がっていたらしい。

まあ、それもそうだろう。彼女はこの国の公爵令嬢で、年齢も私と同じであるばかりか、才色《さいしょく》兼備《けんび》の「淑女《しゅくじょ》の鑑《かがみ》」として知られる、素晴らしい女性となっていたのだから。

それからすぐにリーゼンフェルト公爵が王宮に呼ばれ、彼女との婚約を認めてほしい旨《むね》を私から公爵に直接伝えた。自慢の愛娘《まなむすめ》が王太子妃になる、その事実に彼はとても満足げな様子だったので、私はこれですべて上手《うま》くいくだろうと思い、喜びに胸が躍《おど》った。

あの冬の祭りの日から、彼女のことを想わない日など一日もなかった。とはいえ、王族が公爵令嬢である彼女のもとを突然訪ねることなどできるはずもなく、あの日から再会することもないままだったのだ。

しかしこれでようやく、私はあの愛おしい少女と――いや、もはや美しい大人の女性へと成長したであろう彼女と、再会できるのだ。

私は彼女と再会できるその瞬間のことを考えながら、公爵が対面の日取りについて知らせてくるのを今か今かと待った。

にもかかわらず、私を待っていたのは、予想だにしなかった衝撃的《しょうげきてき》な報《しら》せだった。

――クラウディアが、私との婚約を拒絶《きょぜつ》したというのである。

もちろん、私との婚約が嫌だから、などと言って拒否したわけではないらしい。すなわち、「自分は王太子妃としての器ではない」などという理由で断ったとのこと。

しかし彼女ほどの人物、つまり、「淑女の鑑」とまで言われるクラウディア・リーゼンフェルトが王太子妃の器でないと言うのなら、いったい誰がその器だというのだ？

公爵から直《じか》に彼女の返答を聞かされながら、私は呆然《ぼうぜん》とした。私はほんの少しも、彼女から拒絶される可能性を考えていなかったからだ。

確かに彼女は、あの祭りの日に過ごした少女が私だったとは知らないだろう。だがたとえそうだとしても、王太子からの求婚を拒《こば》むなど、本来ならありえないことだ。

まして……自分で言うのもなんだが、私はその容姿《ようし》にしても能力においても、特別に秀《ひい》でているとの評判であって、国民からの絶大なる人気を誇《ほこ》っていた。

そんな私を拒む理由があるとすれば、私について何らかの誤解があるか、あるいは彼女が既に別の誰かを慕《した》っているとしか――。

私はこの事実に愕然《がくぜん》とした。だが、私のクラウディアに対する恋慕《れんぼ》の情はこんなことで到底《とうてい》諦《あきら》めのつくようなものではなかった。

――そうだ、我が妃は彼女以外に考えられない。それで私は、どうにかして彼女に直接会って話す機会を公爵に設けてもらおうとした。

しかし公爵は「それはできかねます」の一点張《いってんば》り。どうも、愛娘が私との婚約を拒んだのは私を嫌っているからか、あるいは私が何か彼女に彼の知らぬところで不埒《ふらち》な真似《まね》でもしたからだと思っているらしく、断固《だんこ》として彼女との対面《たいめん》を認めてくれなかったのだ。

私は焦った。どうにかして、彼女に会わねばならない。そしてこの婚約を拒んだ理由をどうしても聞き出さねばならないと思った。その上でもしそれがほかの男のせいならその時は――。今思うと、当時の私はかなり恐ろしいことまで考えていたかもしれない。

しかし、彼女との再会の瞬間は、予想もしないかたちで訪れたのだった。

◆◆◆

「すごいだろ!? 他人の夢の中に入れるんだぜ!?」

瞳《ひとみ》を輝《かがや》かせながらマリウスが言う。私たち四人は、またマリウスが妙なものを手に入れてきたのだなと、興味と呆《あき》れの入り交じった感情で、話を聞いてやる。

「ドリームリンク?」

ここは、王都で一番人気のカフェだという。私たちの中ではそういう情報に一番詳しいルーファスがこの店を選んだのだ。

私と同い年のコッホ侯爵子息ルーファス、ザックス侯爵子息シモン、ロッシュ伯爵《はくしゃく》子息マリウスにひとつ年上のシュトルツ公爵子息セドリックを入れた我々五人は、まだほんの子どもだった頃に彼らの父親たちが重要な会議で招集《しょうしゅう》された際に王宮で出会い、今に至るまでその縁《えん》が続いている。

王太子たるもの常に完璧《かんぺき》でなければならないと、幼い頃から私は己《おのれ》を律《りっ》し、普段は感情なども表に出さないようにしている。だが、心から信頼する彼らの前ではそうした窮屈《きゅうくつ》さから解放されるのだ。彼らという友人がいることは、私にとって大きな幸運である。

私たちはこうして定期的に集まり、近況を報告しあっては、時には真剣に国の今後について語り合ったり、また時にはとんでもなく馬鹿馬鹿しいおふざけに興《きょう》じたりすることになる。

それにしても、今回マリウスが持ってきたものはとりわけ変わったものだった。ある魔女《まじょ》から買ってきたというその銀色の指輪は、一見するとなんの変哲《へんてつ》もない指輪である。

しかし彼の話によると、この指輪を左手の小指に嵌《は》めて、寝る前に夢に入りたい人物のことを思い浮かべると、なんとその人の夢の中に入れてしまうらしい。

その話をマリウスから聞かされたとき、私は眉唾物《まゆつばもの》でしかないと思った。しかし私たちはその指輪を喜んで受け取り、すぐに試してみようと言った。なぜなら私たちは、こういう悪ふざけが大好きだからだ。

これまで私たちは幾度《いくど》となく、こうした悪ふざけに興じてきた。最初にやったのは、五人で平民の恰好《かっこう》をして街に繰《く》り出すということだった。当時の私はまだほとんど王宮から出たことがなかったのだが、さまざまな学問を修《おさ》めるうちに、外の世界への関心は否応《いやおう》なく高まっていった。

その話を彼らにしたとき、確かルーファスの奴《やつ》が、平民に変装《へんそう》して王都を散策《さんさく》してみようと言い出したのだ。それまでいかなる規則《きそく》も破ったことのなかった私にとってその誘いは非常に恐ろしく、だが同時に極めて魅力的で、私はほか四人とその誘いに乗ることにした。

あの日のことは今でもはっきりと覚えている。それまで、王宮の外に出るときは少なくとも数人の護衛騎士《きし》をつけていた。だがその日、私はほとんど同じ年の四人の友人たちだけで王宮の外へと繰り出し、そして王都を好き勝手に散策したのだ。

全てが、新鮮な体験だった。決まった目的もルートもなく、自由に街を練り歩くなんてこと自体がとても特別だった。私たちは屋台で売っている食べ物を買って食べたり、よくわからない外国の土産物《みやげもの》を買ったりしたが、なかでも一番記憶に残ったのは、街で遊んでいた子どもたちを誘って王都で一番大きなお菓子屋に行き、その日そこにあった菓子を全部私たち五人で買い取って、皆で好きなだけ食べたことだ。

まあ、今思えばなかなか迷惑な行為だったに違いない。だが、集まったいっぱいの子どもたちと一緒にお菓子をお腹《なか》いっぱい食べたことは、それまでの人生で間違いなくもっとも興奮した出来事だった。

その日の興奮が忘れられなかった私たちは、その後さまざまな悪ふざけに興じた。ものすごく馬鹿馬鹿しいことをこの上なく真面目《まじめ》に計画し、実行に移した。それがどんな結果になろうと私たちにはそれが楽しくて、だからこの馬鹿げた「遊び」を私たち五人は幾度も幾度も繰り返したのだ。

今回も、そうだ。この指輪が本物か偽物かは、私たちには大した問題ではない。マリウスが魔女から買ってきたこのおかしな指輪をこの国でもっとも将来有望とされる私たち五人が馬鹿真面目に試してみる——それこそが、私たちにとってたまらなく愉快《ゆかい》なことなのである。

その場で指輪を左手の小指に嵌めた私たちは、さっそく誰の夢に入ってみるか話し合う。もちろん、私たちのなかの誰ひとりとして、本気で夢に入れるなどとは思っていなかったのだが。

そのとき、マリウスがカフェで給仕《きゅうじ》をするひとりの女性を指さした。

「たとえばさ、あの子なんてどうかな?」

「どうして彼女なんだ?」

「平民の子って、どんなこと考えているのかとか気にならない?」

とマリウスは答えたが、緩《ゆる》く巻いた金色の髪を後ろで束ねるその女性がマリウスの好みのタイプであることを私たちは知っている。それでルーファスがすかさず「とか言って、単にあの子がお前のタイプなんだろ？」と茶化《ちゃか》すと、マリウスは「バレたか」と少し恥ずかしそうに笑う。

「俺は別に誰でもいいぜ？　それにせっかくなら、まったく知らない子の方が楽しいと思うし？」

「ジュリアス、お前はどうする？」

「私は……」

他人の夢の中に入る――そんなこと、不可能に決まっている。だがもし、本当なら？　たとえ夢の中でも、彼女に会えるとしたら？　そして彼女を……振り向かせることができるとしたら？

「――もう決めたよ」

「えっ、誰だ!?」

「さあな。上手くいったら、明日教えてやるよ」

私が静かに笑うと、四人とも不思議そうな顔をしたが、それ以上は何も聞いてこなかった。

その夜。私はベッドに寝転がりながら、じっと左手の指輪を見つめて、クラウディアのことを考えていた。

ベッドの上で彼女のことを考えるのは、実のところ初めてではない。こんなおかしな指輪がなくとも、眠る前には毎晩必ず彼女のことを思い出していたのだから。

それにしても……本当になぜ、彼女は私との婚約を拒んだのだろう？　あの日の少女が私だとは知らないにしても、王太子としての私には会ったことがないはずだ。

それなのに拒むなど、やはりなにか、私に関する酷《ひど》い噂《うわさ》でも聞いたのだろうか。身に覚えはないが、悪意ある誰かが彼女におかしな作り話をしていないとも限らない。

あるいはやはり、彼女にはほかに想い人がいるのだろうか。まあたとえそうだとして、私には彼女を諦める気は全くない。だがそれならやはり一日も早く彼女と会って話し、彼女の心をそいつから奪い取らなければ――。

そんなことを悶々《もんもん》と考えているうちに、眠気がやってきた。月明かりに照らされ妖《あや》しく輝くその指輪をうとうとと見つめながら、私はクラウディアのことを思いつつ――いつの間にか眠りについていた。


気がつくと、私は美しい花畑に立っていた。晴れ渡っているが、朝焼けのように薄紫色と薄紅色がグラデーションになった空の色で、そこに大きな虹が架《か》かっている。見渡す限り一面に咲いている花々は陽の光で朝露《あさつゆ》を煌《きら》めかせ、幻想的《げんそうてき》で実に素晴らしい景色だ。

夢の中――なのだろう。しかしこれは、私が自分で見ている夢なのか？　いつもとずいぶん雰囲《ふんい》気《き》が違うが。

あるいは……本当にクラウディアの夢の中なのか？　いや、まさかそんなはずが……。

そのとき、遠くに花畑に寝転ぶ人影のようなものを見つける。そっと近づくと――。

私は、胸が大きく高鳴るのを感じる。

――ああ、クラウディアだ。

そこにはあの頃の面影をはっきりと残しつつ、しかし驚くほど美しく可憐《かれん》に成長した、愛しい人の姿があった。

「クラウディア」

その呼び掛けに、とても気持ち良さそうに目を閉じ寝転んでいた彼女がふっと目を開け――、その美しい紫色の瞳が私を捕らえて、大きく見開かれた。

「ジュ、ジュリアス様!?」

彼女のその驚いた様子に、私も驚いた。ジュリアスとして会ったことがないにもかかわらず、彼女は私のことを知っているらしい。ではなぜ、私との婚約を拒んだのだ——？

いや、そもそもこれは、本当に彼女の夢の中なのだろうか？　マリウスからあんな指輪を貰《もら》ったので、脳が勝手にこんな夢を私に見せているのかもしれない。

というのも……目の前にいるクラウディアは、本当に驚くほど美しいのだ。大人の女性へと成長した彼女の姿をそれこそ幾度となく妄想《もうそう》してきたが、その想像をはるかに上回る美しさである。

やはり、これは私の夢なのかも知れない。だがたとえこれが私の夢だとしても、ようやく愛しいクラウディアに、しかもこんなに美しく成長した彼女に会えた喜びに胸が震えた。夢でも構わない、彼女のそばにいたいと思った。

そんな風に私が再会を喜んでいるとも知らず、彼女は彼女で「想像以上だわ。キャラデザ完璧だとは思っていたけれど、三次元化するともっともっと素敵!!」だとか、「ジュリアス様は、私の最《さい》推《お》し」などと、なにやら興奮気味によくわからないことを口走っている。

その内容については少しも理解できなかったが、しかしそんな彼女が私を見つめる眼差しはキラキラと輝いていて、どう見ても私を嫌っているようには見えない。

ではなぜ、私との婚約を拒んだのだ？　それともやはり、これは私の願望が生み出した夢に過ぎないのか？

しかし、そのあと彼女が私に話してくれたことは、なんとも驚くべき内容だった。

クラウディアには、前世の記憶があるという。蜜蜂《みつばち》に刺された拍子《ひょうし》にその記憶を取り戻したそうで、私たちの生きるこの世界が前世に彼女が遊んでいたゲームの中の世界だと気づいたそうだ。

到底信じられないような話だと思った。だが彼女は「ドリームリンク」についてまで言及《げんきゅう》しながら、その主人公とやらが私のルートを攻略《こうりゃく》すると、私の婚約者となっていた彼女は悪役令嬢として国外追放《ついほう》か処刑《しょけい》の憂《う》き目《め》を免《まぬが》れないのだと悲しそうに語った。だからこそ、前世からの最推しで大好きな私との婚約を回避せざるを得なかったのだと。

この話を聞いたとき、私は内心で狂喜乱舞《きょうきらんぶ》していた。なぜなら、この夢の中のクラウディアの奇《き》想天外《そうてんがい》な話が私の脳が勝手に作り出したものでないなら、彼女が私との婚約を拒んだ理由は私を嫌いだからでも、ほかに想い人がいるからでもないということだからである。

それなら、と私は思う。もしこれが本当に彼女の夢の中なら、私にとって最高のチャンスなのではないかと。

この夢の中の彼女は、「ドリームリンク」の存在を知っているにもかかわらず、それを使って私が自分の夢の中に入り込んでいるという可能性については、少しも考えていないようだ。

だったら、あえて自分が「本物のジュリアス」であると彼女に告げる必要はないのではないか？　ただこうして彼女自身の願望が生み出した夢の中の存在として私を受容させ、そして夢の中で私に恋をしてもらうほうが好都合では……？

私がそんな狡《ずる》いことを考えている隣でうっとりするような眼差しで私を見つめる彼女の愛らしさに、刹那耐《た》えがたい欲求に襲《おそ》われる。

幾度、夢に見たことだろう。すぐそばにあるのだ、あの祭りの日に私を魅了《みりょう》した、赤く、愛らしいその唇が。

気づくと、私は彼女の唇を奪《うば》っていた。彼女は突然のことに驚いて赤面したが、その表情がまたあまりにも愛らしく、そしてなによりそのキスの味があまりにも甘美《かんび》で――私はもう一度、彼女の唇を奪った。今度はより深く、より全てを味わい尽《つ》くすように。

ああ、キスとはなんと甘く、素晴らしいものなのだろう？　このまま、彼女の全てを自分のものにしたい。このまま二度と彼女をこの腕の中から離さず、愛を囁《ささや》き、何度も何度もキスをして――

「このまま、ここで彼女の全てを奪ってしまいたい」――そんな強い衝動を、私ははっきりと感じた。

だが私に無理やり唇を奪われ、そのまま深く貪《むさぼ》るようなキスをされてすっかり困り切って涙目になっているクラウディアを見て、なんとか思いとどまった。

ああ、彼女を怯《おび》えさせてはだめだ。たとえ夢の中とはいえ、衝動のまま彼女を自分のものにして、私に対する恐怖心を彼女に植えつけてしまっては意味がない。

私は天から与えられたこの素晴らしいチャンスを使って、彼女の心を私に向けねばならない。そのためには――。

「明日の晩も、君は私に会いたいと思うはずだ。君が願えば――きっと、それは叶《かな》うよ。じゃあ……また明日ね」

そんな狡い言葉を彼女に囁き、一夜目の夢から私は目覚めた。

◆　◆　◆

目を開けると、既に朝だった。甘美な夢の余韻《よいん》をはっきり感じたまますぐ左手に目をやると、あの銀色の指輪が妖しく輝いていた。

あれは本当にクラウディアの夢の中だったのだろうか。直接本人に確かめる術《すべ》はない。だが少なくともほかの四人も同じように夢に入れたのか聞けば、あれが本物だったかどうか確認できるかもしれない。

昨日の約束通り、彼らは私を訪ねて王宮にやってきた。昨夜のことをすぐに尋ねるつもりだったのだが――正直、聞くまでもなかった。なぜなら顔を合わせて早々、私たちは互いの表情からこの指輪が「本物」だったということをはっきり理解したからである。

「おいマリウス、いったいなんてものを買ってきたんだよ！」

「お、俺だってまさか、本当にあの子の夢の中に入れるなんて思わなかったんだよ！」

ここで、セドリックが三人に問いかける。

「一応確認させてもらうが、彼女の名前は――」

「「「エイミー・メープル」」」

「彼女の部屋のテーブルの上に飾ってあったのは……」

「「「ひまわり」」」

彼らの答えが一致した――ということは、彼らは全員本当に昨日あのカフェで働いていた女性の夢の中に入り、その女性の部屋を訪れていたということだ。

「はあーっ、まじかよ！　だとしたらこの指輪、凄《すご》すぎないか!?」

「使い方によっては恐ろしい気もするけどね」

「じゃあもう使うのやめるか？」

「まさか。こんな面白いものを使わない手はないよ」

セドリックはいたずらっぽく笑う。

「それにしてもエイミー、可愛すぎだよな」

「確かに、可愛い子だったね。まさに、マリウスの好みのタイプだ」

「それにさ、性格もめちゃくちゃ可愛かったよな！」

「ああ、いい子だったよな！　まあ、俺としては、もうちょっと胸がほしいところだけどさ」

彼らがそのエイミー・メープルという人物の話で盛り上がっているとき、私はひとり大きな感動に包まれていた。

四人が本当にその女性の夢に入ることができたのであれば、私が入ったのも本当にクラウディアの夢だったということになる。

それなら、あの夢の中で彼女が私に語ったことは全て事実なのだ。クラウディアが私との婚約を拒んだのは私を嫌っているからでもほかに想い人がいるからでもなく、ひとえに処刑エンドを回避するため。クラウディア自身はむしろ、私のことを好いてくれていると――。

「そういえばジュリアスは、結局誰の夢の中に入ったんだ？　さっきの反応からして、ちゃんと夢の中に入れはしたんだよな？」

「……ああ、入れたよ。おかげでずっと、死ぬほど会いたかった人に、会うことができたんだ」

私に質問をしたシモンも他の三人もかなり驚いた顔をしていたから、きっとそのときの私の顔は馬鹿みたいに嬉しそうだったのだと思う。

その後四人にその会いたかった相手というのが誰なのか散々《さんざん》問い詰められたが、彼女との久々の再会をなんだか今はふたりだけの秘密にしておきたくて、答えなかった。

その夜も、私はもちろん彼女の夢を訪《おとず》れた。

私は彼女に会えた喜びで笑顔を隠しきれないというのに、彼女は私の顔を見た瞬間、明らかに困惑の色を浮かべた。

しかしそれがどうも私に会いたくなかったからではなくてむしろその逆だったとわかり、私は堪《たま》らず彼女を抱き寄せると、そのまま彼女にキスをした。

少しも抵抗することなく私のキスを受け入れるクラウディア。潤《うる》んだ瞳で愛しい女性に見つめられて耐えられるはずもなく、そのまま二度三度と口づけを重ねる。

うっとりするような魅力的な表情で「だめだ、困る」と言う彼女。しかもその理由は、私を諦められなくなるから、と。

諦めるなど……そんなこと、絶対に許さない。「決して君を逃がすつもりはないよ」と告げて、もう一度彼女に口づけようとしたのだが——不意をついて私の腕からするりと抜けた彼女は、そのまま私のもとから逃げ出した。

まさか彼女が逃げるなどとは思ってもおらず驚いたが、風のように私の前から走り去った彼女を追おうとして、ふと気づく。

夢の中は、現実とは違う。彼女が今、風のような速さで駆けて行ったのもそうだ。たぶん、思念《しねん》をそのまま現実化できるのだろう。だとすれば——私は彼女を一瞬で捕らえられるはず。

私は、意識を集中する。どうやって彼女を捕らえようかと思案し、ふと思いついたのは……彼女が一番安心できる場所に、彼女を「閉じ込めること」――。

「クラウディア」

「なっ……ジュリアス様!?」

つい先ほどまで草原にいたのに、今私たちがいるのは寝室である。見るからに貴族の屋敷の寝室で、彼女が最初に見せた反応から察するに、彼女の寝室なのだろう。

ベッドの上で驚いた表情を浮かべながら私を見つめる彼女は、その美しい素肌がはっきり透《す》けて見えるほどに薄いネグリジェを纏《まと》っていた。そのあまりにも魅惑的な彼女の姿を前にして、私は思わず苦笑した。

私の頭に浮かんだのは、彼女がもう私のもとから逃げられぬよう、どこかに閉じ込めてしまいたいという欲求と、美しい彼女の全てを奪ってしまいたいという強い衝動だった。

そんな私の思念が願望と融合《ゆうごう》した結果、彼女の寝室でふたりきりになるという、なんとも露骨《ろこつ》な形で具現化したのかもしれない。

ずっと想い続けた愛しい女性が半裸《はんら》でベッドの上に横たわっているのを前にして、私はもはや自分を抑えられる気がしなかった。

私は彼女の上に覆《おお》い被《かぶ》さった。いくら夢の中とはいえ、このように強引にその身体に触れるなど、自分はなんと卑劣《ひれつ》な男であったのかと気づかされて大いにショックを受けたが、私を拒みながらも頬を染め、私の愛撫《あいぶ》に既に確かな快楽《かいらく》を感じ初めている彼女を前にして、私の脆弱《ぜいじゃく》な理性などもはやひとたまりもなかった。

私の手で乱れていく彼女は間違いなく私がこれまでの人生で目にした何よりも美しく、何よりも愛おしかった。あの日のりんご飴《あめ》よりもはるかに甘く、あの日の香辛料入りの異国的な飲み物よりもはるかに私を酔わせるこの愛しい人を、私は恍惚《こうこつ》としながら貪った。

そうして、気づく。どうやらこれは味わえば味わうほどに欲しくなる、恐ろしく甘美な禁断《きんだん》の果実なのだと。彼女を離したくない、奪いつくしても、決して足ることなどないのだろうと。

まあ、こうしてその味を知ってしまった以上、いまさら気づいてももう遅いが。

私はそのまま、彼女の純潔《じゅんけつ》を散らしてしまった。もちろん、これは夢の中だ。だから本当に彼女の純潔を散らしたことにはならない。しかし彼女とひとつになり、彼女の中に己が熱情《ねつじょう》を吐《は》き出した時の喜びというのは、何ものにも変えがたいものだった。

「――これから毎晩、君を抱きにくるよ。そして私を諦めるなんて愚《おろ》かな考えを絶対に抱けなくなるくらい、君を私に夢中にさせてあげる」

そう言いながら、自分ではわかっていた。この夢で相手に夢中になるのは、彼女よりも私自身のほうなのだと。ただでさえ初めから、私の心は完全に彼女のものなのだ。それなのにこんな……この上なく甘美な味を、私はこの夢の中で知ってしまったのだから。

それから私は本当に毎晩彼女の夢を訪れ、そして彼女を抱いた。初めこそ彼女はこのような夢を見てしまうことに対して淑女としての抵抗を強く感じていたようだが、それが決して私への拒絶ではないことはもはやはっきりしていたし、夜を重ねるにつれて彼女はごくごく自然に私を受け入れ、自らも私を求めてくれるようになっていった。

私が愛していると伝えると、彼女は今やはっきりと自分も愛していると返してくれるのだ。その事実が私にとって、どれほど大きな喜びだったか。

もちろん彼女は、今もなお私のことをただの夢の中の登場人物だと信じている。――とはいえ、そんな夢の中の私のことを彼女は確かに愛してくれているのだ。

夢の中とはいえ、目を見ると彼女が私を心から思ってくれていることを感じられる。こうして身体を繋《つな》げば、互いがなくてはならぬ存在であるとはっきりと感じられる。

それなら――もう時が来たと言うことではないか？　彼女に真実を告げる、その時が。

◆　◆　◆

夢の中で確信し、決意を固めて目覚めたその朝、私はすぐに父である国王陛下に謁見《えっけん》を申し出ると、そこで「婚約記念舞踏会《ぶとうかい》」の開催について相談した。

もちろん、私がクラウディアに婚約を拒まれ、その後はいくら勧められても私が婚約者選びを保《ほ》留《りゅう》にしていた事実を知る陛下は怪訝《けげん》な表情をされ、相手はどうするつもりなのだと私に問われた。

「もちろん、相手はクラウディアです」

「だがジュリアスよ、彼女はお前との婚約を……」

「ええわかっています。ですが陛下、どうか私を信じてください。そして何も聞かず、私の思う通りにさせていただけませんか」

「しかし――」

「もしこの日、彼女が私の申し出をやはり拒絶したら、そのときは誰だろうと私は陛下の望まれる相手と結婚いたします。ですからどうか、最後に一度機会をください。私に、心から愛する女性を妻とするという最高の喜びを享受するための、最後の機会を」

陛下は私の懇願《こんがん》を聞き入れてくれた。

私はすぐさま彼女のための特別なドレスを作らせて（なお、サイズは夢の中でこっそり測《はか》った）、そして私の瞳の色と全く同じ色のサファイアで作らせた最高のアクセサリーも用意して、公爵邸に送らせた。

ああ、このドレスを纏い、このサファイアを身につけた彼女を見れば、誰もがすぐに気づくだろう。彼女こそが、その舞踏会の「主役」であると――。


私の婚約記念舞踏会の招待状が届いた友人たちは、当然のように大いに驚いていた。しかも、普通なら当然そこにあるはずの「相手」の名前がどこにも書かれていないのだ。

そんなわけで、この招待状が届くとすぐに彼らの訪問があり、私はいよいよ彼らに全て話す時がきたのだと思った。

早く状況を説明しろと急かす彼らを前に、私は今度こそ堂々と宣言する。

「覚えているか？　最初にこの指輪を使った夜の翌日、私の言った言葉を。『死ぬほど会いたかった人に、会うことができた』という」

「ああ、もちろん覚えているさ。俺たちが何度聞いても、それが誰か教えてくれなかっただろ」

「それにジュリアスは、今もずっとその人の夢に入り続けているよね」

「じゃあやっぱり、その子が今回のお相手なんだ？　誰？　俺たちの知らない子？」

頬が、自然と緩むのを感じる。ああ、だめだな。王太子ともあろうものが、彼女のことを想うだけで、すぐにこれだ。そんな私の姿にやはり少し驚いている彼らに、私は言った。

「ある冬の祭りの日、私はひとりの少女に出会い、恋をした。だが私はその子に、女の子だと誤解《ごかい》されてしまったんだ。だから、夢の中で思いっきり教えてあげたんだよ。私が、彼女をどれほど愛する『男』かってことをね」

◆　◆　◆

そして運命の夜がやって来た。

舞踏会ホールには、既に多くの招待客が集まっているようだ。私はまだホールには入場せずに、少し離れた一室から彼女の到着を待っていた。

この部屋の窓から、招待客の往来《おうらい》を上から観察できるのだ。リーゼンフェルト公爵家の馬車が到着したらすぐ報せるようにとは言ってあるが、私はずっと窓の外を落ち着かない気持ちで眺《なが》めていた。

ようやく、彼女に会える。毎晩夢の中であんなに愛し合ったのに、いざ本物の彼女に会えるのだと思うと、心臓《しんぞう》が破裂《はれつ》しそうだった。

すぐ、彼女を見つけた。その後ろ姿だけでも、はっきりとわかった。

私は急いで部屋を出る。ちょうど私に彼女の到着を報せに来た連絡係に「知っているよ、ありがとう」と笑顔で告げてその者の横を誕生日の贈り物が待ちきれぬ子どものように勢いよく通り過ぎると、ホールの正面入り口から中に入った。

私が予想外の場所から、しかも走って現れたことに、それに気づいた招待客たちは驚いている様子だったが、私には今そんなことはどうでもよかった。

私は、ただひとりの彼女を見つめる。その後ろ姿だけでも誰よりも美しいその人は、彼女に集まる視線よりも、どうやら目の前の別の女性のほうが気になるらしい。その女性が誰か、私は知っている。そして彼女がどうして、その女性に特別な関心を寄せているかも。

――理由はわかっていても、こんなに近くまで来たのに彼女が私に少しも気づかず、その視線が別の人間に向いているのがなんとも癪《しゃく》だ。それで私は、待機させていた給仕の者に目で合図をすると、背後から私の愛しい人に声をかけた。

「こんばんは」

彼女は、私の声を耳にしてあからさまに身を固くし、そして振り返った。

「……お初にお目にかかります、王太子殿下《でんか》。リーゼンフェルト公爵家のクラウディアでございます」

この上なく美しい所作で、私に挨拶をする。私の贈ったドレスが、彼女のためにその全てを自分の手で選んだ特別なそれが彼女の身体を、夢の中ではその全てに触れ、口づけていないところなどないほどに知っているその愛しい身体を包んでいる。

少し紫がかった長く美しい黒髪が揺《ゆ》れて、ゆっくりと顔を上げたクラウディアとやっと目が合う。潤んだ美しい瞳が、私を見つめる。ああ……夢の中のままの、いや、夢の中以上に美しく輝く彼女が、そこにいた。

私を見つめる彼女が、大きなショックを受けているのがわかった。そのショックが、現実の私が期待外れだったという悲しい理由でなければ、きっと私を大いに喜ばせてくれる理由だろうとぼんやりと考える。

予《あらかじ》め指示しておいた彼女のための特別なウエルカムドリンクが、給仕から彼女に渡される。彼女はそれを一気に飲《の》み干《ほ》し、そして——。

私はすぐさま彼女の身体を受け止める。ああ……夢の中で数えきれないほど抱いた、このやわらかく美しい身体。こうして触れるだけで、すぐさま奪い尽くしたくなるほどに甘美な——。

ふと彼女の豊かな美しい胸の上に、自分が贈った自分の瞳と全く同色のサファイアのネックレスが輝いているのが目に入る。強すぎる独占欲、執着心、そして——この上なき、愛。

「おやすみ、私の可愛いクラウディア」

とろんとした瞳が、重くなった瞼《まぶた》の下に隠される。私は予定通り、彼女を介抱《かいほう》するといってその場を抜けた。


そして、私の寝室。目の前には、言葉通り数えきれぬほど夢に見た、愛しい女性が横たわっている。

この美しい寝顔は、一生見つめていても決して見飽きることはないだろうな。そんなことを思いながら見惚れていると、長く優雅な睫毛《まつげ》がきらきらと揺れた。

「ううん……」

「やあ、クラウディア」

私が声をかけると、驚いて大きく目を見開く。その美しい瞳が現実の私を映しているのだと思うと、それだけで言いようもない喜びを感じてしまう。

そしてすぐに気づいた、どうやら彼女がこの現実を夢だと勘違いしていることに。

それは私にとって予想外のことだった。しかしそれによって私は本当に彼女の夢に入ることができていたのだと改めて実感し、深い喜びに満たされた。

その上、現実の私に会い、私に失望するどころか、婚約を拒んだことを後悔していると言って涙を浮かべるその姿が愛おしすぎて、私は堪らず彼女を強く抱きしめると、深く深く口づけた。

夢の中でキスするたび、これほど甘美なものはこの世にあるまいと思っていたが、「真《まこと》のファーストキス」とは、かくも甘美なものなのか。

たった一度のキスで、恍惚とするような感覚に深く酔う。すると彼女も、「いつもより気持ちい」と言って、うっとりとした表情で私を見つめてくる。ああ……堪らない。どうしてこんなに愛おしいのだろう？

再び口づけると、今度は私の匂《にお》いが好きだと言った。いつもよりはっきりと私の匂いを感じられて、それでくらくらすると。ずっと、私の腕に抱かれていたいと。

自分の中で、理性の夕ガが外れる音がはっきり聞こえた。本当は彼女に事情を話し、きちんと順を追って説明した上で事に及ぶつもりだったのだ。しかし、もう無理だった。いますぐ、彼女を自分のものにしたい。夢だと勘違いさせたまま、彼女を奪ってしまいたい。そんな強い衝動をもはや抑えきれなかった。

目の前にいる本物の、私が愛してやまない女性をその胸に抱きながら、私は今までのどの夢よりも夢の中にいるような気持ちだった。キスも、匂いも、ぬくもりもすべて、あまりにも甘美だった。

だからだろうか、いよいよ本当に彼女を奪おうというときも――彼女が初めての痛みに苦悶《くもん》の表情を浮かべているというのに、私は罪悪感より、たとえようもない喜びを覚えていたのだ。

溢れたその美しい透明な涙を唇で拭いながら、これ以上に甘美な味の飲み物はないのではないかと思ったなどと知れば、彼女はやはり私のことをサディストと呼ぶだろう。

そうしてようやく彼女とひとつになったとき、私は至上《しじょう》の喜びを感じたのだ。そして最奥《さいおう》に己が熱情を放ったとき、恍惚としながら、私ほど幸福な人間は他にいないだろうと確信した。

なによりも美しく、なによりも愛おしい彼女が疲れ果てて私の腕の中で穏《おだ》やかに眠っている間も、私はただただ深い喜びを感じていた。

ようやく、本当にひとつになれたのだ。

もう決して君を離すまい。誓いの想いを込めて、眠る彼女にそっと口づける。

夢から覚めた彼女は、今度こそ気づくだろう。そのとき、彼女は怒るだろうか？　私を軽蔑《けいべつ》するだろうか？　だがもう、離してあげることはできないんだ。

目覚めたクラウディアは、なんとまだ夢の中だと信じていた。それで、ようやくネタばらしをする。

彼女を騙《だま》したままで、こんな風に彼女の純潔まで奪ってしまった。彼女は当然すごく怒るだろうと思ったし、その権利は十分にあると思った。

――だが、彼女の反応は、私が予想したものとは全く違っていた。

「もう、諦めなくてもよいのですか？　私は……夢の中だけじゃなく、本当の、現実のこの世界でもジュリアス様、貴方《あなた》のおそばにいてもよいと――」

なんと愛おしく、心優しい人だろうか。

あまりにも純粋なこの女性を強く抱きしめながら、自分という人間の狡さを痛感《つうかん》した。こんな心の美しい人が「悪役令嬢」などという役割を与えられるはずだったなんて笑止《しょうし》千万《せんばん》だが、彼女はやはり自分には悪役令嬢の素質があったなどと言う。しかもその理由が、私のことを本当に好きで、嫉妬《しっと》のあまり恐ろしいことを考えそうになったからと。

いや、可愛すぎるだろう！　こうなったらもう、悪役令嬢になってほしい気さえする。そうすれば私も堂々と、その悪役令嬢を悪役らしく強引に自分の腕の中に永遠に閉じ込め溺愛《できあい》する魔王にでもなれるだろうに。

それから私たちはふたりで舞踏会ホールに戻り、陛下に全てが上手くいったことを伝えた。あとは、最後の大仕事が残っている。

私は彼女をホール中央に誘導する。大きな舞踏会ホールいっぱいに集まっている招待客たちの目が、私たちふたりに集まる。

ようやくだ。ようやくこの人が、私の最愛の人であると皆に知らしめることができる。そう思っただけで胸の高鳴りが収まらない。愛しい彼女の前に跪《ひざまず》き、この突然の状況に不安の色を隠しきれぬその潤んだ美しい紫色の瞳を見つめて、私は彼女に告げる。

ずっと、貴女に恋い焦がれていたのだ。ずっと、貴女に夢中だったのだ。夢の中でも、現実でも。

クラウディアは固まったまま、何も答えない。彼女の想いを知っていても、この沈黙は私には永遠のように長く感じた。だが——。

「喜んでお受けいたしますわ、ジュリアス様！　私もずっと、ずーっと、貴方のことが大好きだったんですもの!!」

次の瞬間には、私は彼女を強く抱きしめ、人目も憚《はばか》らず熱く口づけていた。

なんという幸福だろうか。私はずっと見続けた夢を叶えた、最高に幸せな男になったんだ。

クラウディア。あの冬の祭りの日、私は夢を見たのだ。王となった私の隣に立つ、最愛の王妃としての君の姿を。

私はその夢を必ず叶えよう。愛してるよ、クラウディア。これからは、私の夢が等《ひと》しく君の夢になりますように。そして君の夢が、等しく私の夢になりますように。

第四章 ✦ 悪役令嬢の初めてじゃない初めての夜

婚約発表舞踏会《ぶとうかい》のあとでとにかく大変だったのは、公爵《こうしゃく》である私の父に、私たちふたりの関係を理解してもらうことだった。

熱烈なキス込みで参加者たちを大いに沸《わ》かせたあの公開プロポーズを目の当たりにしたにもかかわらず、私の父はこの現実を受け入れられなかったようで、私が殿下《でんか》に脅《おど》されていると思い込んでしまった。

最初にジュリアス様との婚約の話が来たときに私が「殿下と婚約したら（プレッシャーで）死んでしまうかもしれない」と言って思いっきり拒絶したのと、殿下の婚約記念舞踏会への出席を嫌がったときの印象が、父には相当強かったらしい。

そもそも父は私がジュリアス様のことを嫌っているのだと信じ込んでいた。ジュリアス様も、私が婚約を拒否した時に私と直接話したいと何度も父に直談判《じかだんぱん》したようだけど、絶対に認めてくれなかったと言っていた。

そんななか、主役であるジュリアス様が舞踏会場にはおらず、そのうえ娘である私の居場所もわからなくなったと思ったら、最後に二人連れだってやってきて、あの公開プロポーズである。

あれを目撃して脳内パニック状態になった父は、会場で私を見つけた殿下がなんらかの方法で私を脅し、強引に結婚を承諾させたのだと思い込んでしまった。

そのせいで公開プロポーズのあとで公爵邸に帰ってくると、それこそ夢心地でまだぼんやりしていた私を見て、父は私がショックのあまり呆然《ぼうぜん》としているのだろうと思ったらしく。

「王家との婚約の書面はまだ正式に交わしてはないのだ！　世間体などどうでもいいし、公爵家《うち》のことも気にしなくていいから、もしも殿下に脅されているのなら正直に私に話してくれ!!」

と、涙ながらに訴えられてしまった。

しかもそのとき私の首筋にジュリアス様の残したキスマークを見つけてしまい、私が王宮で殿下に手籠《てご》めにされ、その結果仕方なく結婚を受け入れたのではないかと思ってしまった。

パニックになった父が、今にも王宮に戻ってジュリアス様を手にかけそうな剣幕だったので、焦《あせ》った私は「無理やりなどではありません！　ジュリアス様とは既に何度も合意の上で致しておりますわ!!」と、公爵邸に響き渡るような音量でありえないことを口走ってしまい——。

……まあ人間、生きていれば恥ずかしくて死ぬようなことも何度かやらかすもんですよね。私にとってそのうちのひとつが昨夜のこれだったことは、言うまでもありませんが。

私の衝撃の告白によってお父様にはある意味さらなるショックを与えてしまったが、お陰で今朝《けさ》の王宮での婚約関連の書面の取り交わしの際には、父は陛下《へいか》やジュリアス様に失礼な態度を取ることはなかった。

いや正確に言えば、直接的に失礼な言動こそなかったものの、父がジュリアス様に向ける眼差《まなざ》しは敵意剝《む》き出しでしたけどね!?

後でジュリアス様が「公爵の私に向ける目がとても恐ろしかったよ。『よくも大切な愛娘《まなむすめ》に手を出したな？　娘を悲しませるようなことがあれば承知しないぞ？』と、首筋にナイフを突きつけられながら言われている錯覚《さっかく》に陥《おちい》った」なーんて、真顔で仰《おっしゃ》ってたし……。

そうして舞踏会翌日のお昼には書面上での正式な婚約手続きも終えて、私は愛するジュリアス様と結婚できるのだという喜びで本当に夢見心地だったのですが――。

「正式に婚約も済ませたのだ、今日からクラウディアには王宮に移っていただき、本格的に妃教《きさききょう》育を受けてもらおうと思うが、問題ないだろうか？」

ジュリアス様のまさかの発言に、私も父も固まりましたよね。いや、いずれはそうなるだろうと思いましたけど、まさか昨日の今日でとか思うはずないじゃないですか。

でも、私と父が「急すぎる」とか「少し準備期間を」とかってジュリアス様に申し上げても、なーんか上手《うま》いこと理由を付けつつ結局は有無《うむ》を言わせぬ王太子《おうたいし》スマイルでもって、半ば強引に私の即日王宮移住が決定されてしまった。

そうして今、私は王太子殿下の寝室改め、私たちふたりの寝室のベッドの上に座らされています。

正直、ものすごく困惑《こんわく》している。いや、百歩譲《ゆず》ってお妃様教育のために早急に王宮に移り住まなければいけないのはわかる。

私たちが既に関係を持ってしまったことが私たちの両親のほか王室関係者にも知られてしまった以上、結婚はさっさと済ませたほうがいいだろうとなり、王族としては異例のスピードで、半年後の結婚が決まったのだ。

つまり、それまでに私は最低限のお妃様教育を終えなければならず、本来であれば最低でも一年、長ければ数年単位で行うというものを半年で終えねばならないということに、王室関係者の方々が焦りを感じるのは仕方がないと思う。

——だがその点については、私も父もそんなに……というかまったく心配していない。

なぜなら私は誰もが知る完璧令嬢《かんぺきれいじょう》であり、「淑女《しゅくじょ》の鑑《かがみ》」と呼ばれるクラウディア・リーゼンフェルトなのだ。改めて学ばずとも既に基礎は完璧（というかでき過ぎ）！　正直こんなに急いで王宮に移り住まずとも、余裕でお妃様教育を終えられる絶対的な自信がある。

父は、先ほど殿下が私の即日移住を提案されたとき、もちろんこのことを力説した。しかしジュリアス様は私に妃としての能力は既に十分すぎるほどあると認めたにもかかわらず、それでも王宮への移住の延期は認めてくれなかった。

そして今ようやく、その理由がわかった気がする——というか、はっきりわかった。

「クラウディア……ああ、ようやく——」

とても美しく、そして色気だだ漏《も》れなジュリアス様が、困惑したままベッドにかけている私の肩をそっと抱き寄せた。

「ジュ、ジュリアス様？　その……いくつかお伺いしてもよろしいでしょうか？」

「ああ、もちろんだ。何でも聞いてくれ。愛《いと》しい君の声を聞けるなら、私は無限の質問にでも答えよう」

「あはははは……では最初の質問です。どうして、私たちは同じ部屋なのでしょう……？」

「本気で聞いてる？」

「えっ!?」

「私たちは婚約したんだよ？　そしてもうすぐ夫婦になる。夫婦が同じ部屋なのは当たり前のこと

「まあ、夫婦ならそうですわね。でも、思い出してください。私たちはまだ、夫婦ではありませんよね？」

「まだ、ね？　だが、もうすぐそうなる。たった半年だよ？　人生の長さを思えば、半年など誤差の範囲内だ。もう夫婦と言っても過言ではない」

大いに過言だとは思うが、まあいずれにせよ同じ部屋で寝ることはジュリアス様的には確定事項らしい。これ以上この点についての追及は無駄《むだ》だろう。

「では次の質問です。同じ部屋なのは百歩譲っていいとして、この恰好《かっこう》は……？」

「この恰好って？」

「このスケスケの、素肌が丸見えで衣服としての機能を全く果たさないこのネグリジェのことですわ」

「月の女神のように美しい君にとてもよく似合っていると思うが、もしかして気に入らない？」

「気に入る、気に入らないの問題ではありません。こんなに薄くては、寝間着としての役目を果たさないと思うのですが……」

「んー、そうだね？　だが君も知っているだろう、これは別に、実際に眠るときに纏《まと》うものではない。どうせすぐに脱ぐことになる――いや、私が脱がせることになるからね。そして実際に眠りにつくときに君を包んでいるのは、間違いなくこの薄衣《うすごろも》ではなくて私の身体《からだ》だ」

ほーら、やっぱりそうだ！

「それでは、最後の質問です！　どうして、わざわざ今夜、こんなネグリジェをご用意なさったのだろう？」

です？」

「なんだクラウディア、もしかしてそういうこと？」

「えっ——きゃあっ!!」

ジュリアス様はただでさえ輝くばかりに美しいその顔に、恐ろしいほどの妖艶《ようえん》さを足してにっこりと微笑《ほほえ》みながら私を押し倒した。

「ジュリアス様!?」

「そんな可愛《かわい》い誘い方があるなんてね」

「はっ……？」

「最後の質問に答えてあげる。どうして今夜、こんなネグリジェを用意したか？　わかりきったことだよ。それは——君を食べるためさ」

あれれ？『●ずきんちゃん』って、この世界にもあったんだっけ——じゃなくてっ!!

「ジュリアス様、お待ちください！　私たちは一応まだ婚前ですよ!?」

「もう誤差の範囲内だと言っただろう？　それにたとえまだ婚約者同士だとして、既に君の純潔《じゅんけつ》は私によって散らされてしまったんだ。昨夜のあれは夢じゃなくて現実だったの、忘れてしまった？」

「だ、だとしても、結婚前の男女がこのように褥《しとね》を共にするというのはその……！」

「私たちが関係を持ってしまった事実は、もう両親たちも知っているんだ。その上で寝所を共にすることを許されているってことは、当然そういうことも暗黙の了解ってこと」

私に覆《おお》い被《かぶ》さっているこの見目麗《みめうるわ》しい狼《おおかみ》さんは、私の頬《ほお》を優しく撫《な》でる。その表情があまりにも美しく妖艶なものだから、うっかり見惚《みと》れてしまう。

正直、寝室が一緒って言われてその可能性を少しも考えなかったわけではない。でも、添い寝はしてもそういうことは結婚まではしないんじゃないかなあと、高を括《くく》っていた。

少し考えれば、今までのジュリアス様の行いからして添い寝だけして手を出さないなんてこと、あり得ないのに。

そう思った途端、なぜか急に不安になった。何故《なぜ》だろう、ジュリアス様に抱かれるのなんて、もうすっかり慣れきっているはずなのに。なにも怖いことなんて——。

……怖い？　あれ？　私は今、ジュリアス様に抱かれるのが、怖いと思った……の？

「ああクラウディア、そんな可愛い表情で煽《あお》られたら堪《たま》らないな。現実世界ではまだ二度目だからゆっくりと大切に抱いてあげたいのに、一気に最奥《さいおう》まで貫いてしまいたくなる」

その言葉に、はっと気づく。そうだ、そのせいだ。私はこれまでに、もう数えきれないほどジュリアス様に抱かれてきた。ただしそれは全て、夢の中でのことだった。

もちろん昨夜のあれは紛《まぎ》れもない「現実」だったのであり、一昨日までとは違い私はもう処女ではない。とはいえ、ジュリアス様に私が現実で純潔を散らされたあのとき、私は完全に夢の中での出来事だと信じていたのだ。

そうして、ようやく理解した。私が今夜ジュリアス様に抱かれることに感じた漠然《ばくぜん》とした不安は、これに起因するのだと。

今日は私の「初めての夜」ではない。が、気持ち的には「初めての夜」なのだ。

昨夜までの私にとって、目の前にいるこの愛する男性はあくまで私の夢の中の人物だった。だからこそ、かなり恥ずかしいことだって平気で言ったりしたりできた。

しかし、今はもう違う。目の前にいるこの驚くほど美しい男性は、現実世界《リアル》の人間だ。しかもなんかすっかり忘れがちだけど、この国の王太子殿下だったりもする。

いまさら何言ってんだって話ですよね。ジュリアス様にはさんざんっぱら恥ずかしい姿をお見せしている。

夢の中の出来事だというのをいいことに自分からおねだりしたり、どこが気持ちいいかも素直に全部伝えていたり、恥ずかしい声なんかも我慢《がまん》しないでいっぱい出しちゃっていたわけで……。

そう、もう手遅れなんです。いまさら私がどう取り繕《つくろ》ったって、優秀なジュリアス様は私の痴態《ちたい》をたぶん全て（しかも嬉々《きき》として）記憶しているだろうから。

それに彼は、私の全身を私以上に知り尽《つ》くしていて、私の弱いところ、気持ち良くなっちゃうところを完全に把握《はあく》しているはずだ（事実、昨夜は本当に「初めて」だったはずなのに、完璧に私の気持ちいいところを的確についてきた……）。

だから本当は、このまま今まで通り抱かれちゃえばいいのだ。何も考えず、この愛する人からの誘惑に負けてただ身を任せてしまえばいい。

そうしたらいつも通り――いや、昨日の感じからしてリアルは夢の中より感度が増すようなのでいつも以上にふたりで気持ち良くなれちゃうのだろう。

ほら、この眼差しに見つめられたら、自然と身体が熱くなる。彼と触れ合っているところがじんわりと熱を帯びて、身体の奥が疼《うず》きはじめる。そうだ、ただこの感覚に任せていれば、この恥ずかしさもきっとすぐに消えて……。

……。

……いや、やっぱ無理。

「ジュリアス様、やっぱり無理です!!」

「……無理？」

「その……！　恥ずかしいんです!!　だから無理です!!」

「へっ⁇　恥ずかしいって、何が？」

「だって、こうして現実のジュリアス様とこうした、その……結婚後の男女がするような行為をするというのは、その——!!」

「何を言っているんだ？　私たちが毎晩、どれだけ愛し合ってきたと思う？　君の身体で私が知らないところなど、もはやないんだよ。たとえばふとももの後ろにある小さな可愛いほくろも、お尻の右の——」

「そ、そういうことじゃないんです！」

「……では、どういうことだ？」

「だってこれまでは、私にとってジュリアス様はあくまで夢の中の人だったのですよ⁉　現実には存在しない、私の聞きたい言葉だけを言ってくれて、してほしいことだけをしてくれる、私の理想を私の脳内で実体化した存在だったんです！　それが突然……本当に私の理想のままのジュリアス様がこの世に実在されて、自我を持ったひとりの人間だなんて、正直すぐには受け入れられません!!」

私がそう叫ぶと、驚いた顔をしていたジュリアス様は、とても嬉《うれ》しそうに笑った。私は今の流れでジュリアス様が喜ぶポイントがわからず、すっかり混乱してしまう。

「……ジュリアス様？」

「クラウディア、君ってなんなの？」

「は??」

「どれだけ可愛いことを言えば気が済むの？　私をどうしてしまいたいんだ？　もうこれ以上ないほど君を愛しているのに、どうしてこの愛がまだ深く大きくなりようがあるということをそんな風に不意打ちで、しかし強烈に愛らしい方法で、私に教えてくれるのだ？」

「え!?　は!?　いや、ちょっとジュリアス様、今の私の話、ちゃんと聞いていらしたんですよね!?」

「私の脳内に一言一句違《たが》わず記憶されたよ」

私に覆い被さったままの状態のジュリアス様が、私にちゅっと口づける。彼を止めようと思ってその名を呼ぼうとするも、最後まで言う前に何度も何度も口づけられる。それで私がぐっと彼の胸板を押して制そうとするが。

「ちょ、ちょっと待って……」

「待たない」

そう言って微笑んだジュリアス様は、今度は私の口内に舌を差し込んできて、思いっきり深くて甘いキスを仕掛けてくる。

昨日もだったが、夢の中ですらあんなに気持ちいいのに、現実《リアル》でするジュリアス様とのキスは気持ち良すぎて死んでしまいそうだ。

でも彼の手が私のネグリジェの前のリボンを解《ほど》こうとするので、そっと制した。気持ちいいし、その先の悦《よろこ》びも知っている。だからこのまま流されてしまえばいいんだけど、どうしてもまだ、心が受け止めきれない。初めてじゃないのに初めてみたいで——やっぱり怖い！

「だ、だめですわ、ジュリアス様……！」

「だめと言いながら、やはり君はそんな顔をするんだね。そんな甘くとろけるような表情でだめと言われても、煽られているようにしか感じないよ」

「そ、そんなっ……！」

それでもネグリジェのリボンを解こうとするジュリアス様の手をもう一度強く握って制すると、ジュリアス様はハッと何かに気づいたような表情を浮かべ、そしてリボンからそっと手を離した。

「……クラウディア、まさか——まさか、本当に私が怖いのか？」

「えっ」

「……震えてる」

私の上に覆い被さっていたジュリアス様がふっと上体を起こし、どこかショックを受けたような顔をしたので、私はすっかり慌《あわ》てる。

「……そうか。本当に、すまなかった。確かにそうだな、君は私のことをあくまで夢の中の想像上の人物だと思っていたのだ。だからこそ、多少強引なことをされても夢の中だからと割り切れたのだろうし、全ては君自身の願望だと私に信じ込まされていたから、そこに恐怖を感じる余地はなかった。だが、今はもう違うからね……君はもう、私というひとりの男が自らの意思でもって君を求めていることを知ってしまった。それを恐ろしいと思うのは、ごく自然なことかもしれない」

ジュリアス様は私のほうをとても優しく、でも悲しげな笑顔で見つめ、そして優しく控えめに頬を撫でた。

「あ、の、ジュリアス様……」

「安心して。今日はもう、何もしないよ」

「えっ？」

「大丈夫、君を怖がらせるようなことは、もう二度としない。約束する。だから……どうか私のことを怖がらないでくれ」

「えっ!?　ジュ、ジュリアス様、誤解です!!」

「無理しなくていい。私が、せっかち過ぎたんだよ。ようやく君を手に入れたという喜びにすっかり浮かれてしまって、君の気持ちに気づいてあげられなかった。全て、私が悪いんだ。今日は私は別の部屋で休むから、君はここでひとりでゆっくり休んでくれ。それに明日以降も――君の心の準備が出来るまで、私は君に手を出さないと誓う。だからどうか、私のことを怖がらないでくれ。そして……どうか、嫌いにならないでほしい」

ジュリアス様はとても悲しげな微笑を浮かべたまま私の手を取って手の甲にそっと唇《くちびる》を当てると、そのままベッドから降りようとする。

私はあまりのことに一瞬呆然としていたが、どうやら彼が本当に誤解して、本当にそのまま別室で眠ろうとしていることに気づき、ぐっと彼の腕を摑《つか》んだ。

「待って！　行かないで!!」

「クラウディア？」

「違うのです！　私、本当に怖くないんです……！」

「クラウディア。ああ君は優しい人だから、そうして引き留めてくれるんだね。だが、本当に気にしないでいいんだ。無理しなくていい。思えば、全てを強引に進めてしまったからね。君の優しさを知りながら、こうして力づくで君を我が物にしたのだ。君はもっと、私を責めていい。君には十分すぎるほどその権利があるんだ。すぐにこれまでと同じにはいかないだろう。だが、また君が前のように私を受け入れてくれる日まで、どれだけかかっても待つつもりだ。だから今は気兼ねせず、ゆっくり――」

「嫌です！　絶対に嫌!!」

「えっ!?　ク、クラウディア、待ってくれ！　どうか私に、挽回《ばんかい》のチャンスを――！」

「別々に寝るなんて、絶ーっ対に嫌です!!」

「……は？」

ジュリアス様は、きょとんとした顔で固まっている。

「ジュリアス様！　勝手に決めつけないで、ちゃんと私の話を聞いてください!!　確かに私は今、怖いと思いました。それで、ちょっと震えていたかもしれません。でもそれは決して、ジュリアス様が怖いんじゃないわ！　私が怖いのは、『初めてじゃない初めて』を今からすることです！」

「『初めてじゃない初めて』……？」

「ジュリアス様と私はもう何度も、それこそ数えきれないほど何度も、夢の中でそういうことをしてきました。でも本当の初めては、昨日のあの時一度だけ。それさえ、私は夢の中だと信じていたんです」

ジュリアス様はまだ驚いたような表情を浮かべたままだが、浮かしていた腰をベッドに降ろして、大きなベッドの上でふたり向かい合って座るような奇妙なかたちになった。

「ですからその……私にとって、本当の意味でその、殿方《とのがた》と……身体を重ねることを現実のこととして理解しながら迎える、初めての夜なのです」

「クラウディア……」

「おかしいとお思いになるでしょう……？ 確かに昨日私は貴方《あなた》とやっと本当にひとつになれたのだし、それは本当に幸せだった。だけど、それも私は夢の中だと思っていたんです。でも、今夜は違います。貴方がひとりの生きた現実の人間で意思や自我を持っていらして、私の言動にも、私の身体や私の反応にも、いろんなことを思ったり感じたりなさるんだって……そう思ったら、すごく怖いんです。これまでは夢の中だと思っていたから、どんな恥ずかしいことでも言えたわ。素直に甘えたり、恥ずかしいことのおねだりもできてしまった。それが、いまさら急に恥ずかしくなってしまったの。怖いのは、それなの。私きっと、これまでみたいにできないわ。恥ずかしくって……ジュリアス様を失望させちゃうかも――」

と言い終わる前に、ジュリアス様にぎゅうっと抱きしめられた。

「ジュリアス様……？」

「ああもうっ……可愛すぎる――!!」

「はっ!?」

「私が君に失望!? するわけ、ないだろう!! どんな君も、愛しくて堪らないのに！ 君が何をしても、何を言っても、私には耐えがたいほど愛らしいのに!!」

「そ、そんなこと……」

「クラウディア、どうやらまだわかってないな？　私がどれだけ君を愛しているか」

そんなことを言われながらジュリアス様に強く、でもとっても優しく抱きしめられると、なんだか先ほどまで感じていた不安とか、怖いという気持ちがじんわりと薄れて消えていく。

「……本当に、私が怖いわけではないんだね？」

「そんなの当たり前です！　ジュリアス様は先ほど、ご自分が私のことをどれだけ愛しているかわかってないと仰いましたけど、それはジュリアス様もです！　私がどれだけ貴方のことを愛しているか、ちゃんとわかっていただかないと困ります……」

ジュリアス様は「ははははっ！」と声を上げて嬉しそうに笑うと、身体を一旦そっと離し、しばらく私の目を見つめてから、そっと私にキスをした。それは唇がやっと触れ合うくらいのとても控えめで優しい、まるで、初めてみたいなキス。

だから今度は、私から。さっきのキスよりも少し長く、少し強く。「んっ……」っていう声が自然と漏れて、なんだかそれが妙に甘ったるくって――。

三度目のキスは、また彼から。でも、唇をそっと甘噛《あまが》みしたのは、私から。舌を差し込んできたのは彼のほうからで、それに自ら絡《から》めにいって、彼の首に腕を回し、舌を吸い上げたのは私だった。

それからは何度も何度も、とても深くて甘くて長いキスをベッドに座ったままで繰り返した。まだキスしかしていないのに全身が甘く痺《しび》れて、とっても気持ち良くて、蕩《とろ》けてしまいそう。

「ぷはあっ……」

「ああ、夢の中のキスでもあんなに甘かったのに、現実の君との口づけはさらに甘いなんて……」

ジュリアス様も同じように感じてくださっていたのか。そう思ったら、なんだかとても嬉しい。

「ジュリアス様……今夜はキス以上は、してくださらないの？」

「しても、いいのか？」

「……キス以上も、したいです」

ジュリアス様はとても嬉しそうに微笑むと、そっと額《ひたい》にキスを落とした。

「クラウディア。それでは今夜、私たちの『初めての夜』をやり直そう」

「えっ？」

「夢の中で一回、昨日は現実《リアル》で一回、私は君の純潔を奪ってしまった。しかし、これから一生をともに生きていくという誓いのキスを交わしたあと、初めてふたりで迎える夜……それは、この夜が初めてだ。つまり、今夜が私たちの初夜だよ」

「私たちの初夜……」

「クラウディア、私の最愛の人。今宵《こよい》、貴女《あなた》ともう一度、初めての夜を過ごすことを許してくれますか？　三度目にして、しかし最初で最後の――私たちの初夜を」

「……優しくしてくださいね？」

「――ああ、必ず」

そっと、リボンに手をかける。しゅるりと軽い音とともにリボンが解けると、彼の眼前に胸の膨《ふく》らみが露《あらわ》になる。

「触ってもいい？」

「もうっ！　いまさらそんなこと、わざわざ聞かないで下さい……」

恥ずかしくって少し怒ってみせると、ジュリアス様は妙に嬉しそうに笑いながら、そっと優しくその膨らみに触れた。

「んっ……」

「我が愛する妻は、初夜だというのにずいぶんと感じやすいね？」

「ち、違……それに私はまだ妻ではっ——ああんっ！」

「可愛いね。清廉《せいれん》な君がこうして私の手で乱れていくのを見るのは、やはり至高の喜びだ」

「やあん……ジュリアス様——そこ……そんな風に捏《こ》ねないでっ……」

「そんなに気持ちいいの？　ああ、君はここが弱いからね。まだちょっと触っただけなのに、すっかり硬く尖《とが》っている。なんて愛らしい蕾《つぼみ》だろう」

「や、やだあっ……中に押し込んじゃ……んんっ——！」

大きな手のひらで下からやわやわと優しく揉《も》み上げつつ、すっかり敏感になっている先端を親指の先でぐんっと中に押し込まれて、じんっと電流が走る。

そのまま唇を奪われ、優しく胸を揉みしだかれ、先端を親指で優しく捏ねられながら、深い口づけが続く。

キスで蕩けさせられ、胸への愛撫《あいぶ》で全身に熱を帯びさせられて——もう既に彼に快楽の悦びを教えこまれた身体（夢の中でだけど）は、その先の愉悦を予感して既に強く疼いている。

「気持ちいい？」

ジュリアス様がキスの合間に囁《ささや》く。私はこくこくと頷《うなず》く。

「次は、どうしてほしい？　まだ、これを続ける？　それとも、もっと気持ちいいことする？」

いつもなら、私はわりとはっきり口にしてしまう。「もっと気持ちいいことしてください」とか、「ここも、いっぱい触ってほしいです」とか、「そこ、すごく気持ちいいです」とか。

でも――やっぱり今夜は、それを口に出すのが少し恥ずかしい。いつもみたいに、素直に言えたらいいのに。でも気持ちとは裏腹に、やっぱりすごく恥ずかしくってなかなか答えられない。

不意にジュリアス様がふっととても優しく微笑んだ。

「……？」

「恥ずかしがっているクラウディアも、可愛いな」

「えっ？」

「いつもの、夢の中ですごく素直で積極的なクラウディアも、今日みたいに恥ずかしがっているクラウディアも、どちらも可愛くって仕方ないんだ」

「ジュリアス様……」

「わかってる？　私は『クラウディアのこんなところが好き』なのでも『こんなクラウディアが好き』なのでもないんだ。君自身が好き、君の全てが好きで、君の見せる全ての表情が好きだ。だから私には、ただそのままの君を見せてくれ。その全てが全て、私には特別に愛おしいのだから」

その優しさが温かくて、本当に私の全てを愛してくれているのだというその気持ちが本当に嬉しくて、とっても幸せな気持ちになった。

今も、やっぱり恥ずかしい。いつもみたいに大胆なことはできないし言えない。でも、ジュリアス様が好き。大好き。だからもっと、ふたりで一緒に気持ち良くなりたい。

私は彼の耳元に口を寄せると、そっと囁いた。

「とっても……気持ちいいです。だからもっと――してほしいです」

ぶわっと顔が熱い。きっと、真っ赤になったこの顔にも気づかれちゃうだろうと思うと、なんだかそれも恥ずかしい。

でもそんな私の言葉を心から嬉しそうに微笑み、ジュリアス様は私を優しく押し倒す。

「んっ――……」

「すごい……いっぱい濡《ぬ》れてるね」

「だって……」

「――昨日の今日だから、少しでも痛かったり違和感があったら、ちゃんと言うんだよ？」

私はこくんと小さく頷く。

ジュリアス様は私の濡れそぼったそこを長く美しい指で優しく撫でて、敏感な芽に愛蜜《あいみつ》を優しく塗《ぬ》り込《こ》むように刺激する。その感覚は、やっぱり夢の中でされるよりもずっと鮮明で、まるで快感を電流にして、全身に流されるみたい。

「も……だめっ……そこ、やあん……」

「本当に？　こうしてあげると、とっても可愛い表情をしてるけど。甘く、蕩けきった表情だ。それにわかる？　自分で少し腰を揺らして、私の指に擦《こす》り付けてるよ」

ジュリアス様のその言葉で、本当に自分の腰が勝手に揺れていることに気づき、すごく恥ずかしくなる。

「ああ、クラウディア。私はやはり、酷《ひど》い男だな。わざと君にこんなことを言って、羞恥《しゅうち》に紅く染まる君を見て……こんな風に、興奮するなんてね」

「ひゃんっ!!」

内から蜜が溢《あふ》れている花芯《かしん》に指をぬっぷりと差し込まれて、思わず腰が浮く。

長い指が、中を優しくくちゅくちゅとかき混ぜる。ゆっくり、ゆっくりと、まるで本当に今夜が初めての夜で、私のそこを優しく拓《ひら》こうとするかのように。

胸の頂《いただき》は両方を交互にちゅうっと吸われ、唇で甘噛みされ、そして舌で優しく舐《ねぶ》られる。下のほうは指をもう二本に増やされて、ゆっくりと解きほぐされていく。

正直、もう中に欲しくって堪らない。確かに私はまだ、昨日ジュリアス様によって純潔を散らされたばかり。でもそれよりもずっと前から、私はジュリアス様に快楽を教え込まれてしまっている。

昨日は、初めての私を気遣ってゆっくりほぐそうとして下さるジュリアス様に「もう挿《い》れて」とか「もっと」「もう――お願い」とか、まさか現実だと思わなくて、何度も何度もおねだりしてしまった。

でもあれは、あくまで夢の中だからだと思っていたから言えたことだ。昨夜も今夜も私を抱くのはジュリアス様。だけど――今夜からは、彼は私にとっての現実《リアル》だから。

「んんっ……」

「クラウディア、声も我慢してる?」

「だ、だって、恥ずかし――やあんっ……!」

口を開いている時に一気に指を奥まで差し込まれ、大きな声が出てしまった。それが、やっぱりいつもと違ってものすごく恥ずかしい――!

と、急にまたちゅっと驚くほど優しくキスをされて、ふっと力が抜けた。

「クラウディア、恥じらっている君も、本当に可愛くて堪らない。でも、それで君が苦しそうにしてるのは嫌だな。声、無理に我慢しようとして、唇をちょっと嚙んでたでしょ？　そういうのはだめだよ」

もう一度ちゅっと優しく口づけられて、本当に自分が唇を少し嚙んでいたことに初めて気づく。

「声、我慢しないで。私は、君の声が大好きなんだ。可憐《かれん》で愛らしいのに、とても優雅な響きがある。そんな君の美しい声の中に悦びの色が混ざるとうっとりするような甘い声色になって、その声を聞くだけで脳が痺れるほどだ。お願いだから、私にもっと君のその声を聞かせてくれ。だがもしどうしても恥ずかしくて声を出したくないのなら、私を嚙むことだ」

「えっ!?　そ、そんなことできません!!」

「大丈夫だよ。これでもわりと鍛《きた》えているからね。君に多少嚙まれたくらいでは痛くも痒《かゆ》くもないし、嚙み痕も残らないだろう。まあ、私としては君の嚙み痕が残るのも大歓迎だけど」

いやいやそう言われましてもこんな美しいジュリアス様の身体に歯型をつけるなど、できるはずがない！

「どちらかだ。我慢しないで、その可愛くて堪らない君の声を私に聞かせてくれるか、私に嚙みつくか。わかったね？」

そんなの……選択の余地なんて、ないじゃない!!

「あっ――ああんっ！」

「ああ、やはりこの声は最高だな」

「もっ――やだあっ……！」

「やはり私はサディストのようだ。君を啼《な》かせるのが、なにより好きみたいだから」

私が声を我慢できないのをいいことに、さっきまでよりもいっそういいところを刺激してくるジュリアス様は、やはりSなのかもしれない。でも、私がちょっと唇を噛んだだけで心配するんだから、Sにしては過保護すぎる気もするけど。

「あっ……ジュ、ジュリアス様っ――もう、きちゃう……！」

「いっぱい気持ち良くなってくれ、私の愛しい人」

差し込まれた指に中をいっそう激しくかき混ぜられ、秘密の芽をぐにっと強めに捏ねられて――

私は呆気《あっけ》なく達《イ》かされてしまった。

「あ……ああっ……」

「中がすごくうねって指に絡みついてくる。とっても上手に達《イ》けたね。夢の中の閨教育《ねやきょういく》の成果かな？」

そういえば、夢の中で出会って二日目には強制的に閨教育を受けさせられたんだっけ……。なんかもう、ずいぶん遠い記憶だ。

全身を支配する甘く心地よい倦怠感《けんたいかん》の中で、私はぼんやりそんなことを考えていた――せいで、私はジュリアス様の次の行動を全く予知してなかった。

そのため、与えられた次の強い刺激への心の準備が全くできておらず……。

「ひっ!?　ひゃあああっ!!」

達したばかりで敏感になっている小さな秘芽《ひが》をジュリアス様にちゅうっと強く吸い上げられた。

そのせいで腰が跳《は》ねて、ジュリアス様の顔面にあそこを思いっきり押しつけてしまった――。

「ご、ごめんなさい！」

私が慌てて謝罪すると、ジュリアス様はきょとんとした顔をした。

「えっ、あっ！　その、今そんなところにいらっしゃるとは思わなくて、そんなところにジュリアス様のお顔を押しつけてしまったので……！」

私が謝罪の理由を急いで説明すると、ジュリアス様は声をあげて笑った。

「ジュリアス様……？」

「いや……なんていうか、クラウディアは反応ひとつひとつが可愛すぎるよね！」

「――は!?」

「夢の中で抱いているときも、あんなに毎晩抱き倒しても、毎晩もっと欲しくなった。君の表情、声、反応、全部があまりに愛おしくて。で、ようやく現実の君を抱けることになって、少しはこの渇望感《かつぼうかん》もマシになるのかと思ったのに……だめだな、現実《リアル》の君は夢の中とはまた違う新しい姿を見せて、さらに私を魅了するんだから。本当に君は、いったい私をどうしたいんだ？」

「そ、そんなこと……」

本当、そんなこと言われても困る。第一、それを言うならこっちじゃないだろうか。

これまで私は夢の中のジュリアス様のことを、私の脳が作り出した、私の理想と願望を叶《かな》えるための想像上の産物だと思っていたのだ。

でも今はジュリアス様は私の脳が作り出した願望の具現化などではなく自我を持つひとりの人間だとわかり、これまで私に理想通りのこと、いや、それ以上のことをしてくれていたのが、この実在するひとりの男性だと知ってしまった。

「……ジュリアス様、それは私のセリフですよ？」

「えっ？」

「ジュリアス様は、私のことをちゃんと最初から本当のクラウディアだと知っていらしたでしょ？でも私は、違いました。ジュリアス様は私が頭の中で作り出した、私の理想の方だと思っていたの。だから貴方がどんなに完璧で、どんなに私の聞きたい言葉ばかり言って、してほしいことばかりしてくださっても、やはりどこかで夢の中の人だからだって思っていたわ」

驚いた表情で、私を見つめるジュリアス様。すごく恥ずかしいけれど、私は言葉を続ける。

「でも、それが違ったのだと昨日わかって、貴方が夢の中で私に言ってくださった言葉も、してくださったことも全部、本当のジュリアス様の言動だってわかって……私、すごく困惑しているんです」

「困……惑？」

「そうです！　だってジュリアス様は、私が夢の中で夢見たことを全て現実にしてしまうんですよ!?　私の願望通りの、理想通りの――いえ、それ以上に素敵な貴方が実在し、私を愛してくださるなんて……ジュリアス様こそ、私をどうしたいんですか!?　私、夢の中の貴方にさえ本気で恋していたんです。現実には存在しない、自分の脳が生み出した存在にすぎないと思っていた貴方にさえ。それなのに、本当に存在したなんて……こんなの、反則です！　これ以上好きになりようがないほど好きなのに、私は貴方にもっと恋――」

口にしたら一気に溢れてきた想いをまだ全て伝え切れないうちに、ジュリアス様に思いっきり口を塞《ふさ》がれてしまった。

「むうっ……じゅりあす——さまぁ——んんっ！」

そのまま深くて長くて甘ーい口づけをいっぱいされて、何を言おうとしていたかもうわからなくなってしまってから、ようやくキスから解放された。

「ぷはあっ……！　ジュ、ジュリアス様っ……!?　まだ話の途中でしたのに！」

「ああもうっ！　あんなに可愛いことを言われて、耐えられるはずがないだろう!?　君は無自覚に人を煽りすぎだ!!　こんなことをされては、ただでさえ君の前では脆弱《ぜいじゃく》な私の理性など、すぐに吹っ飛んでしまうぞ!!」

「はいっ!?」

確かに私は今ちょっと感情的になって、いろいろ素直に喋《しゃべ》りすぎたきらいはあるが、理性を飛ばしそうになるほどの刺激的なことなど何も言ってない気がするんですが……？

「今夜は私たちの初夜だと、そう言っただろう！　だからできるだけゆっくり、優しくしたいんだ！　それなのに君って人は、どうしてそんなに可愛くて、私を狂わせるんだ!?　そんなことをされたら、もう今すぐにでも君を奪ってしまいたくなる——！」

「……いいですよ？」

「えっ？」

「ジュリアス様にゆっくり解《ほぐ》していただいて、本当に少しも痛くないですし、違和感もないんです。たぶんもう、ジュリアス様を受け入れても、全然痛くないはずです」

「だが……」

「むしろ——早く挿れてほしいです。私も早く、ジュリアス様とひとつになりたいの」

ものすごく恥ずかしい。だけど、今も必死に我慢しようとしてくれているジュリアス様があまりに愛おしくて、恥ずかしさより本音のほうが勝ってしまったみたい。

「……本当に、反則だ」

「お互い様です」

私からジュリアス様の首に腕を回し、キスをする。すると、とっても嬉しそうに微笑むジュリアス様にもっと深くキスされて、それから両膝《りょうひざ》に手を置かれると、そっと優しく左右に開いた。

夢の中では、もう数えきれないほど。現実《リアル》でも、昨日既に経験した。でも今夜こそが――。

「はあんっ……!!」

花芯にそれがあてがわれた瞬間、ぞくぞくぞくっと全身に甘い痺れが広がり、中から蜜がじわっと溢れてくるのを自分でもはっきりと感じる。

ここまで相当長いこと我慢してくれたジュリアス様の表情は、ものすごく余裕がない。それでも私の身体を気遣ってまだすぐには中に挿れないで、先端で優しく入り口を撫でてくれている。

ただ、その表情も色っぽ過ぎるし、先で擦られるのも気持ち良すぎるのだ。ジュリアス様の気遣いはとても嬉しい。嬉しいんだけど……あまりに焦《じ》らされて、涙すら出てきた。

ああ、どうやら私の身体も理性も、もうすっかりぐずぐずに蕩かされてしまったらしい。もはや、恥も外聞もない……!!

「もう、ダメなの！　中にジュリアス様のがほしいっ！　早くきてえ……！」

「――!!　ああもうっ、君って人は……!!」

花芯にあてがわれていた硬いそれが、ぐんっと中に入ってくる。

ダメ……これはもう、尋常じゃなく気持ちいいっ――‼

「ジュリアスさまぁっ……！」

「くうっ――！　一気に持っていかれそうだ……」

中に入ってくる感覚、満たされる感覚が、やっぱり夢の中よりもずっと鮮烈で、ものすごく気持ちいい。ものすごい圧迫感なのに、痛みなんてもう少しもなくって。

一番奥まで入ったとき、もう私の中がジュリアス様でいっぱいに満たされて、その感覚が言いようもなく幸せで、ものすごく嬉しい――。

「クラウディア……君は、なんと美しく微笑むんだ……」

「私が今良い笑顔をしているのでしたら……それは、ジュリアス様のおかげです。だって人は幸せなときに、一番良い笑顔になるものでしょう？」

「ということは……今、君は幸せ？」

「ふふっ！　当たり前です。私は今、世界一幸せです。……ジュリアス様は？」

「ああ……私も疑いなく、世界一幸せだよ」

深く繋《つな》がったままで、とっても甘くて幸福なキスを繰り返す。そのキスが気持ち良すぎて、私たちはそのままふたりで静かに昇りつめた。

とっても熱いものが私の中をめいっぱい濡らして、その感覚がすごく気持ちいいし、恍惚《こうこつ》とした表情で私にキスをし続けるジュリアス様を見ていると幸せで胸が張り裂けそう――。

「ジュリアス様……大好きです」

「私もだ、クラウディア。君が好きで好きで堪らない」

それから私たちはただずっとずーっとキスをして、すごく気持ち良くて、幸せで、そしていつのまにか眠ってしまった。


ふと気づくと、私はまた虹の出ている美しい花畑にいた。

ああ、これは最初にジュリアス様と夢で会った場所だ。あの時は、美しい夢の中に最推《さいお》しであるジュリアス様が出てきたので、ものすごく嬉しかったんだっけ。

まさか、あれが本当に本当のジュリアス様だなんて、想像もしなかったけれど……。

不意に、ひとりで思い出し笑いしてしまう。思えばジュリアス様って、ものすごく強引だったな。初めて会ったばかりなのに（少なくとも、あのときの私はそう信じていたのに）、いきなりキスしてきたし。

夢の中とはいえ、急にファーストキスを奪われてものすごく驚いた。しかもそのすぐ後には深いキスまでされちゃって、その強すぎる衝撃《しょうげき》に、しばし呆然としたんだっけ。

あのときはまだ、私にとってジュリアス様は、大好きな「最推し」でしかなかった。

でも——今は違う。今やジュリアス様は、私にとってかけがえのない愛する人になった。大好きで、愛しくて、ずーっとそばにいたい、私の最愛の人に。

「クラウディア」

「ジュリアス様っ！」

本当に不思議。本当についさっきまで抱き合っていっぱいキスもしていたのに、こうして夢の中で会えると、やっぱりすごーく嬉しいのだから。

「……ちゃんと、今夜も来てくださったんですね？」

「当たり前だ。前に、約束しただろ？　王宮の舞踏会が終わっても、君がそれを望むなら毎晩夢に出てこようと。そして君はそれを望み、『夢の中でだけは、いつまでも私のジュリアス様でいてください』と、そう言ったんだ」

「ふふっ！　ええ、そうでしたね！　でもあれは夢の中のジュリアス様と現実《リアル》のジュリアス様を別人だと思っていたからそう申し上げたのですし、現実世界で私たちが結ばれた以上、ジュリアス様はもう私の夢に出ていらっしゃらないのかと思っていました」

「君は甘いな？」

「えっ？」

「まだまだ、私という男をわかってないようだ」

「どういうことです？」

なぜかとても悪い顔で微笑んだジュリアス様は、そのまま私を花畑の上に押し倒した。大きな虹の出ている美しい空が、私を押し倒しているジュリアス様の上に見えている。

唐突に押し倒されたので一瞬驚いたけれど、すぐに優しく微笑みながらちゅっと優しくキスしてくれるので、ふっと安心した。

「さっきの――すごく気持ち良かったね。私たちの、初めてじゃない初めての夜」

「……はい。すごーく気持ち良かったです」

「幸せだね」

「ふふっ！　ええ、とーっても幸せです!!」

「私も幸せだ。だが……私は君が思うよりずっと、欲深い男なんだ」

「へっ……？」

首筋に顔を埋《うず》められ、そのまま吸い付くようにキスされて、その感覚にぞくんと震えた。

「んんっ――ジュ、ジュリアス様……な、何を――」

「どうして、何もされないと思ったの？」

「えっ⁉」

「私がいつも夢の中で、どれくらい君をほしがっているか、知っているよね？」

「で、ですが、こういうことはつい先ほど済ませ……！　やあっ……ちょ、ちょっとジュリアス様、脱がそうとしないでっ……！　だ、だめです、ここ、外ですよ⁉　こんなところで――‼」

「大丈夫だよ、どうせここには私たちふたりしかいないんだからね。ねえクラウディア、私はいっぱい我慢したんだ。君との初夜を大切にしたかったし、昨日ようやく本当に処女でなくなったばかりの君の身体に負担をかけたくなくて。だからさ、私に……ご褒美《ほうび》ちょうだい？」

「ご、ご褒美って、いったい何を……？」

「わかっているだろう？」

「わっ、わかりません‼」

「そう？　そういうことなら――自分から貰《もら》いに行こう」

「へっ⁉　あっ――ジュリアス様ぁ⁉」

それから私はそれこそ本当に朝が来るまで、もっと正確に言えば朝が来てふたりして少し寝坊するまで、ジュリアス様に激しく抱かれ続けた。

目覚めた私は、「現実で抱かれたあと、夢の中でまであんなに激しく求められるのは困る」と、目覚めたジュリアス様に抗議するつもりだった。

でも、初めてジュリアス様のとなりで朝を迎えられたのがあまりに嬉しくって、私を抱きしめたまま眠るジュリアス様をちょっと抱き返してしまったのだ。

すると、次の瞬間に満面の笑みを浮かべつつ目を覚ましたジュリアス様に、寝起きでそのまま美《お》味《い》しくいただかれてしまうことに……。

こうして、私の「寝ても覚めても」愛される毎日は始まったのだった。

◆　◆　◆

「ジュリアス様。今夜の舞踏会のことなのですが、いつもの公務が終わるお時間までに着替えなどを済ませておけばよろしいですか？」

「そうだね。ああ、楽しみだな。今夜のドレスも、君にとてもよく似合うだろうから。それに、ちゃんと今度のも脱がしやすいのにしといたからね。適当に抜けてまたふたりだけで……」

「えっ……それはダメです！　今夜の舞踏会はエイミーとマリウス様のご婚約記念の大切な舞踏会ではないですか！」

ジュリアス様と私の婚約記念舞踏会から、早一ヶ月。今夜はなんと、エイミーとマリウス様の婚約記念舞踏会が開催される。

だから朝の支度《したく》をしながらジュリアス様に今夜のスケジュールを確認したのだが、帰ってきたのは実にジュリアス様らしい答えだった。それを私が咎《とが》めると、彼は悪びれもせずに私を抱き寄せて、甘いキスをしながら言うのだ。

「大丈夫だよ、どうせあのふたりだって、今夜は自分たちしか見えてないさ。まあ、私はいつだって君しか見えてないけどね？」

この人は、本当にさらっとこういうことを言ってくる。しかもこれだけまっすぐ溺愛《できあい》されていると、さすがにその激甘な言葉も本心だと信じざるをえないわけで、なおのこと困ってしまう。こんなに素敵な人にこんなこと言われて嬉しくないわけないし、だからといってこうも甘やかされ続けては、ダメ人間にならないだろうかと……。

これでジュリアス様が王太子としての役目までほっぽりだして恋愛に溺《おぼ》れていたら周囲も注意するのだろうが、そのあたりはどうも完璧にこなしているらしい。それどころか、王太子としての公務の処理スピードがこれまでより上がったらしくて、「殿下は仕事が早すぎて困ります！」と補佐官の人が悲鳴を上げていた。

本人曰《いわ》く、私ともっと一緒に過ごしたいから仕事にかかる時間を減らすために努力しているとのこと。実際、最近はその異常な業務処理能力で午後は丸ごと空いている日とかもあって、そういう日は本当にずっと私と一緒にいてくれる。もちろんそれはすごく嬉しいけれど、こんな風にべったりなのを王宮の人たちに見られていると思うと気恥ずかしい……。

「あっ、でも今日は主役であるマリウス様以外のお三方もいらっしゃるのでしょう!?　結局私たちの婚約記念舞踏会の日にごく簡単にご挨拶《あいさつ》いただいてからお話しする機会もなかったので、やっとお会いできると思うととても嬉しいですわ！」

「……そんなに嬉しいのか？」

「当然です！　だって、ジュリアス様の大切なご友人ではないですか。ゲームの中でも五人は幼い頃からとても仲良しで、気心も知れた仲間だと何度も説明がありましたわ」

私がそう言うと、ジュリアス様はなぜか少し沈黙し、それから再び口を開いた。

「ねえクラウディア、そのゲームの中での四人のこと、私に教えてくれない？」

「えっ？」

「君の知る彼らの情報がどれくらい正確なのか、事前に確認しておこうと思ってね」

そう言って少しいたずらっぽく笑うジュリアス様。でも、確かにそれは気になるかも……。

「わかりました！　それでは、私の知っていることをおひとりずつお話ししますね。まず今夜の主役のマリウス様は私たちと同じ十八歳ですが遅生まれで、明るく人懐《ひとなつ》っこい性格だから、他の四人から弟みたいに可愛がられているんですよね！　あと、いたずら好き！」

「弟みたい、か。まあ、確かにそういう一面はあるかな」

くすりと笑う、ジュリアス様。

「ルーファス様も十八歳ですが、王立騎士団《きしだん》に所属されているから五人の中ではもっとも体格が良くて、筋肉もあるんですよね。その割に無骨なところはあまりなくて明るく社交的な性格だから、女性からすごくモテる――」

「私も、わりと鍛えているほうなんだが」

「……へっ？」

「剣術の訓練も毎日欠かさずやっているし、乗馬もだ。筋肉も、それなりについていると思う。だが――君がもしもっと逞《たくま》しい身体のほうが好きだというなら、これからはさらに訓練時間を……」

突然何を言いだしたかと思ったが、どうやらルーファス様と張り合っているようだ。ジュリアス様って意外とこういうところがあるのだ。ゲームのプレイ時には全く知らなかった、ジュリアス様の意外な素顔、……すごく可愛い。

「ふふっ！　そんな必要、全くないですよ。だって私、ジュリアス様が十分鍛えてらっしゃること、よーく知っていますから。それになにより、私は細マッチョが好きなんです」

「……細マッチョ？」

「ちょうど、ジュリアス様みたいな体型のことです。一見スラッとしているのに、実はしっかり筋肉が付いている体型です」

私の答えにわかりやすーく安堵《あんど》の表情を浮かべているジュリアス様が愛おしい。

まあ、ルーファス様も別にゴリマッチョってほどではないのだが、騎士団員だけあって、ガタイがいい。それが好き！　守られたい！　という子たちからの絶大な支持を集めていたが、私はやっぱりジュリアス様みたいな一見すらりとしているのに抱きしめられると感じるしっかりとした筋肉――みたいなのが好きだ。……おっと、ちょっと想像しすぎて、顔が熱くなってきた。

「え、えっと、やはり十八歳のシモン様は、いわゆる無口でクールな一匹狼タイプですよね！　でも実は小さな子どもや動物に優しいという一面があって、前世ではそのギャップにやられている人が多かったです」

「一匹狼……？　んー、そういうイメージは、私にはないけどな」

「そうなのですか？」

「そもそも、一匹狼なら私たちと一緒にいないだろう。まあ口数が少ないのは事実だが、あえて言うなら照れ屋かな」

「照れ屋？」

「昔から、人一倍照れ屋なんだよ。褒《ほ》められたりすると、すぐ真っ赤になって固まっていたな。年齢が上がるにつれて赤面は隠せるようになってきたみたいだが、内面は変わってないよ」

意外だ……！　でもそういえば、最近すっかりシモン様といい関係になっているキャロルも先日、「シモン様は無口で誤解されやすいけど、とっても可愛い性格の方なのよ」って惚気《のろけ》ていたっけ。

「キャロルが言っていた通りね」

「キャロル嬢が？　その調子だと、マリウスの次はシモンかな？」

私たちはふたりでくすくす笑う。

「そして最後が、十九歳のセドリック様。穏やかで冷静な方で、頭脳明晰《ずのうめいせき》。最年長ということもあって、五人のお兄さん的立ち位置だとか。前世では『眼鏡《めがね》が似合うキャラランキング』のゲーム部門で堂々の一位でした！　しかも、三年連続で殿堂入りです」

「ランキングで殿堂入り……？」

「ま、まあ、そこはあまり気にしないでください」

思わず無駄な情報を挟んでしまった。

「しかしセドリックが穏やかで冷静……ねえ？」

「あら、違うのですか？」

「まあ一面ではそうだよ。少なくとも、仕事を任せればあいつはどんなときでも冷静に最適解を用意することができるだろう。だが——恋愛面では全くだ」

　恋愛面……!?

「えっ、恋愛面って、どういうことですか!?　セドリック様って恋人がいらっしゃるんでしたっけ!?」

「君の友人であるグレース嬢が彼の婚約者だろ？」

「え、ええ、そうですけど……でも、ふたりは政略結婚でしょう？」

「ああ、そうだね。だが……」

　ジュリアス様がいたずらっぽく笑う。

「——！　もしかして、セドリック様ってグレースのことを好きなんですか!?」

　彼の表情から察するに、どうやらそのようだ。しかし、予想外だ。グレースは愛のない政略結婚が嫌だからと、セドリック様との婚約に対して消極的だったが。

「そろそろ、可哀相《かわいそう》になってきてさ。セドリックは婚約当初からグレース嬢に好感を抱いていて彼女との婚約も嬉しそうだったんだが、彼女のほうが全くだろ？　そのせいで、あの冷静な男が最近よく苦悩しているよ」

「……それなら、セドリック様がはっきりと想いを伝えれば、グレースの気持ちも変わるかもしれないのに」

「ん？　どういうことだ？」

「グレースがセドリック様に冷たい態度を取るのは、政略結婚で愛のない結婚をするのが嫌だからなのよ。彼女ってああ見えてすごくロマンチストなの。だからきっと、セドリック様が彼女のことを好きだと知ったら、嬉しいって感じると思うの。そのうえでもっとお互いを知る機会を作れば、グレースだってきっとセドリック様のことを好きになるわ！」

「そうか、確かにそうかもしれないね。セドリックは、グレース嬢に完全に嫌われているんだと思っているんだよ。だが彼女が彼に冷たい理由がそういうことなら……ほんの少しだけ助け舟を出してやれば、セドリックの想いも実るかもしれないね」

そう言ったジュリアス様は、本当に嬉しそうだ。友人の恋が叶うかもしれない、そう思っただけでこんな表情になるくらい、ジュリアス様にとって彼らは本当に大事な存在なのだろう。そう思ったら、なんだか嬉しくなった。

「ジュリアス様は、ご友人のことがとても大切なのですね」

「へっ？」

「ご友人たちのお話をなさっているとき、ジュリアス様、とっても楽しそうでしたから」

「……ん、まあ、そうだね。あいつらとは王太子と臣下としてではなく、ただの友人同士として付き合える特別な関係だ。だから一緒にいても気楽だし、信頼もしている」

「でしたらやはり、改めてきちんとご挨拶したいですわ！　これからも、ジュリアス様が長くお付き合いなさる大切なご友人なのでしたら、貴方の妻になる私としては――んっ！」

突然のキスで、言葉を遮《さえぎ》られてしまった。急に何っ⁉

「ジュリアス様……？」

「嬉しくなってしまった」

「えっ？」

「本当のことを言うと、君をあいつらにはあまり会わせたくなかったんだ」

「ええっ、どうしてですか⁉」

「……私のクラウディアはこんなに美しくて愛らしいんだよ？　君を知ればあいつらだって、きっと心を奪われる。それでもふつうの奴《やつ》らにならなら負けることはないから別にほおっておくが、あいつらは……敵になったら、なかなか強敵だからね。だから、本当はあまり会わせたくなかった」

ジュリアス様の予想外の発言に、私は思わず吹き出してしまった。

「私が真剣に悩んでいるというのに、君って人は……」

「だって、ジュリアス様ともあろうお方がそんな弱気なことを仰るんですもの！　もうっ……変な心配なさらないでください。私はもう、ちゃんとジュリアス様の婚約者なのに」

「だが、あいつらが本気で君にアプローチしてきたら――そして万が一にも君があいつらのうちの誰かに惹《ひ》かれてしまったらと思うと、怖かったんだ。非常に情けない話だが」

「ジュリアス様‼」

「な、なんだ⁉」

「さすがに怒りますよ⁉　私がどれだけ貴方のことを愛しているか、ご存じでしょうに‼　それとも、私の愛が信じられないのですか⁉」

酷いじゃない！　私は前世からジュリアス様一筋すぎて、他のルートなんてお試しですらやったことがなかったのよ？　それなのにこんなに毎晩毎晩私を抱きながら、私が心変わりするんじゃないかって不安になるなんて‼

――まあ、正直可愛いなとも思いましたけどね？　あのジュリアス様が、私に捨てられるかもしれないって思って不安になっているわけでしょ？　そりゃあ、めちゃくちゃ萌《も》える……！　って、そうじゃなくて!!

さて、そんな風に私に叱られたジュリアス様だが、なぜか満面の笑みで私を抱きしめた。いったい今度は何ですか？　はっ――！　まさか私に叱られたのが、嬉しかったとか!?

「あ、あの、ジュリアス様……？」

「君の愛を疑ったりしてないよ。ただ、君とこうして一緒になれたことがまだ夢のようで、いつかこの美しい夢から醒《さ》めてしまうのではないかと不安になるんだ。だから、少し弱気になってしまうんだろうな、今があまりに幸せ過ぎてね。だが、『貴方の妻になる私としては』なんて君がごく自然に言うのを聞いたら、なんだか妙に実感がわいて、嬉しくなってしまった。――あと、さっきの言葉もね」

――!!　そんなこと、そんな嬉しそうな笑顔で言われちゃったら、もう怒れないじゃないの。

「……では、ちゃんと貴方の大切なご友人にも、ご挨拶させてくださいね？」

「ああ、もちろんだよ。愛しい妻の頼みは断れないからね」

そう言って、嬉しそうにキスするジュリアス様。ううむ、これは照れる。

そんなこんなで夜が来まして、いつものようにケイティたちに手伝ってもらって、準備はもうバッチリです！　今回もジュリアス様が一から選んでくれた最高に素晴らしいドレスなのだが、全身がサファイアブルー、つまりジュリアス様の瞳の色に包まれており、そこに彼の髪色である金色の見事な刺繍《ししゅう》が贅沢《ぜいたく》に施《ほどこ》されていたので、ものすごーく嬉しそうなケイティに、散々揶揄《からか》われることとなった。

公務を終えたジュリアス様が着替えて私を迎えに来るのを待っていると――。

軽やかなノックの音が、部屋に響いた。

「クラウディア、入っても？」

「ええ、どうぞ！」

ドアが開いて入ってきたのは、眩《まばゆ》いばかりのキラキラ王子様なジュリアス様で面喰《めんく》らってしまった……。いや、もう正直さすがに慣れるべきなんですけどね？　でもただでさえ美しすぎる完璧王子なジュリアス様の正装は、やっぱり破壊力が異常だ。

「……美しいな。思わず言葉を失ったよ」

いや、それは私のセリフですって。

「やはり、君を連れて行くのが不安になってしまうな。こんなに美しい女性を見て、心を奪われない男はいないだろうからね」

「またそんなこと仰って……」

悪戯《いたずら》っぽく笑うジュリアス様も、やっぱりすごくキラキラしているな。ううむ、このジュリアス様にエスコートされるのは心臓に悪い。

というわけで、心臓どっきどきのまま舞踏会ホールへ。

時間ぴったりに到着したので、もう皆お揃《そろ》いです。さっそく互いに挨拶などを交わし合う。

「まあ、エイミー！　今日の貴女、本当に素敵だわ！　さすがのヒロインね」

本日の舞踏会の主役であるエイミーは、マリウス様の瞳の色である緑を基調としたとても愛らしいドレスを纏っている。うん、やっぱりヒロインは可愛い!!

本来の展開なら、主人公はこの舞踏会で初めて夢の中ではなく現実の攻略対象と出会うことになるわけだが、私がストーリーを改変してしまったせいでエイミーは私とジュリアス様の婚約記念舞踏会の日に既にマリウス様と会ってしまっている。

エイミーによると、ウエルカムドリンクを飲んで倒れてしまった私を介抱するためにジュリアス様が私を連れて出て行った後（つまり私がジュリアス様といろいろいたしちゃっている間）にエイミーはリアルなマリウス様と初対面することになり、早めにある種の「ネタばらし」があった模様。

そんなわけで、あの日からはふたりもリアルと夢の両方で会っているらしい。ただ、直接的に聞いたわけではないけど、夢の中ですら未《いま》だ十八禁展開はしていないようだ。さすがは全年齢向けの健全な乙女《おとめ》ゲームである。

……うん、考えれば考えるほど、やっぱり変だな？　私は婚約回避しただけで謎《なぞ》の十八禁展開したというのに、エイミーは私のせいでストーリーがこんなに大幅に変わったにもかかわらずストーリーから大きく外れることなく穏やかに（健全な）ラブストーリーがちゃんと進んでいるのだから。

「クラウディア……貴女のほうこそ、完璧だわ!!　まあ、クラウディアはどんなドレスを着ても最高に似合うけどね。キャラデザ的にも私はやっぱりクラウディアが最高だと思うのよ！　さすがは原作者の寵愛《ちようあい》を受けたキャラ——って、はっ！　ご、ご挨拶が遅れました！　ジュリアス王太子殿下、本日は私とマリウス様のために舞踏会を開いていただきまして、心よりお礼申し上げます」

「礼には及ばない。大切な友人であるマリウスと、私の愛するクラウディアの大切なご友人でもある貴女との特別な夜をこうして共に祝えること、私もとても嬉しく思っている」

こうしてふたりが話しているのを見ると、今も少し不思議な気分になる。ゲームの「夢恋《ゆめこい》」をしているときは、どうにかして主人公がジュリアス様と結ばれるようにと必死で頑張ったわけで、最後の舞踏会のアニメーション部分なんて、それこそセリフを丸暗記するくらい、繰り返し観た。

だからこそあの夜、つまりまだジュリアス様が夢の中の人だと思っていた頃、現実のジュリアス様に初めてお会いしたと思っていた私は、ふたりが婚約するのだと思い込んで、ショックで泣きそうになったのだ。

今思えば、あのときのエイミーのドレスは私がジュリアス様ルートで見たドレスとは全然違っていて、あの時点でちゃーんとマリウス様ルートを意味する緑のドレスだったんだけどね。でもあの日あの時の私には、そんなことを冷静に考える精神的余裕は皆無《かいむ》だったのだ。

それにしても、本日のもうひとりの主役であるマリウス様はいったいどこに……と思っていると、いましたいました、攻略対象の四人揃ってのご登場です！

「ジュリアス！　今夜は本当にありがとう！　クラウディア嬢も、本当にありがとうございます！　今夜の舞踏会の準備などでエイミーをたくさん助けてくださったそうですね。感謝しています」

「礼など……大切なおふたりの婚約記念舞踏会ですもの、当然のことをしたまでですわ。マリウス様、改めて本当におめでとうございます」

「おめでとう、マリウス。それにしても、今日は見違えたな？　普段は馬鹿なことばかりやっているお前が、今夜のその装いだと立派にこの会の主役に見えるよ」

「俺たちもまさに同じことを言っていたんだ！　ジュリアスはともかく、まさか一番ガキっぽいマリウスにまで先を越されるとはな……」

「ルーファスにだけはマリウスも言われたくないと思うが……？」

「言ってやるな、シモン」

さすがに攻略対象が五人揃うと、尋常じゃない華やかさだ！　もともとジュリアス様激推しの私的には当然ジュリアス様が圧倒的にタイプなのだが、ほかの四人もそれぞれ全く違う魅力のある素敵な方々で、さすがは乙女ゲームの攻略対象たちだなと思う。

エイミーの隣で幸せそうに彼女に微笑みかけるマリウス様は私たちと同じ十八歳だが、ほかの攻略対象に比べると小柄で童顔ということもあって、どこかあどけなさを感じる。エイミーも幼い印象があるので、似た者同士の可愛いカップルだ。

ルーファス様はゲームでも思っていたけど、燃えるような赤い髪のインパクトがすごい。明るく快活な雰囲気で爽《さわ》やかさもあるので、まあモテるスポーツマンって感じだな。

シモン様は、ちょうど今揃ってやってきた私の友人のひとりであり彼の幼馴染《おさなな じ》みのキャロルとすぐに視線を交わし、優しく微笑んだ。うん、ジュリアス様の言った通り、一匹狼感は全くない。

そしてセドリック様も、とても穏やかに微笑んでいるが、グレースが来た途端、思いっきり動揺していた。これも、ジュリアス様の言った通りだったようだ。

まあ、グレースを含む私の友人たちはほかの令嬢たちにも挨拶にいくからと一旦この場を離れたので、セドリック様は嘘《うそ》みたいに落ち着きを取り戻したが。

その彼が、不意に私のほうを向いた。するとほかの三人も、私たちのほうへと近づいてくる。

「クラウディア嬢、改めてご挨拶申し上げます。私はシュトルツ公爵家のセドリックです。リーゼンフェルト公爵閣下《かっか》には日頃から大変お世話になっております」

「ザックス侯爵家《こうしゃくけ》のシモンです」

「王立騎士団員でコッホ侯爵家のルーファスです。こうしてようやく再びお会いできて嬉しいです。先日はまともにご挨拶できませんでしたからね。俺たちは何度も貴女に会いたいと言っていたんですが、ジュリアスがどうも、俺たちと貴女を会わせたくなかったようで。でもまあ、その気持ちはわかりますよ。こんなにお美しい方が婚約者では、ジュリアスも警戒せざるを得ないのでしょう」

「くだらないことを言うな、ルーファス」

「なんだよ、本当のことだろう？　にしても、ジュリアスが昔からずっと女性に興味を持たなかったのがまさかずっと想い人がいたからだとは思わなかった。俺たちにすら秘密にしているなんて、本当に水臭《みずくさ》いよな？」

「私でも君には教えたくないと思うさ。君は少し、悪ふざけが過ぎる時があるからね。ジュリアスに想い人がいると知れば、すぐに相手が誰か探ろうとするだろう？」

「酷いな!?　セドリックまでそんなこと言うのかよ！」

改めて思う。外見も喋り方も性格も、本当に全員イメージ通りだ。まあ、私はジュリアス様ルートしか攻略したことがなかったので、最初の頃に何度か夢に出てきたときに、ちょっとお喋りしたくらいの記憶しかないんですけどね。

それというのも、ほかの攻略対象と下手《へた》に親密度を上げちゃうとジュリアス様の夢への登場回数が減ってしまうため、知らぬ間にライバル令嬢であるクラウディアとの親密度が上がっちゃって、攻略不可能になるからだ。

他キャラは頑張れば全員ほぼ親密度ＭＡＸまで上げていわゆる逆ハーレム状態まで持っていけるらしいのだが、ジュリアス様だけはめちゃくちゃ真面目《まじめ》に一途《いちず》に攻略しても必ずしも攻略できるわけじゃなく、それが大変だったのなんのって――。

まあ、今は自分がそのライバル令嬢クラウディアである上、すっかり攻略した――いや、むしろジュリアス様に攻略されちゃった感があるわけですけれども。

――それにしても、ゲームの中の彼らとここにいる彼らは驚くほどそっくりなのに……なんだか、全く別人みたいだ。なんていうか、こうして話していると、彼らが生きた人間なんだってすごく感じる。

ゲームでは二次元だったけど今は三次元化しているから――とかではなく、ここにいる彼らは自分で考え、感じ、行動をして、今を選んでここにいるんだって感じがするのだ。

見た目のように、きっと彼らのいろんなものがゲームの中と同じなんだろうけど、小さな変化や選択の違い、エイミーと私が転生者だったことによる影響も重なり合って、今この場にいる彼らはゲームの中のキャラクターなんかじゃなく、それぞれがただひとつの人生を生きている人間なんだと改めて理解させられるようだった。

ジュリアス様はもうとっくにゲームキャラからただひとりの私の最愛の人になっていたけど、今日ジュリアス様と彼らについて話し、こうして彼らと会って話せたことで、ほかの攻略対象たちについてもようやくそれを実感できたのだった。

なんだか、嬉しい。もう理解していたつもりだったけど、本当にここをゲームの世界としてではなく、完全に現実世界として生きていけるっていう事実が、すごく嬉しかった。

だってそれは、私がジュリアス様と一緒に生きていくことを改めて世界に認めてもらえるような気がするから。

そんなことを思いながらひとり密《ひそ》かに幸せを噛み締めていると、私の腰を抱いていたジュリアス様にさらにぐっと抱き寄せられた。それで驚いて彼の方を見ると……。

「ジュ、ジュリアス様!?」

人前で唐突にキスをされ、驚いてしまう。いやいや、いくら前回の婚約発表の日に既に公衆の面前で熱いキスシーンを晒《さら》してしまったとはいえ、これはダメでしょう!?

「愛する婚約者にキスしてはダメなのか？」

「え!? い、いえ、ダメではないですが……ですが、こんな人前で……」

「ははっ！ いつも冷静なジュリアスが、こんな風に露骨《ろこつ》に独占欲を剥き出しにするとはな？ 本当に婚約者である貴女に夢中のようだ。ところでクラウディア嬢、夢の中でジュリアスはどんな感じなのですか？」

「えっ!?」

セドリック様からの突然の質問に、思わず固まる。

「今もジュリアスは例の指輪をしっかりつけている。ということはつまり、貴女の夢の中に今も出てくるのでしょう？ 違いますか？」

「え……ええ、そうですわね」

「やはりそうだ。だが、もうクラウディア嬢は王宮に移り住まれていると伺いましたよ？ つまり、毎日会えるのに夢の中でも会っているということになる。だからおふたりが今は夢の中で何をしているのかと、少々気になりましてね」

「ああ、それは私も気になっていたの！　だってクラウディア、ジュリアス様が今も毎晩必ず夢に出ていらっしゃるって言っていたじゃない！　いくらふたりがラブラブでも、寝ても覚めても一緒なんていったい何をそんなにふたりで話しているんだろうって――」

エイミーも目をキラキラさせて身を乗り出してくる。

……なんてこった、まさかこの話題を振られようとは。いや、もちろん本当のこと――つまり、毎晩ジュリアス様に夢の中で抱き倒されているなんて、到底言えるわけがない。仕方ない、ここは適当に誤魔化《ごまか》すしか――。

「そ、それはその……普通に楽しくお、お喋りとか――ですよね、ジュリアス様？」

「あ、ああ、そうだな!?　クラウディアの夢の中はとても美しいので、ついつい入り浸ってしまう。心が美しい人が見る夢の中は、本当に美しいからね」

明らかにふたり揃って動揺してしまったが、まあうまく誤魔化せたのかな!?　いや、どうだろう。全然納得してないような表情……むしろ、五人の関心が上昇しているような――。

「へえ……そんな美しい夢なら、俺たちも是非一度見てみたいな？」

「なっ――!?　ルーファスお前、何を馬鹿なことを！」

「ジュリアスが毎晩欠かさずに訪ねたくなるような夢なんて、確かにすごく気になるよな！　試しにさっそく今夜――」

「だめだ、絶対にだめだ！」

「おいおいジュリアス、お前の夢じゃないだろう？　クラウディア嬢、一度だけ貴女の夢の中に皆でお邪魔してもよろしいですか？」

「ええと、その……」

「一度でもだめだ！　クラウディアは私の婚約者なんだ、夢に入っていいのも私だけだ！」

「ははは っ！　恐るべき独占欲だな⁉　しかしそうやってムキになられると逆に——」

「ルーファス！　もし本当にそんなことをしたら、お前でも許さないからな⁉」

「わかった、わかったって！　ま、いつでも冷静沈着なジュリアスのそんな必死な姿を見られただけでも十分楽しかったからさ！」

いやあ、焦った焦った。まあそんなわけでその話は終わり、私もなんとか誤魔化せたとホッとしていたのだけど——。

「マリウス、聞きたいことがあるんだが、この後、少しいいか？」

「えっ？　ああ、わかったよ！」

「クラウディア、少しだけマリウスと話があるから、必ずエイミー嬢たちと一緒にいるんだよ。すぐに戻るから」

いったいなんだろう……⁇

ジュリアス様とマリウス様はすぐに戻って来たし、そのあともいつもと全く変わらぬ様子だったので、その時の違和感などすぐ忘れてしまった。

前回の婚約舞踏会ではプロポーズをお受けした直後のダンスだったので脳内混乱状態だったのと、ちょっと休んだとはいえ初体験直後だったこともあって、ダンスになんて全然集中できなかった。

だけど今夜は、体調も万全！　だから、ジュリアス様とのダンスも心から楽しむことができました。それにさすが王太子というべきかメイン攻略対象というべきか、ジュリアス様はダンスの腕前も本当に最高で、私もまあダンスは得意なほうだけど、ジュリアス様にリードしていただくと特別気持ちよく踊れた。

こうして、エイミーとマリウス様の婚約記念舞踏会は大盛況のうちに幕を閉じた。なお、会の終わりにふたりがとっても幸せそうにキスしているのを見たらこっちまですごく嬉しくなって、ジュリアス様のほうを見たらそのまま思いっきり熱いキスをされてしまった（しかもほかの人たちにもガッツリ見られた……）。

ふたりの部屋に帰ってきてから、先ほどの公開キスについてジュリアス様に抗議する。

「ジュリアス様ったら、人前でもすぐキスなさるんですから！」

「嫌だった？」

「その、嫌というわけではありませんが……とても恥ずかしかったですわ」

「嫌でないなら、どうか我慢してくれ。こんなに美しい恋人を持つと、それくらいの牽制《けんせい》はしておかないと不安になってしまうんだ。それ以前に、君が隣にいるのにキスをしないなんて無理だが」

そう言ってまたキスされる。ジュリアス様の溺愛っぷりは、婚約してからどんどん加速していっている気がするな。それを嬉しいと思ってしまうんだから、私も困ったものだ。

「では、そろそろベッドに行こう」

「えっ、もうですか⁉　明日もお早いんでしたっけ？」

「いいや、明日は休みだよ。少し君と出かけたい場所があるが――しかし、朝はゆっくりするつもりだ」

「……？　では、眠るにはまだ早くないでしょうか？」

「まだ眠りはしないよ。ベッドに行くだけだ。今夜は――夢の中ではできないからね」

「えっ？」

「一応来ないとは言っていたが、本当に君の夢に入って来ないとは限らないからな。あいつらのことは信頼しているが、いたずらや悪ふざけが好きな奴らだ。万が一にも君の夢にあいつらが出てきたら困るからね。君が美しく乱れる姿を見ていいのはこの世で唯一、私だけだ」

そんなことを言いながら、さっそく私を抱き上げてベッドに移動すると、キスをしてくる。

「ふわあっ……ジュリアス様――」

「今日は、長い夜になるからね。ゆっくり、じっくりと可愛がってあげる」

普段から十分「長い夜」を過ごしていると思うけど……なんてことを言っても無駄なのだろうな。

それにそんなことを考えつつ、彼にこんな甘い声と表情でそんなことを言われてうっかりまんまとドキドキさせられて期待しちゃっている奴《わたし》はここです。

もはや何度目かわからない絶頂を迎え、そしてこれまた何度目かわからない熱情を最奥で受け止めて、溢れた白濁《はくだく》が外にまで漏れてくるのを感じながら深く口づけ合い、今夜ものすごい幸せを感じて――。

「ジュリアス様……もう――眠……」

「仕方ないね、可愛いクラウディア。今夜はここまでにしよう。おやすみ、またすぐに」

額にちゅっと優しく口づけられる。ジュリアス様の腕に優しく抱かれたまま、今夜もふうっと夢の世界へと誘われていった。

気づくと、とっても綺麗《きれい》な海辺に来ていた。私の夢のはじまりはだいたいいつも屋外の、見晴らしのいい場所なのよね。そして、ジュリアス様が来るまでに、そんなに時間はかからない。

「クラウディア」

「ジュリアス様！」

にっこり微笑む彼を見つけると、私の胸はすぐに高鳴る。すごく不思議だ。もはや毎日一緒に過ごしているし、ついさっきまでだって散々彼に抱かれていたのだ。それなのに、こうして夢の中でまたこの人に会えたってだけで、こんなに嬉しくなっちゃうんだもの。

「――ああ、そんなに可愛い顔をされたら、このまま君をまた抱きたくなってしまう。だが、今日は君を夢の中で抱けないからね……」

そうでした。攻略対象であるほかの四人が私の夢に入ってみたいと言っていたから、本当にそういうことをするつもりじゃないかとジュリアス様は心配している。

確かに攻略対象の五人が持っている魔法の指輪「ドリームリンク」は、思った相手の夢に自由に入れてしまう上、同じ夢の中に複数人で入ることもできる。

「夢恋《ゆめこい》」の中では、最初の夜は時間をずらして五人全員が代わりばんこに現れ、その翌日の夜からは交代で現れる。そして親密度によって登場頻度《ひんど》が変わっていくわけだけど、イベントでは複数の攻略対象と夢の中で一度に会うこともあるのだ。

たとえばジュリアス様とマリウス様が一度に出てきて、そのときに「どっちといる方が安心する？」的な質問をされて、「A：ジュリアス様」「B：マリウス様」「C：どっちも」的な選択肢が出るのだが、ここでAかBを選ぶとそのキャラとの親密度は上がるが、選ばなかったほうは下がる。「C」を選ぶと親密度に変化はなく、つまり進展もないということになるわけだ。まあ私は常に一択で「A：ジュリアス様」でしたけどね!!

おおっと、話が脱線してしまった。そんなわけで、「ドリームリンク」があればひとりの夢の中に複数人が入ることができる。だからジュリアス様の懸念通《けねんどお》り、私たちがそういうことをいたしている時に突然ほかの攻略対象が夢の中に現れる可能性は、十分ありうるのだ。

今までそういうことをほかの攻略対象たちが思いつかないでいてくれて、本当に良かった……。だって私たち、本当に毎晩毎晩飽きもせずあんなことやこんなことを――ごほん。

でも正直、ジュリアス様が私のそういう姿を他の人には絶対見せたくないから今夜は抱かないと言ったの、すごーく嬉しかったのよね。大切にされているなあって感じたのもだけど、ジュリアス様の私に対する独占欲みたいなのも感じられて。

「ところで、今後は夢の中ではその……そういうことはしないということでしょうか。あるいは、しばらくは様子をみるということですか？」

「まさか。我慢するのは、今夜一晩だけだよ。君とのあんなに甘く美しい夢を諦《あきら》めるなんて、私には到底できないからね」

「えっ？ではいったい……」

「明日、魔女《まじょ》に会いにいく」

「えっ、魔女にですか!?」

「ああ。さっき、マリウスから聞き出したんだよ、『ドリームリンク』を彼に売ったその魔女の居所をね。そこでその魔女に、他人が夢に入り込むのを防ぐ方法を尋ねる。そもそも、私以外の人間が君の夢に入れる状況というのが嫌だからね。君の夢に入っていいのは、この世で私だけだ」

さっきマリウス様とふたりで消えたのはそういう訳だったのか。うん、ジュリアス様って想像以上に独占欲強い方みたいだな？　まあ、そんなジュリアス様も可愛くって好きなんですけど。

「ですが、そんなこと可能なのでしょうか？　私の前世の記憶では、そういうアイテムは特に出てこなかったですが……」

「何か方法はあるはずだ。そして何がなんでも、必ず聞き出してみせるよ。君との甘い夜を我慢するのは、一晩でも長すぎるから」

我慢、って仰ってますが、ついさっきまでリアルの方でいつもより長めに私を抱き倒してらっしゃったと思うのですが――。

……あ、でも夢の中であれができないとなると、ジュリアス様にリアルで毎晩あれくらい長く、激しく、抱かれることになるのか!?　いや、それはさすがにハードなんですけど。

「ジュリアス様！　ぜーったいに解決策を見つけましょうねっ!!」

「ああ、愛しいクラウディア！　君も、夢の中で愛し合えないのが寂しいんだね？　安心してくれ！　どんな手を使っても、私たちの大切なこの時間を守ってみせるから」

おおっと、私の発言内容を少し誤解されたようだが――まあ、いいか。ジュリアス様とふたりだけの夢の中をほかの人に邪魔されたくないのは、事実ですからね。

「では、今夜はどうやって過ごしますか？」

「そうだな……思えば、私たちはあまり普通のデートをしたことがないから、今日は海辺のデートでも楽しもうか」

デートっ!! ジュリアス様と海辺のデートなんて夢みたい! ……ってこれ、夢なんですけどね。

私たちは適当な流木を見つけて座る。ジュリアス様は隣ではなく後ろから私を抱きしめるようにして座り、私の肩の上にそっと顔をのせた。これ、なんだかすごくデートっぽい感じでドキドキしてしまうな。背中越しにジュリアス様の鼓動《こどう》も直接伝わってきて、なんだか——。

「そんなに可愛く赤面されると、このまま襲ってしまいたくなる」

「ジュリアス様ったら!」

「安心して。今夜は本当に何もしないよ。君とこうしてるだけでも、十分幸せだからね。だがまあ、起きたら我慢できる気はしないが」

……。

「少し、足を海につけてもいいですか? とっても気持ち良さそうなので」

私がそう言うと、ジュリアス様はちゅっと私の頬にキスをする。すると次の瞬間には、例の夢の中マジックで、私たちの履《は》いていた靴などが消えた。それでそっと足を伸ばすと、ひんやりと心地よい波が足を濡らす。寄せては返す白い波の泡が、足をくすぐる感じもすごく気持ちいい。

「海にこうして足をつけていると、すごく癒《い》やされますね」

「そうだね、とても気持ちいい。だが、私はこうして君を抱きしめている時が一番癒やされるな。こうしていると、君のいい香りがして、とても幸せな気分になる」

私の首筋に顔を埋めるジュリアス様。夢の中とはいえ、匂《にお》いを嗅《か》がれている感じがなんとも……。

「あの……なんだか、とても恥ずかしいのですが」

「普段はもっとすごいことをしているくせに。恥じらうクラウディアの姿は堪《は》らないな？」

そんなことを言いながら、波に晒されている私の足に自分の足をそおっと這わせて、足の指で私の足の指をくすぐってくる。そのくすぐり方が妙にいやらしくって――。

「んんっ……」

「……感じてる？」

「だ、だってこんな……やあっ――」

「ああ、そんな可愛い反応をされてしまうと、我慢できなくなってしまう。クラウディア、あまり私を煽ってはダメだよ？」

「わ、私は煽ってなんか――！　ひゃんっ！」

「今日はそんな可愛い声もダメ。我慢しなきゃ」

「そんな無茶な……あっ――」

少し身体の向きを変えられたと思ったら、そのまま深く口づけられる。舌を思いっきり吸われ、腰のあたりがぞくぞくと震える。波に濡れている私の足は今もまだジュリアス様の足に官能的に撫でられていて、直接的なことをされているわけではないのに、身体がどんどん熱くなってしまう。

ようやく唇が離れたときには頭はぼおっとして身体には力が入らず、すっかりジュリアス様に身体を預けてしまう。彼は、そんな私の様子に妙に満足げだ。

「足を冷やしているのに、逆上《のぼ》せたみたいになってるね」

「ジュリアス様のせいです……」

「可愛いな」

ちゅっ、ちゅっと軽く優しいキスを顔中に落とされる。優しい雨に打たれるみたいで気持ちいい。にしても、ジュリアス様のこんな甘々にすっかり慣れちゃっている自分が恐ろしい。

——と、ここであることを思い出す。

「そういえばジュリアス様って、『夢の中マジック』がすごくお得意ですよね？　服を一瞬でお消しになったり、場所を一瞬でお替えになったり。私は、自分でやろうと思ってもジュリアス様ほど上手くやれないんです」

「そうなのか？」

「ええ。前にご説明いただいたとき、ただ頭でイメージすればいいだけだと仰ったでしょう？　でも、やってみても、あまり上手くいかなくて」

「そうか。……だが、それは私としては好都合かな」

「えっ、どうしてです？」

「私のほうがその『夢の中マジック』とやらが上手ければ、君に毎回頼ってもらえるし、それに夢の中で君が私から逃げ出そうとしても、前みたいに君を簡単に捕まえられる」

「ふふっ。二日目の時みたいにですね？　でも、それに関しては心配ご無用です。私はもう、ジュリアス様から決して逃げたりしませんから」

私がそう言って笑うと、ジュリアス様はどうやらそれがすごく嬉しかったようで、またぎゅうっと後ろから抱きしめてきた。

そのまま私はジュリアス様に優しく抱かれながら何度も何度も甘いキスをされ、ときどきエスカレートして深いキスに愛撫が加わるものの、最初の宣言通りそれ以上には進まなかった。

とても美しい海辺のサンセットを見ながら、夢の中での甘々な海辺デートにものすごく大きな幸せを感じていたけれど、気づかないふりをしていても確かな「熱」がふたりの中に蓄積していたようで……。

◆ ◆ ◆

朝目覚めると、隣で寝ていたジュリアス様はばっと上体を起こし、そのまま私の上に覆い被さってきた。そんな彼の行動に、私はびっくりするどころか自分からジュリアス様の唇にかぶりつくようにキスをする。

そうして、ふたりして激しくキスを繰り返しつつ、これまでに感じたことのないような焦燥感《しょうそうかん》に苛《さいな》まれながら、もう我慢できないという様子でお互いの身につけているものを剝《は》ぎ取ると、そのままますぐにひとつになり、そのあと結局私たちは、朝から何度も何度も激しくいたしてしまった……。

ようやく一息ついた時には、既に太陽は高く昇り、お昼になっていた。

「——あっ、そういえば、結局どなたもいらっしゃらなかったですね？」

私を腕の中に閉じ込めながら、ちゅっちゅっとキスを繰り返してくるジュリアス様に言う。

「ああ、幸いにもね」

「せっかく我慢したのに、少し残念でしたか？」

「逆だよ」

「……逆？」

「たとえ何もしていなくても、君の夢の中に私以外の男が登場するのは癪《しゃく》だからね」

——ジュリアス様、やっぱり想像以上に独占欲がお強いようだ。

「それにああして我慢したおかげで、君がものすごく積極的に私を求めてくれただろう？　ものすごく良かったよ。君にあんな風に激しく求めてもらえるなら、時には禁欲するのもありだな？」

そんなことを言いながら、嬉しそうに私にキスしてくる。——が、あれは禁欲と言えるのか？

「しかし、さすがにそろそろ起きないとな。今日の分の公務は昨日のうちに済ませたから今日やるべき仕事はないが、ほかに大切な用があるからね」

「あら、魔女に会うのは昨夜の舞踏会で急に決まったことですのに、今日の分まで公務を済ませておかれていたなんて、とても準備がよろしいのですね？」

「実は、もともと今日は君と街に出るつもりだったんだよ」

「えっ、そうなのですか？」

「少し、君とデートがしたくてね」

昨夜の夢の中での海辺デートは、すごく幸せだった。それなのに今度は現実でジュリアス様とデートだなんて!!

「そんなに嬉しい？　君がそんな風に喜んでくれるなら、もっと早くデートに行くべきだったね」

そう言って、私の額にちゅっとキスをしてくれるジュリアス様。

ただ、ジュリアス様はさすがメイン攻略対象というべきか、そこにいるだけでものすごく目立つ方だ。そんな方と街でデートなんてできるのかなと密かに心配になるが――。

「わあっ……！　ジュリアス様、やっぱりものすごい美女ですね!!」

黒髪の鬘《かつら》を被り、シンプルだがファーのついた冬物の長いコートを纏うジュリアス様の姿を前に、改めてあの日の「雪の精《せい》」みたいな女の子が彼だったことを実感する。

ちなみに私も、あの日と同じような深い紫色の、分厚いコートを着ている。だからこうしてふたりでいると、まるであの日に戻ったような不思議な錯覚に陥る。

「美女か――。ねえクラウディア、確かに少し長めの鬘はつけているが、あの日も今日も、私は別に女装はしていないんだよ？」

「それでもその長めの黒髪の鬘をおつけになると、分厚いコートで体型がわからないのもあいまって、どうしても絶世の美女に見え、うっとり見惚れてしまうのですわ！」

「まあ、君が私にうっとり見惚れてくれるのなら、なんでも構わないが……。でもねクラウディア、『絶世の美女』などという言葉は、今私の目の前で誰よりも愛らしく微笑む女性にこそ、相応《ふさわ》しい言葉だと思うのだが？」

ジュリアス様は私の頬をそっと撫でると、そのまま優しくキスをする。この方はいつ何時でも甘々だな。彼の甘さは乙女ゲームの攻略対象だからという域をとうに超えていると思う。そもそもゲームの中のジュリアス様って、ここまで甘いセリフを言うキャラじゃなかったし。

「ところで、例の魔女というのはどこにいるのですか？」

「マリウスの話では、普段は城下町で『占いの館』というのをやっていて、なかなかに流行《はや》っているらしい」

「えっ、そんなに有名な魔女なのですか!?　それではあの『ドリームリンク』も、もしや流行りの商品だったりするのでしょうか……!?」

「私としては、それも気になっているんだ。人の夢に自由に入れるなんて、使い方次第ではなんとも物騒《ぶっそう》な代物だ。だから、もしあれが無数に出回っているのだとしたら非常に厄介《やっかい》だからね」

言われてみればそうだな。これさえあれば、名前も知らなくても、ただ夢に入りたい相手のことを思い浮かべるだけでいとも簡単にその人の夢に入れるのだ。

思えば、ジュリアス様は夢の中だというのをいいことに、初対面だと思っている私に急にキスしてきたり、翌日にはそのまま（夢の中とはいえ）純潔を奪ってきたりと、なかなか無茶苦茶なことをしてきた。

あれがジュリアス様だったから良かったようなものの、もし別の誰かだったらなんて考えたら、恐怖しかない。無料アプリの乙女ゲームに出てくるアイテムにそんな現実的設定は必要なかったのだろうが、今やこの世界は私にとっては紛れもない現実。

となると、あれが公序良俗《こうじょりょうぞく》に反するような使い方をされないように、規制も必要となるはず。規制するとなると、私たちも使えなくなっちゃうのだろうか。そうなると、それは寂しい……いや、寂しさもだけど、ジュリアス様とのリアルの方の夜が今まで以上に激しくなっちゃうのでは!?　そ、それは困る！　そんな馬鹿なことを考えながら、私たちは馬車へと乗り込んだ。

市庁舎《しちょうしゃ》のある中央広場から馬車で南へ十五分ほど行ったところにその「占いの館」はあった。

いくつかの店が連なっている小さな商店街のような場所で、その「占いの館」もそうだが、ほかの店もどこもこぢんまりとしている。一階が店で、二階にその店主と家族が住んでいるのだろう。

平民たちが多く住んでいる地区ということもあり、周囲に貴族らしき人たちの姿はほとんどない。しっかりとお忍びスタイルで来て良かったと思うが、それでもジュリアス様の容姿では十分目立ってしまっている。とはいえ、目立たないようにしっかりと護衛騎士たちがついてきているので、安全面で問題はない。

その魔女のやっている「占いの館」はかなりの人気店とのことだが、運よく今日は待ち人はあまりいなかった。それでも少し並んでいたので、ふたりでその列の最後尾に並ぶと、ジュリアス様が耳元で私に囁いた。

「どうせバレるかもしれないが、魔女や町の人々に私たちの身分を知られるのはあまり好ましくないね。だから今日は、私のことをジュールと呼んでくれ。そして私は、君のことをディアと呼ぼう」

「ジュール様、ですか？」

「ただのジュールでいい。そのほうが自然だろう？」

愛称で呼ぶなんて、なんだか照れるな。それに、王太子殿下を敬称なしというのも……でもまあ、このような状況下では仕方ないか。

「ジュール……」

「……ああ、なんだか堪らないな。これからずっと、ジュールと呼んでくれても構わないんだよ？いや、むしろそう呼んでほしいな、私の愛しいディア？」

「なっ!?　それは無理です!!」

「……そうか？　だが、少なくとも今日一日はそう呼んでくれ」

「は、はい！　それは努力いたします！」

「――そしたらきっと、すぐ慣れるだろうしね」

「えっ？」

「なんでもないよ。さあ、行こうかディア」

「は、はいっ！」


　占い師のいる小さな部屋に通される。もちろんその占い師が例の魔女だ。確かゲームでもマリウス様が指輪を魔女から購入する回想シーンでワンカットだけ映っていたが、鮮やかでどこか異国的な模様の入った服に薄いベールのようなものを被って丸いテーブルの奥に座っているその人は、本当にイメージ通りの占い師である。しかもベールを通して見えている顔は、若くてかなりの美人さんだ。普通に美人なだけなのかな。それとも魔女だけに、リアル美魔女なのか？　気になる。でも、絶対に聞けない……。

　と、私がそんなどうでもいいことを考えている間に、「今日は何を占いますか」と言った占い師に「占ってほしくてきたのではないのだ」と告げたジュリアス様が、今回の訪問理由と私たちの希望を説明してくれた。

　すると魔女の占い師は、特に困惑する様子もなく、すぐに答えた。

「もちろん、そういう方法もございます」

　まさか、こうも簡単に解決できることだとは思わなかったので、少し驚いた。

「ご希望ですか？」

「ああ、希望する！」

ジュリアス様が即答すると、魔女はなぜか私のほうを見る。

「ええと……なんでしょうか？」

「確かに、方法はあります。ですがその方法だと――そうですね、少なくとも双方の同意が必要となるでしょう」

「双方の？」

魔女さんは、具体的な方法について説明してくれた。そもそも「ドリームリンク」は世界に五つしかないもので、そんな貴重なものを魔女がマリウス様に売ったのは、占いの予言があったかららしい。

まあ、ゲームの設定上そうなっただけだろうから、その点については深く考えても仕方のないことなのだろう。

そして彼女の話では、ひとつの「ドリームリンク」を魔法でふたつに分けることができるとのことで、そうすると「ドリームペアリンク」というのになり、片割れの指輪をつけている者同士で夢を共有できるらしい。

元々「ドリームリンク」を身につけている者の夢にはほかの「ドリームリンク」所有者でも入れないそうだ。よって「ドリームペアリンク」の片方をジュリアス様、もう片方を私が身につけることで、他の四人が私たちの夢に入ってくることは不可能になるとのこと。

「素晴らしい！　では是非、これを『ドリームペアリンク』にしてくれ！」

「ですが、ひとつだけご注意を」

「注意？」

「こちらの指輪、一度つけると外れなくなります」

……ほう？

「つまり、おふたりはこれから毎晩、必ず夢を共有しなくてはならないということですわ。それもこれから先、ずっとずっとです。それでもよろしいですか？」

ずっと、ジュリアス様と同じ夢——。

なーんだ、そんなことか！　それなら、別に今と変わらないじゃないか!!

「だそうだ。さてディア、私の答えはわかっているね？　つまり、あとは君次第だよ」

「ふふっ！　それならジュールも、私の答えをもうご存じのはずですわ？」

「あらあら、早くもお気持ちが固まったようですね。では、お答えください。『ドリームリンク』を『ドリームペアリンク』にしてしまって、よろしいかしら？」

「「是非、お願いします！」」

ってことで、私たちは無事、『ドリームペアリンク』を入手した！

「さあ愛しいディア、手を」

私がそっと手を差し出すと、ジュリアス様は私の左手の薬指に『ドリームペアリンク』の片割れを嵌《は》める。もとの『ドリームリンク』は小指に嵌めるものだったらしいが、『ドリームペアリンク』は左手薬指に嵌めるのが決まりとのこと。

「では、ジュールには私がつけて差し上げます」

今度は私がジュリアス様の手を取り、そして同じように左手の薬指に嵌めた。すると、ジュリアス様はとても嬉しそうに私にキスをした。

「……なんだか、結婚式の指輪の交換と誓いのキスみたい」

「ああ、確かにそうだね。――ははは！　思えば、私たちはいつも夢の中のほうが先だな？」

「えっ？　でも、今は起きているんですから、夢が先ではありませんよね？」

「そうだね。だがファーストキスも、初夜も、『これから先もずっとふたり一緒だという約束』も、夢のほうに先を越されてしまったから」

「あっ！　ふふっ。そういう意味では、確かにそうですね！」

「だがまあ――現実のほうが先だったことも、いくつかはあるな」

「えっ、なんです？」

「私が君に恋したことと、最初の間接キス」

黒髪のジュリアス様がにっこりと笑う。

「ということで、また間接キスをしにいこうか」

「……間接キスですか⁇」

――!!

「なんだ、まだ気づいていないのか？　今日はほら、あの祭りの日だよ」

馬車のカーテンが閉まっていたので全然気づかなかったけれど、言われてみると今日はやけに人通りが多い。それに、露店は中央広場に出るからこの辺りには出ていないけれど、確かに手にお菓子とか持っている人がたくさんいる。

このところいろいろありすぎてすっかり忘れていたけれど、もうそんな時期だったんだ……。

「これでやっと、君と本当のお祭りデートができるね？」

ジュリアス様はそう言うと、とっても嬉しそうに微笑みながら私を抱き寄せた。

「そして今日は、めいっぱい恋人らしいことをしよう」

「ええ、そうですね！　前回は、女の子同士でしたからね！」

私がそう言って笑うと、ジュリアス様はいたずらっぽく笑った。

「そうだね。だから今回はめいっぱい、私が『男』だってことを思い知らせてあげよう」

「えっ？」

このときはまだ、ジュリアス様の仰る言葉の意味がよくわからなかった。


「んっ――ジュ、ジュリアス様っ……ダメですよ、こんなところで……！」

「ジュリアスじゃなく、今日はジュールと呼ぶように言っただろう？」

「で、ですが――むうっ――んんっ……ぷはあっ！　ジュ、ジュール！　そ、そんなにキスばっかりされたら、りんご飴《あめ》が食べられませんっ――！」

あのときのようにひとつだけ買ったりんご飴を分けっこして食べているのだが、ジュリアス様が合間にキスばかりするので、いっこうに食べ進められない。

キスされるのは気持ちいいし嬉しいけれど、これだとりんご飴を食べているんだか私がジュリアス様に食べられているんだかなんだか……。

「あの日も――すごくこうしたかった」

「えっ？」

「君とりんご飴を半分こして、それを食べる君の姿にうっとりして……その愛らしい唇に舌を這わせたいと思っていた。きっと、りんご飴のように甘い味がするのだろうと」

「ええっ！　そんなこと思っていらしたのですか⁉」

いやいやジュリアス様、おませさんもいいとこだな⁉　あの頃の私なんて、いかにたくさん屋台のお菓子を食べるかしか、頭になかったというのに……。

「だが、私もまだやはり子どもだったようだ」

「え？」

「子どもの私には、想像もつかなかったんだ。君とのキスが、りんご飴よりもはるかに甘い味がするなんてね」

そーんな、りんご飴にさらに糖蜜《とうみつ》をかけたような甘い言葉を口にしながら、またもや深いキスをしてくる。人目が気になるのに、でもジュリアス様の言う通りこのキスはりんご飴なんかよりもっとずっと甘くって、結局拒《こば》めなくって――。

「はあっ……も、ダメです……」

「ああ、私のディアはキスだけで腰がくだけてしまったのか？　そんなに可愛い顔を外でしてはダメだと言っているのに、ディアはいけない子だね？」

「だ、だってそれはジュリアス様が――！」

「ジュール」

「あっ、そうでした。その、ジュールがあんなキスばかりなさって、りんご飴を少しも食べさせて

くださらないから……！」

「そんなにりんご飴が食べたいのか？」

「ええ、食べたいです！」

まあ、実際に食べたい以上に、これ以上この極甘なキスをされ続けるのが堪らないというのもあるけれど——。

「なら、いいよ。りんご飴を食べよう」

そう言って微笑むジュリアス様の笑顔はいつも通りとっても美しいわけだが……んんっ？　彼はりんご飴を自分でひとくち齧《かじ》ると、そのまま——。

「えっ!?　あっ——むうっ……!!」

「んっ——どう？　美味しい？」

齧ったりんご飴を口移しで私に食べさせてきた。いやいやいやジュリアス様、やることが超バカップル……！　——まあ、めちゃくちゃ甘くて美味しいですけど。


「あらあらこれはまた、すごーくイチャイチャしていますねえ？」

「ジュリアスのそういう姿は未だに慣れないな。あ、黒髪の蔓のことじゃないぜ？　わかっているとは思うけど」

振り向くと、いたずらっぽい笑みを浮かべるマリウス様とにまにましているエイミーが立っていた。

「い、今の見て……!?」

「もちろん！　っていうか、ふたりのバカップルなやりとりが楽しすぎて、しばらく観察させていただいていました♡」

「ちょ、ちょっと！　そんな悪趣味なことしないでよ、エイミー!!」

「えへへー」

えへへじゃなくてですね……。

「ところでクラウディア、その左手の指輪について詳しく聞かせてくれる？　たしか、昨日の時点ではそんなのつけてなかったと思うんだけど？」

おっとエイミー、君、なかなか目ざといですね？　というわけでさっそくエイミーとマリウス様にこの「ドリームペアリンク」のお話をしたわけですが。

「えっ、ずっと!?　クラウディア、本当にそんなの受け入れたの!?」

「へっ？　ええ。でも、どうして？」

「だって、毎晩でしょう!?　毎晩毎晩ふたりでおんなじ夢なんて、なかなかハードじゃない!?　喧《けん》嘩《か》なんてした日には、すごーく気まずいと思うんだけど……」

「でも私たち、喧嘩なんてしないもの」

「ああ……まあ、殿下はクラウディアに激甘だものねえ。でも、ただでさえ起きている間も一緒なのに寝てからもずっと一緒だなんて、話すネタもなくなって暇《ひま》になっちゃわない？」

「えっ!?　あっ、いやその……お喋り以外にも、夢の中ってなんでもできるでしょう？　だから全く問題ないと思うわ！」

「ふーん？」

——うん、まあ上手く誤魔化せたかな！　さすがに毎晩毎晩抱き倒されていて、暇なんて感じる余地は少しもありません！　……なーんて、言えませんからね。

「では、そろそろ私たちは行くよ。ふたりも、ゆっくり祭りを楽しんでくれ」

ジュリアス様が上手く話を切り上げてくれたおかげで、うっかり変なことを言わずに済みました。

私は図らずも溺愛エロルートを解放してしまったが、ふたりには結婚までしっかり健全なルートを進んでいってもらいたいですからね！

「ああ、ディア、次はあれがいいね？」

ジュリアス様がやけに嬉しそうにそう言ったので、視線の向いているほうを見ると。

「あ、あのワインですね！」

「今度こそ、アルコール入りが飲めるね。大人の恋人同士らしく」

——というわけで、今回も一杯だけ、でも今日は、ちゃんとアルコール入りのホットワインを購入する。

「そういえば、クラウディアはお酒を飲んだことがないと言っていたね？」

「ええ、そうですの。特に飲む機会がなかったもので。あのウエルカムドリンクは、アップルジュースだったそうですし？」

「では、これが君の人生最初のお酒だね」

ジュリアス様に手渡された、香辛料《こうしんりょう》の香りのするその熱いワインをこくんとひとくち飲む。

「まあ、美味しい……！」

「では、私にもひとくちくれる？」

彼にカップを手渡すと、なぜかそれを飲まずにぐっと私を抱き寄せて、そのまま私に口づけた。

「んっ――！　あ、あの、いったい……？　ワインは飲まないのですか？」

「お酒の味のする君とのキスも、興奮するね？」

「また、そんなことばっかり仰って！」

ジュリアス様はとても楽しそうに笑うと、今度はちゃんと自分でワインを飲んだ。

「温まるね。子どもの頃に飲んだジュースとはやはり違うな？　ディア、君ももうひとくち飲む？」

「ええ、いただきます！」

そうしてカップを受け取ろうとするが、なぜかジュリアス様はまた自分のお口にワインを運び、そして――。

「ええと、ジュ……――⁉」

そのまま私の唇を奪うと、ジュリアス様は口移しで私にワインを飲ませた。

「ぷはあっ……ジュ、ジュリアス様⁉」

どうしてこの方は、こんなにやることが突拍子ないんだ⁉　私がすっかり困惑していると、私を抱き寄せたままで嬉しそうに笑うジュリアス様。

「あの……？」

「美味しかった？」

「えっ⁉　――ええ、美味しかったです」

お酒のせいなのか、さっきの口移しのせいなのか、顔がすごく熱い……。

「もっとほしい？」

あえて私の耳元に口を寄せ、囁く。ジュリアス様の甘い声が、じんと身体を痺れさせる。

「ほしいです……」

自分でも、どうしてあんなことを言ってしまったのか。でもなぜか、気づいたら勝手に口がそう言っていた。

するとまたジュリアス様は私に口移しでその熱いワインを飲ませてくれて、そのまま深くキスをされ、頭がぼおっとなっている状態でまた飲まされて……ちょうどコップのワインが全てなくなる頃、ふうっと意識が遠のくのを感じた。


「ううん……あ、あれ？」

「やっと目が覚めた？」

いつの間にか私は王宮に戻っていて、ふたりの寝室のベッドに寝かされていた。

「さっきまで、お祭りにいたはずなのに……」

「ワインを飲んで、君はそのまま私の腕の中で眠ってしまったんだよ」

「あっ！　ではジュリアス様がここまで運んでくださったのですか!?　ごめんなさい……まさか、たった一杯にも満たないワインで、眠ってしまうなんて」

「君は本当にお酒に弱かったようだね？　そんな君もとても可愛いよ」

そっと額にキスを落とされる。とはいえ、普通に一杯飲んだくらいではあそこまで酔《よ》わなかったと思うんだけど。あれは確実に、ジュリアス様のあの口移しと深くて甘すぎるあのキスに酔わされた感が強いと思う。

「今は、夢を見なかったの？」

「そういえば、見ませんでしたね。深く眠り込んでしまっていたようです」

まあ、最近はジュリアス様の出てこない夢を見ても寂しいだけだから、ジュリアスが寝ていない時は夢を見ないくらい深く眠っちゃうほうが嬉しいんだけど。私も、ずいぶん寂しがりになったものだ。

「それにしても、少し休んだのに、まだ少しも酔いが醒めてないようだね？　そんなふうに頬を赤く染めて、目もとろんとさせて……とても可愛いが、それ以上に魅惑的すぎる」

「えっ？　あっ——ジュ、ジュリアス様、待って……」

「いいや、待たない。君にそんな潤《うる》んだ瞳で見つめられて、我慢できるはずがないだろう？　それに、どうやら私も少し酔ってしまったようだ」

「酔ってるなんて、嘘。だってジュリアス様は、お酒にお強いではありませんか……」

「お酒にはね？　だが、私が酔ったのは、君にだよ」

彼はそのまま私の上に覆い被さると、深いキスを仕掛ける。それがすごく気持ちいい。

お酒のせいなのだろうか、いつも以上に頭も身体もふわふわする。まだ夕方だし夕食も食べていないからと彼を止めるつもりだったのに、自分自身もすっかり受け入れモードになってしまったことに気づく。

それに、せっかく眠ったことで少しだけはっきりしていた意識がキスでまたぼんやりしてしまい、なんだか雲の上にいるみたい——。

「ふわあ……ジュリアスさまぁ……ぜんぶ、すごくきもちいいです」

「全部？」

「ジュリアスさまとふれてるとこ、ぜんぶです。きもちよすぎで、なんだかこのままとけちゃいそう」

「ああ、クラウディア。今後は、君を酔わせるのは考えものだな……」

「えっ？」

「そんな風に煽られては、理性が完全に吹っ飛んでしまう。可愛すぎて――抑えが効かなくなって、君を抱き潰《つぶ》してしまわないか心配になるよ」

「それなら――だいじょうぶですよ？　ジュリアスさまはわたしにとってもおやさしいので、ひどいことなんてぜったいなさらないもの」

「……ああ、そうだね。そんな可愛いことを言う君に、私が酷いことをできるはずない。それをわかっていて私の限界を試すように煽ってるなら、君もなかなかの小悪魔だな？」

「ふふっ。いったでしょう？　わたしは『あくやくれいじょう』なんです」

「そうだったね。では私の愛しの悪役令嬢、今夜は悪女らしく私を誘惑してくれ」

「ゆうわく……ええ、いいですよ？　わたしはあくやくれいじょうなので――こんやは、ジュリアスさまをゆうわくしてしまいましょう」

熱に浮かされたみたいで、夢の中みたいな感覚。それに、なんだか妙になんでもできそうな、すごくいい気分……。

ええと、なんだっけ？　ジュリアス様を……誘惑すればいいんだっけ――。

ぼんやりした頭で、自分の身体を見ると、お祭りのときに着ていたドレスではなく、ちゃんとネグリジェを着ていることに気づく。どうやらジュリアス様が着替えさせてくださったようだ。

私はネグリジェの前にあるリボンをそっと解く。すると、自分の胸の膨らみが露になる。ゴクっとジュリアス様が唾《つば》を飲む音が聞こえ、私の胸を彼がじっと見つめているのが妙に嬉しい。

それで彼の手をそっと取ると、自分の胸の膨らみへと誘導する。

「……いっぱい、さわってくださいね？」

情欲の焰《ほのお》が揺れる彼の瞳が私の瞳をとらえる。そしてそのまま、とても優しく私の胸を揉みしだく。

「可愛いね。ほら、もうこんなにここが硬くなって、尖って――」

先端の敏感なところを指先で優しくこりこり撫でられると、勝手に甘ったるい声が漏れてしまう。

「んんっ……」

「きもちいい？」

「きもちいっ――」

「なら、もっと気持ちよくしてあげる」

「ひゃんっ！」

その頂にちゅうっと吸い付いたジュリアス様は、そこをゆっくり舐り、そして唇で甘噛みしたり、舌先で先端を中に押し込んではまた優しく吸い上げてというのを左右両方で繰り返し、その全てが私の身体中をじんわりと甘く痺れさせていく。

「ああんっ……も、ジュリアスさまぁ……したも、さわってください……」

「可愛いおねだりだ。そうだな……またジュールと呼んでくれたら触ってあげるよ、私の可愛い恋人」

「んっ……ジュール、はやくさわって……あっ——！　ああんっ!!」

「いい子だね。——ああ、こんなにたくさん蜜を滴《したた》らせて……ディア、君はなんて美しく、甘く香《かぐわ》しい危険な花なのだろう。こんな花に誘惑されて、堕《お》ちない男はいるまい」

蜜口にそっとあてがわれた彼自身は、私を一番奥まで一気に貫く。何度経験しても驚くほど鮮烈な快感を私に与え、チカチカと目の前で星がきらめくようで——。

「ディア……君の中はいつも、すごく熱い。熱くて、やわらかいのに私のものを離すまいと強く絡み付いて、すごく可愛いよ」

「ジュールもきもちいい……？」

「ああ、すごく気持ちいい。このまま君とふたりで蕩てしまいそうだ」

「ふふっ！　うれしい。わたしもすごーくきもちいいの。だから、あなたといっしょにきもちよくなれて、とーってもしあわせです」

「……いつも君は可愛いことばかり言うが、酔ってる君はいつにもまして素直で……本当に、恐ろしい破壊力だ。いったい私をどうしてしまいたいんだ？」

「ジュールをどうしたいか……？　ええと……もっといっしょにきもちよくなりたいです。それと、ずっとだきしめていてほしい。キスも、もっとしてほしいの……」

「ああ……喜んで」

とっても嬉しそうに微笑むジュリアス様に深くキスされる。彼はキスをしたまま、ゆっくりと抽送《ちゅうそう》を開始し、私はその快感に甘い声を少しも我慢できなくて、めいっぱい啼かされてしまう。

私の最奥を彼の熱情が濡らす。快楽に研《と》ぎ澄まされた感覚が、その強すぎる愉悦《ゆえつ》の全てを拾い、心も身体も全てを満たす多幸感に包まれた。

全てを私の中に出しきったあとも、ジュリアス様はぎゅうっと私を抱きしめたままでいてくれて、それがまたすごく気持ち良くて……。それで今度は私のほうからキスを仕掛けると、そのままの状態でいっぱいキスをしてくれた。そのうち、意識がさらにぼんやりしてくる。

「じゅーる……もうわたし……ねむい」

「このまま、眠っていいよ」

「ん……おやすみなさい……」

「おやすみ、愛しいディア」

そのまま、意識が遠のいて——。

……なんてこった。

夢の中で理性を取り戻した私は今、羞恥心で死にそうだ。

確かに私は酔っ払っていた。だから、いつもならさすがに恥ずかしくて言えないようなことも恥ずかしげもなくぼろぼろ言ってしまった。

でもだいたい酔っ払いって記憶飛びませんでしたっけ？　なぜに私は一言一句残さず、自分が言った恥ずかしいことを覚えているんですかね⁇　ああもうっ！　せっかくなら、痴態を全部忘れさせてくれたら良かったのに！

とはいえ、さっきのはめちゃくちゃ気持ち良かった。

今朝《けさ》の夢の中での禁欲明け（笑）に渇望するように激しくお互いを求め合ったのも、ものすごーく気持ち良かったけど、さっきみたいにじんわりゆっくり蕩かされて、いつもよりさらに深いところで繋がって、っていうのは格別。もう本当に夢の中かあるいは天国みたいな気持ち良さで、心も身体も満たされて、いつまでもジュリアス様とああしていたくって——って、結局そういうことばかり考えちゃっているなあ私……私。「淑女の鑑」と呼ばれるクラウディア・リーゼンフェルトともあろうものがなんとまあ……。

「ディア」

「あっ、ジュリアス様——！」

「どうしたんだ？　そんなふうに赤面して……まさか、夢の中でもまだ酔いが抜けないのか？」

いやいや、夢の中で酔いが醒めているからこそ、赤面しているんですけどね。——羞恥心で！

「それに、またジュリアス様呼びに戻っているぞ？　さっきまでは素直にジュールと呼んでくれていたのに」

「えっ？　ですが愛称呼びは、お忍びの時だけでいいと……」

「だが、さっきまでは呼んでくれていただろう？」

「あ、あれは酔っていて——！」

「……なんとも不思議な話だな。夢の中の君の方が、現実世界の酔っ払った君よりも理性的とは」

まあ確かにちょっと変な感じですね。実際、さっき酔った状態でジュリアス様に抱かれている時、夢の中にいるみたいなふわふわした感覚だった。それに比べて今は、普段と変わらないくらい頭がはっきりしているのだ。夢と現実の逆転現象だな。

「……だが、そんな理性的な君を快楽に堕とすのも、楽しいと思わないか？」

「――えっ!?」

「さっきだって、本当はまだまだ君を寝かせたくなかった。だが、現実世界の君に無理をさせたくない。だから、君が私の腕の中で疲れて眠そうにしているのを見て、我慢して寝かせてあげることにしたわけだ。まあ、実はあのあと耐えきれなくて、眠った君の中にもう一度だけ熱情を吐き出させてもらったけど」

　えっ、人が寝ている間になにしてんですかジュリアス様!?

「だが、夢の中は別だろう？　ここでどんなに激しく君を抱いても、君の身体は少しも傷つけずに済む。だから――わかるね？」

　やっぱりこの人、Ｓだ!!

「ジュ、ジュリアス様っ！　私、あんまり激しいのはその……!!」

「ダメだよ、クラウディア。今日散々私を煽ったのは君だ。それなのに、私は必死で我慢したんだ。だから――今夜は絶対に、逃がさない」

　こうなったらもう、ジュリアス様から逃げられるはずもなく。

「やっ――ま、まだ、達《ィ》ったばかりなのにっ……あっ、ああっ、あああんっ!!」

「まだまだだよ。もっともっと、何度でも気持ちよくしてあげる」

「あっ！　はあんっ！　あ、あ、あっ！　ダメぇっ……！　もうっ気持ちよすぎるからぁっ――!!」

「これから一生、毎晩こうしてめいっぱい愛してあげるからね。ああ、君は本当に迂闊《うかつ》だな？　あんなに簡単に、『ドリームペアリンク』を嵌めてしまうなんて。わかっているの？　これから君がどんなに逃げたくなっても、君はもう私から一生逃げられないんだからね？」

「そんなのっ……！」

なんともヤンデレ感溢れる仄暗《ほのぐら》い光を瞳に灯《とも》しながら激しく腰を打ち付ける。まもなく、また私をもっとも高いところまで昇りつめさせると同時に、ジュリアス様もそのまま私の中で果てた。

「はあっ……はあっ……ディア……愛してる。君は――私だけのものだ」

驚くほど美しいその男性が、恍惚とした表情を浮かべながら私の上に倒れ込み、私の首筋に顔を埋めた。私はそんな彼を言いようもなく愛おしく感じて、ぎゅうっと強く抱きしめる。

「……ディア？」

「ふふっ！　ジュールって、意外とヤンデレですよね」

「……ヤンデレ？」

「ええ！　可愛いです」

「……ヤンデレは、可愛いのか？」

「まあ、人によると思いますけど……貴方のヤンデレはすごく可愛いです」

「そう……なのか」

「――ねえ、まだ私が逃げ出すか心配なんですか？」

「そういうわけでは……！　――いや、自分でもよくわからないな。なんというか、君が好きすぎて、全てを自分だけのものにしたくなってしまう。嫉妬《しっと》も、執着も、独占欲も、君にだけ、自分でも恐ろしくなるほど感じてしまうんだ。そんな自分を君がどう思うのか、急にとても不安になることがある」

そう言って、また少し不安げな表情を浮かべたジュリアス様を、私はぎゅっと抱きしめた。

「それなら……どうか安心してください。私は、全部嬉しいので」

「えっ？」

「嫉妬も、執着も、独占欲も……貴方が私のことを好きで感じてくれるものは、全部嬉しいんです。それに私だって、感じているんですよ？　嫉妬も、執着も、独占欲も」

「本当か……？」

「ええ、もちろんです。だから、即答したんです。『ドリームペアリンク』は一生外れないんでしょう？　だったら、夢の中の貴方は何があっても絶対に私だけのものだわ。それが、本当に嬉しいの。そして貴方もまた迷いなくそれを望んでくれたことが、すごく嬉しかった」

私の言葉にジュリアス様は本当に幸せそうに微笑むと、私に深く甘いキスをした。

「君からそんな愛おしい告白を聞けて、どうしようもなく嬉しい。――だが、私は夢の中だけでは到底満足できない。夢の中も、現実も、何があっても君は私だけのものだし、私は君だけのものだ。わかったね？」

「……ええ、もちろんです。私も、心からそれを望んでいますから」

そのまま、私たちはまたいっぱいキスをして、そしてまた何度も愛し合った。

◆　◆　◆

「ふわあ……」

「おはよう、ディア」

「おはようございます、ジュール」

「ああ、作戦は見事成功したようだな？」

「えっ、作戦――ですか？」

「ほら、いま君は自然と、私のことをジュールと呼んでくれただろう？」

「あっ！」

昨日、結局あれから夢の中でもずっとジュールと呼ばされていたので、すっかりこの愛称呼びに慣れてしまったようだ……。

「では是非これからもジュールと呼んでくれるね？」

王太子殿下を愛称で呼ぶのはやはり気がひけるけど、もうすっかり慣れちゃったし、本人がこんなに嬉しそうだから……まあ、いいのかな。私自身、ディアって呼ばれるの気に入っちゃっているし。

「……わかりました」

「ディア、愛してる。君は？」

「私も……ジュールを愛してます」

すごーく嬉しそうに笑いながら、私にキスしてくるジュリアス様改めジュール。こんなに喜んでもらえるなら、呼び方を改めるくらいお安い御用よね。

結局、私たちは朝からまた熱くて甘い時間を過ごしてしまい、その余韻《よいん》に浸りつつふたりで部屋でイチャ……ごほん、ゆっくりしているときに、扉を叩《たた》く音とともに意外な人物から声がかかる。

「お、お嬢様……！　あの、大変申し訳ございませんが、実は折り入ってご相談が……！」

これは……非常に珍しい。ケイティは私とジュリアス様が仲良くしているのを見るのが生き甲斐《いがい》なのだそうだ。

そんな彼女が自分の相談事で私たちふたりの甘い時間を中断させるなど、一大事に違いない！

ということで、ジュールには少し部屋で待っていてもらい、私はケイティとティールームに移動して、ふたりだけで話すことにした。

「実は私も昨日、蜜蜂《みつばち》に刺されまして……」

「ええっ!?　大丈夫なの!?」

「ええ、もうすっかり！　でもそのときに、その……」

「――――！　それでは貴女も、思い出したのね！」

「では、やはりクラウディア様も!?」

「ええ！　それに、エイミーもね！」

「まあっ、そうなのですか!?」

なんと、ケイティも転生者だったのだ。私と同じく蜜蜂に刺されたショックで前世を思い出したと。しかも驚くべきことに……彼女、なんと「夢恋《ゆめこい》」のストーリー原作者だというのである!!

「だから、すごーく嬉しいのです！　私の最最最推しであるクラウディア様とジュリアス様のカップリングが完璧な形で成立していて、私自身も想像しなかったレベルの溺愛ルートに入っているのですから!!　それをこんな間近で見守れるなんて、役得としか……！」

ほ、ほう……そういうものなのか？　まあ、ご本人がそう言うのならそうなのだろうけれど——。

「ねえ、同じ転生者なら、もう敬語なんて使わなくていいのよ？　まして貴女はこの世界を創った、ある意味で創造主みたいなものでしょう？」

「あっ、それだけはどうかお許しください！　私にとってクラウディア様は、本当に特別な方なのです。自分で生み出したキャラなのにと思われるかもしれませんが、そもそも今のお嬢様は私が生み出したクラウディアに転生者である貴女の要素も加わって、いっそう私の『理想のクラウディア』なのです！　私にとってお嬢様は、絶対不可侵の存在なのですわ!!」

「へ、へえ……？」

よくわからないが、まあこれも本人がそれがいいというのなら仕方あるまい。

「ただ、その……ちょっと、別件で問題が生じまして……」

「問題⁉」

「前世の記憶が戻ったことで、自分が思い描いた世界が現実になっているのが嬉しすぎて昨夜、ちょうどお祭りの日だからと少しハメを外してしまったのです」

ほう、このケイティがハメを……。

「それであの、お祭りのホットワインを少し——というか、数杯飲んでしまい……」

うん……??

「気づいたら……その、ルーファス様と……キスしておりまして」

「えっ!? ルーファス様って、攻略対象の!?」

「そうなんです。最推しカップルはクラウディア様とジュリアス様なんですが、実は私のタイプの男性はルーファスで、自分のドストライクな男性キャラとして描いたんです」

「まあ、そうだったのね！」

「それで、酔って気が大きくなっていたせいか、私は偶然出会ったルーファス様を……思いっきり口説《くど》いていたようで……」

「えっ、じゃあそれで、口説き落として!?」

「彼の名前を聞いて我に返り、驚いてその場からすぐ逃げ出したんですけれど、夢の中にその……ルーファス様が現れて……そこで、その――プロポーズをされまして……」

「そう、プロ……プロポーズ!?」

展開、はっや!!

「それで、何て答えたの!?」

「受けられるわけ、ありません！ まあ、私の雑設定のお陰でこの世界では身分の差は特に結婚の障害にはなりませんけど――でも私は、クラウディア様の侍女《じじょ》でいたいんです!! いずれ侯爵様になってしまうルーファス様と結婚なんてしてしまったら、王太子妃の侍女なんて務められないではないですか!!」

「ええっ!? でも別に侯爵夫人になったとしても、私のお友だちとして会いにきてくれたらいいじゃないの！」

「それじゃあ、足りないんです！　クラウディア様とジュリアス様の神カップルを見守るのが私の生き甲斐なんですから!!」

「けれど、ルーファス様のことは好きなんでしょう？」

「好きというか、ドストライクなだけで……。まあ、酔って口説いてしまうくらいには好きみたいですけれど」

「ふふっ！　……だとしたらもう、手遅れかもね？」

「えっ？　どういう意味ですか!?」

「まあ、じきにわかるはずよ」

ケイティは私の言葉に困惑しているようだが、向こうがその気でしかもケイティ自身もあの状態なら、彼女が「攻略」されるのにそう時間はかからないだろう。

あとは全年齢対象版のまま進むか、あるいは禁断の溺愛エロルートを解放しちゃうかだけど……ハッピーエンディングにさえなれば、どっちでも問題なしよね!!

そのままケイティは仕事に戻り、私はまたジュールのもとへと戻ってさっきのケイティとの話を彼に報告した。友人ルーファスの意外な恋バナに彼はとっても嬉しそうだ。

「しかしあいつがねえ？　……なら、先輩として私がルーファスに教えてやろうかな」

「なにをですか？」

「禁断のルート解放とやらについて」

「えっ!?　ぜ、絶対ダメですよ!?　そんなことをしたら私たちが夢の中でそういうことをしているのがバレてしまうではないですか！」

「ははは っ！　わかった、わかった！　言わないよ。そうだね、こんないい使い方は、私たちふたりだけの秘密だ」

そう言って、彼は満足げに私を抱き寄せる。

「あっ、そういえば、これで私も貴方の夢に入れるんですよね？」

「ああ、そうだね。これまでとは違って、今後は君が私の夢に入ることも可能だ。だが、いつも必ず君のほうが先に眠ってしまうから、君が私の夢に入る機会はそうそうないだろうけど」

「それは貴方が、いつも私が疲れ果てて眠るまでお抱きになるからで……！」

「ではせっかくだから、今夜は私のほうが先に疲れ果てて寝るまで、君が頑張ってくれると嬉しいな」

くっ……！　そんなこと絶対無理だってわかって言ってるな!?　——となると、彼がうたた寝でもしているときに入ってみるほうが現実的か……な一んて考えていると、急にまたぎゅうっと抱きしめられた。

「ええと……どうしたんですか？」

「いや、ただ……夢みたいに幸せな毎日だなと思ってさ。ねえディア、やはり夢と現実には、特別な境界線なんてないんだね」

「えっ？　突然なんですか？」

「あの日言ったこと、覚えてる？　夢は、夢の中だけで見るものじゃない、目覚めている時に見る夢が本当になったときには、『夢が叶った』って言えばいいって」

「ふふっ！　ええ、もちろん覚えています」

「私は今も、君とこうしていられることが夢みたいだ。でもこれは紛れもない現実で、そのことを心から幸せに思っているし、深く感謝している。本当に——夢が叶ったんだと」

「……ええ、私もです」

「だからこれからも……私たちはずっと、お互いに夢中になって、恋をしよう。もちろん永久に『溺愛ルート確定』だよ」

但し、禁断の「十八禁」版溺愛エロルートですけどね。ま、望むところですけど!!

そうして私たちは今日も、そんな夢みたいだけど紛れもない現実であるこの最高に幸せな恋がずっと続いていくという幸せを嚙み締めながら、どちらからともなく口づけ合う。

「夢中になって、恋をして」。

私たちはこれからも、ずーっとお互いに夢中です♡

エピローグ

雲ひとつない快晴の空に、太陽が燦々《さんさん》と輝いている。まだ部屋の中にいるのに、外から明るい音楽が聞こえてくる。今日はここ王都はもちろん、国中が盛大《せいだい》な祝賀《しゅくが》ムードに包まれているのだ。

「ああ……本当にお美しいです！　今日という日にこうしてお嬢《じょう》様のお手伝いをさせていただけるなんて、私は前世《ぜんせ》にいったいどのような善行《ぜんこう》を積《つ》んだというのでしょう！」

ケイティがまた大袈裟《おおげさ》なことを言って泣き出したが、彼女はこれがデフォルトなので問題はない。それでも、今日はさすがにちょっと困ったな。だって、思わずもらい泣きしちゃいそうなんだもの。泣いたら、せっかくケイティたちがしてくれた完璧《かんぺき》なメイクが落ちちゃうのに。

ロングトレーンの純白《じゅんぱく》のドレスには見事なレースがこれでもかというほど贅沢《ぜいたく》に使用され、そのものすごく長い裾《すそ》のところには本当に繊細《せんさい》で美しい金色の刺繍《ししゅう》が、とても上品に施《ほどこ》されている。あの婚約舞踏会《ぶとうかい》のときのドレスも本当に素晴らしかったけれど、このウエディングドレスの素晴らしさはため息が出るほどだ。このドレスも、デザインからその素材のひとつに至るまで全てジュールが選んでくれたものだ。

なんだか今も、夢を見ているみたい。でもこの夢は、毎朝目が覚めてもちゃんと、ずっと続いていて、私を最高に幸せな気持ちにしてくれる。

まだ式の開始までしばらくあるので、ケイティと部屋でお喋《しゃべ》りしながら待機している。興奮《こうふん》が収まらないいらしくいつになく饒舌《じょうぜつ》だが、緊張《きんちょう》を紛《まぎ》らわしてくれるので私にはとてもありがたい。

と、部屋にノックの音が響く。やってきたのは、友人たちだった。

「わああっ！　本当になんて綺麗《きれい》なの!?　童話《どうわ》の世界のお姫様みたい……って、今日からは本当にお妃様《きさきさま》になるのよね！」

「本当に、本当に素敵よ！　間違いなく、世界で一番綺麗な花嫁さんだわ！」

エイミーとミーナが、まるで本当の姉妹のようにふたりできゃーきゃーと楽しそうに騒ぎながら称賛《しょうさん》してくれる。ミーナは例のカフェでエイミーに心酔《しんすい》して以降、本当の姉妹のようにエイミーと仲が良い。まあ、ミーナはマリウス様の義理の妹だから、マリウス様と婚約中のエイミーが結婚したら、ふたりは本当に義理の姉妹になれちゃうんだけどねっ！

「王都の街はものすごい盛り上がりよ！　もう皆、ジュリアス殿下《でんか》と貴女《あなた》の結婚が嬉《うれ》しくて嬉しくて仕方ないのよ！　国民の自慢である王太子《おうたいし》殿下と『淑女《しゅくじょ》の鑑《かがみ》』と言われる公爵令嬢《こうしゃくれいじょう》の結婚なんて、祝福しない人を探す方が無理ってものよね！」

ひまわりの花が咲くようにリンダが明るく笑う。

「もう、準備は全てできたのよね？　本当に楽しみだわ……！　私、結婚式に参加するのは初めてなの。それがジュリアス殿下とクラウディアの結婚式だなんて、本当に嬉しい！　ああ、もうすぐ式がはじまるのね……私、緊張で変になりそう……」

「あらキャロル、今日はただの招待客なのに、またその緊張癖？　どうするのよ、もうすぐ貴女自身も花嫁としてその場に立つかもしれないのに」

「グ、グレース！　わ、私に結婚の予定なんてまだ……！」

「シモン様とはもうちゃんと想いを通わせたんでしょう？　だったら、そう遠くないわよ」

揶揄《からか》いながらも、キャロルが恥ずかしそうに赤面《せきめん》するのをとても嬉しそうに見つめるグレース。

だが、完全に他人事《ひとごと》のようにそう言った彼女に私は思わずツッコミを入れる。

「そういうグレースこそ、そろそろでしょ？　もしかしたら、この中で次に一番早いのはグレース、貴女なんじゃない？」

「えっ！」

「だって、そうでしょ？　グレースはセドリック様と婚約してからそこそこ時間も経《た》っているんだし、いつ結婚式を挙げることになったっておかしくないじゃないの。皆ちゃんと知っているのよ？　最近貴女とセドリック様が毎日ふたりで会って、とーっても甘い時間を過ごしているってこと！」

ぶわあっとわかりやすく赤面するグレース。あれからジュールと私でほーんのちょっとだけふたりの背中をそれぞれ押してあげた（と言っても、セドリック様には正直に想いを伝えるようにと言い、グレースとふたりきりでデートする機会を一度作ってあげたのみ）。それでまんまと上手《うま》くまとまったふたりは今、見ているこっちが恥ずかしくなるほど初々《ういうい》しくて可愛《かわい》い交際をしている。

政略的《せいりやくてき》婚約から始まったけれど、今のふたりは間違いなく互いを想い合う幸せな恋人たちだ。

真っ赤になって恥ずかしがっているグレースを皆できゃっきゃと騒ぎながら楽しく揶揄っていると、そこにまもなく式が開始することを知らせる鐘《かね》の音《ね》が鳴った。

私は祝いに来てくれた大切な友人たち皆に感謝を伝えるとともに、それぞれと固く抱き合った。

――ああ、私は本当に幸せな人間だ。こんなに大好きな友人がこんなにたくさんいるんだから。

王宮内にある、大きく壮麗《そうれい》な礼拝堂《れいはいどう》。その正面の扉の前に、私は立っている。隣には、私のことを大好きで、私もとっても大好きな父、リーゼンフェルト公爵がいる。まだ入場もしていないのにボロ泣きなのは……まあ、お父様らしいな。本当に娘想いの、優しくて愛情深い人だ。

「お父様、私をこれ以上なく大切に、深い愛情をもってここまで育ててくださり、本当にありがとうございます」

「……クラウディア、お前は世界で一番可愛くて美人で優しい子で……私の誇《ほこ》りだ。もし殿下のことがほんの少しでも嫌になったら、何も気にせずすぐに家に帰ってくるんだよ？　わかっているね？」

「ふふっ！　ええ、わかりました。でも……私がジュリアス様を嫌になることなんて、死んでもないと思います」

私が笑顔でそう答えると、お父様はやっぱりまだ泣きながら、でもなんだかとても嬉しそうだった。

開式のファンファーレが鳴り響《ひび》く。私たちの目の前の大きな扉が開かれて、一気に視界が開けた。目の前に敷かれた真っ赤なヴァージンロードの先で、彼が待っている。

長い長いロングトレーンを引《ひ》き摺《ず》りながら一歩一歩、父に手を引かれてその絨毯《じゅうたん》の上を進む。

彼の隣まで来ると、父から私の手をそっと受け取る。そのままふたりで正面を向いた。

式は滞《とどこお》りなく進む。ふたりは永遠の愛を誓《ちか》う言葉を交わし、次は指輪の交換だ。

「ふたつめの、永遠を誓う指輪の交換だ」

私にだけ聞こえる声で囁《ささや》かれたジュールの言葉に、前に彼が言った『思えば、私たちはいつも夢の中のほうが先だな？』という言葉を思い出し、思わず笑ってしまう。

私たちは既に「ドリームペアリンク」を左手薬指につけているから、この結婚指輪は最初からそれと重ね付けすることを考慮《こうりょ》してデザインされている。

ちなみに指輪の後ろには私たちふたりの名前の刻印《こくいん》とともに、私のにはジュールの瞳《ひとみ》と同じ色のサファイアが、彼のには私の瞳と同じ色の紫水晶《アメジスト》が埋《う》め込《こ》まれている。

ジュール曰《いわ》く、婚約指輪と結婚指輪を重ね付けするのは『永遠の愛をロックする』という意味があるそうで、私たちの場合この「ドリームペアリンク」が婚約指輪みたいなものだから、ちょうどいいだろうとのこと。

「――よし。これで、永遠の愛をロックだ。夢の中でも現実でも、もう絶対に君を逃さないよ」

少しいたずらっぽく、でもとても幸せそうに笑う、ジュール。そして、私も――。

「ふふっ！　貴方《あなた》も……もうこれで、この悪役令嬢から決して逃げられませんよ？」

「……ああ、それは夢のように幸せなことだな」

それでは最後に誓いのキスを――という言葉のまだ途中だったのに、ティアラのついたベールを一瞬でめくったジュールから、性急に口づけられる。ああもう、彼はいつだって性急だ。それにちょっと強引で、激しくて……かなりしつこいところもある。

でも、それが嫌だったことなんて一度もない。だって彼が私にくれるのは、いつだってとびきり甘くて幸せな、めいっぱいの愛だから。

そんなわけで、こんなに多くの人に見守られながら相当に激しく熱いキスをしつこいくらい長くされても、こんなに嬉しいと思っちゃうのだ。困ったものである。

「ぷはあっ——。……もう、ジュールったら！」

いたずらっぽく、でも本当に幸せそうに彼が微笑《ほほえ》む。

「クラウディア」

「……なんですか？」

「私はこれからもずっと君に、夢中になって、恋をするつもりだ。だから君も——ずっと私に、夢中になって、恋をして？」

私はにっこり微笑んでから、最愛の人に口づけた。

番外編一✦全年齢向け乙女ゲームの世界に転生したヒロインは図らずも溺愛エロルートを解放する

「エイミー、君って本当に最高だ！　心の底から君のことを愛しているよ」

「私もよ、マリウス様。貴方《あなた》のこと、心から愛しているわ！」

指と指を絡《から》め合い、そっと顔を近づけ、そして唇《くちびる》を重ねる。やわらかくて、温かくって、すごく気持ちいい。そのまま、角度を変えて何度も、ちゅっ、ちゅっと、キスし合う。そうして続いてゆく、愛する人とのすごーく幸せな毎日……。

――なのだけれども。

「あーもうっ！　どうしてなの!?　もうとっくに婚約も済ませたのに！　それにあと三ヶ月もすれば結婚じゃない!!　それなのに……それなのに……どうしてマリウス様は私に、ディープキスのひとつもしてくれないの!?」

私の魂《たましい》の叫びに、目の前にいる超絶美女がびくっと震えた。パープルブラックカラーの長く美しい髪に、濡《ぬ》れた紫水晶《むらさきすいしょう》を思わせる美しい瞳《ひとみ》。人形のように整った顔をした「神の最高傑作」と言っても過言《かごん》ではない美女こそ、先月盛大な結婚式を済ませ正式にこの国の王太子妃《おうたいしひ》になったクラウディアだ。

生まれながら最上位貴族であった彼女はその所作《しょさ》のひとつひとつに品があり、女の私でもうっかり惚《ほ》れちゃいそうなくらい素敵な女性だ。毎日のようにこうしてお茶をしているのに、この美女の顔は全く見飽きない……そんなことを思いつつ彼女の隣を見ると、今日もうっとりとした表情で自分の主《あるじ》を見つめている、王太子妃付き侍女《じじょ》にしてこの世界の創造主でもあるケイティがいる。栗色の髪に榛色《はしばみいろ》の瞳。一見すると地味だけど、顔立ちは綺麗《きれい》だからメイクすれば化けるタイプだ。

前世はごく普通の日本人だった私たち三人が転生してきたのは、ここにいるケイティが前世にストーリー原作者として関わっていた乙女《おとめ》ゲーム「夢中になって、恋をして」（略して「夢恋《ゆめこい》」）の世界。つまり私たちは皆、異世界からの転生者ってわけ！

「夢恋」は、中高生の間で絶大なる人気を誇っていた無料スマホアプリだ。人の夢に入れるという指輪「ドリームリンク」を手にした五人の攻略対象が主人公の夢に毎晩現れ、その夢の中で愛を育んでいくという王道の乙女ゲームだった。

前世の私はいわゆる社長令嬢というやつで、何不自由ない生活をしていた。そして無課金でも十分に遊べるこのアプリに重課金《じゅうかきん》するくらい、この「夢恋」に激ハマりしていたのだ。でもある日、スマホをながら見運転している自動車が交差点をゆっくり横断しているおばあさんとお孫さんに向かって直進してくるのに気づいてしまい、ふたりを庇《かば》って死んでしまった。

その記憶を思い出したのは、カフェでバイト中。この世界ではごく普通の平民の家に生まれた私は、前世とは違い裕福《ゆうふく》ではないけれど、とても愛情深い両親に大切に育てられ、幸せに暮らしていた。家計の足しになればと始めたカフェでのアルバイトも、もう二年。お客さんたちにもよくしてもらいながら看板娘として頑張っていたが、ある日、テラス席の片付けをしている際に首筋を蜜蜂《みつばち》に刺され、その瞬間に前世の全ての記憶を思い出したとともに、この世界がどんな世界で、自分がどういう立場であるかも理解したというわけ。

最初は本気で驚いたし、主人公に転生するなんて何かの冗談だろうと思った。でもその日の夜に夢の中に攻略対象たちが現れたので、「ああ、本当にここはあの『夢恋』の世界なのだ」と理解した。

――ただ、ひとつだけおかしな点もあった。私は「夢恋」は全ルート完全攻略済みだから流れなども完璧《かんぺき》に記憶していたんだけど、なぜか一夜目の夜にジュリアス様だけが現れなかったのだ。

メイン攻略対象であるジュリアス様が現れないなんて何かおかしいと思ったけど、異世界転生モノのラノベや漫画も好きだった私はピンときた。もしかするとジュリアス様ルートのライバル令嬢であるクラウディアもまた、転生者なのかもしれないと。

ジュリアス様が出てこないことは少し残念だったものの、もともとマリウス様が最推《さいお》しだった私にはそれほど大きな問題ではなかったので、ジュリアス様ははじめからいないものとして、マリウス様完全攻略のために全力を注いだ。

マリウス様は、ゲームの中よりももっと素敵な人だった。ゲームの中では明るくて人懐《ひとなつ》っこい弟っぽさが可愛《かわい》くて好きだったけど、実際の（といっても夢の中だけど）マリウス様は意外と頼《たよ》り甲《が》斐《い》もあるし、すごくかっこいいし、私のことをものすごく大切にしてくれた。前世からの最推しだったとはいえあくまで「架空のキャラ」として好きだったのに、気づけばいつの間にかマリウス様に本気で恋をしていた。

そんなわけで私は前世の全知識を活《い》かして、主人公らしくマリウス様を正攻法《せいこうほう》で攻略した。

そうして私はマリウス様との親密度を順調に上げていったんだけど、まだ全てのイベントをこなしておらず親密度がＭＡＸではない状態なのに、なぜか王宮舞踏会《ぶとうかい》の招待状が平民である私にまで届いた。不思議に思って招待状を開くと、そこにはジュリアス王太子殿下《でんか》の婚約記念舞踏会であるとの表記が。

それで、私は確信したのだ。やはりクラウディアも転生者なのだと。そもそも本来なら既に殿下の婚約者としてクラウディア・リーゼンフェルトの名が公表されているはずなのに、今までその発表がなかったのはきっと、クラウディアが何らかの理由で殿下との婚約を拒《こば》み、その結果ストーリーが変わってしまったのだろうと。

実はそれを確かめるためにクラウディアが王宮の騎士訓練場《きしくんれんじょう》に現れるイベントの日を狙って、王宮に忍び込んで彼女に会おうとしたこともある。転生者なら、きっと前世の話をしたりできて楽しいだろうと思ったから。でもそのイベントに、クラウディアは来なかった。残念だったけど、それでさらに私の確信は深まった。

そうして舞踏会の日――。舞踏会ホールの建物に入ると、人々の視線の集まる先に、見つけたのだ。驚くほどイメージ通りで、そこに可愛さを増し増しにしたみたいなクラウディアを。

興奮した私は、自分が平民で相手が公爵令嬢だということも忘れて声をかけ、やはり転生者だったらしい彼女を思いっきり驚かせてしまった。まあ、彼女はその直後に現れたジュリアス殿下を見たときのほうが驚いていたけどね。そのうえウエルカムドリンクを飲んだ彼女がその場で倒れるのをジュリアス殿下が抱き上げ、意味ありげな笑顔を浮かべて去っていくのを見たとき――、「もしや、あれって人攫《ひとさら》い？　私、彼女を助けたほうがいい!?」とわりと本気で悩んでしまった。たとえ人攫いでも相手が王太子殿下で場所が王宮では、平民の私にはどうしようもないけれど。しかも直後にマリウス様が来て、ゲームとはかなり違う形で現実世界での初対面イベントが発生したうえ、てしまった……。

現実世界でも想いを通じ合わせることができたので、幸せすぎて他のことを考える余裕がなくなっ

戻ってきたジュリアス様とクラウディアは見ているこっちが照れちゃうほどラブラブで、その場で最高に素敵な公開プロポーズをして無事婚約となり、不要な心配だったとわかったけどね。

あとから聞けば、クラウディアは処刑エンド回避のために婚約を拒否し、それによりジュリアス様は「ドリームリンク」を使ってクラウディアの夢に入り、ストーリーが大きく変わってしまったらしい。

なお、原作者だったケイティも私たちに少し遅れて前世の記憶を取り戻し、今では攻略対象のひとりであるルーファス様といい感じ！　ケイティはまだ彼からのプロポーズを受け入れてはいないみたいだけど、私とクラウディアが見る限り、もうそろそろかなあと思っている。

そんなわけで、この世界に転生してきた私たちは三人とも、なんだかんだ前世の最推しと恋に落ち、とっても幸せな日々を過ごしているわけです！

さて、ゲーム的にはもうエンディングを迎えているけれど、現実の世界はゲームとは違って、エンドロールのあとにも日々が続く。

前世から最推しだったマリウス様と正式に婚約者になった私のハッピーエンディング後の日々というのは、マリウス様に会ってデートをしたり結婚式の準備をしたり絵に描いたような幸せな毎日なんだけど、実はこのところ、私はある不安を覚え始めている。というのも、私の愛するマリウス様が、あまりにも「健全なお付き合い」しかしてくれないからだ……。

「ねえケイティ、どうしてなの!?　裏設定集にも書いてなかったけど、もしかしてマリウス様って

性欲がないとかっていう残念マル秘設定があったりする⁉」

「そんな設定、わざわざつけるわけないじゃないですか……乙女ゲームですよ？」

「だったらどうして、マリウス様は私にキス以外なーんにもしてこないの⁉　しかもそのキスさえ、唇と唇を合わせるだけの、本っ当に軽いやつだし！」

「それは、この世界のもとになっている『夢恋《ゆめこい》』が全年齢向けの乙女ゲームだからじゃない？　だからいくらエンディング後でもあまりアダルトな雰囲気《ふんいき》は――」

「じゃあどうしてクラウディアはジュリアス様と人目も憚《はばか》らずディープキスばっかりしているの？　あれのどこが、アダルトな雰囲気じゃないっていうのよ？」

「えっ⁉　や、そもそも私たちはもう結婚しているんだから、話が違うでしょう⁉　それにキスはともかく、ディープキスなんて人前では私たちっ……‼」

「いや、全然隠せてないからね⁉　私たちが一緒にいてもちょっと目を離すとジュリアス様ったらすぐ貴女《あなた》を抱き寄せて、思いっきり深ーいやつしているじゃない！　貴女はキスに夢中で気づいてないかもだけど、ふと振り返ったら後ろでふたりがお熱いキスをしているのを私たちは何度見せつけられたことか！　それも、結婚前からずーっとね‼」

　どうやら彼女は本当に全く気づいていなかったらしく、顔を真っ赤にしている。ただ、その表情さえも絵画的《かいがてき》な美しさと妖艶《ようえん》さがあって、これじゃあジュリアス様がメロメロなのも仕方ないのかなあとため息が出てしまう。

　……そういえば、クラウディアは昼過ぎまで寝所《しんじょ》で休んでいることも多いと昨日ケイティが言っていたわね？　はっ――！　それってつまり、毎晩相当激しくジュリアス様に抱かれているってこと!?

そしてそれは当然、クラウディアがそれだけ女性として魅力的で、ジュリアス様がいろいろ我慢《がまん》できないって意味だ。まあ相手がクラウディアだと、わかりみしかないけど。

つまり、私とマリウス様がまだ大人な関係になれないのは、ゲームの仕様《しよう》というわけではないのだろう。となると、マリウス様が私に全く手を出さないのは……やっぱり私のせいということか。

クラウディアはただでさえ絶世の美女だけど、「淑女《しゅくじょ》の鑑《かがみ》」とまで言われる高貴な彼女がふとした瞬間に見せる色気だだ漏《も》れのその表情は、その大人びた容姿と相まって女の魅力に溢《あふ》れ、女の私でもドキドキさせられる。

それに対し、私は明るく元気なザ・ヒロインタイプの可愛い女の子だ。「えっ、なら全然悪くないじゃん？」って、思うでしょ？　でも、違うのよ!!　少女漫画的な展開までならそれもいいけど、それ以上に進むためにはもう一段上の、オトナな女の魅力が必要なの!!

そうよきっと、私のこのザ・ヒロインな少女らしい顔と雰囲気がよくないのだ。そのせいできっと、いわゆるロマンチックなオトナ展開にならないんだわ……！

——私は別に、マリウス様と早くそういうことがしたいって思ってるわけじゃない。っていうかそもそも高校生の頃に死んじゃった前世も含めそういう経験はしたことないから、実際にどういうことをするのかすら、はっきり理解しているわけじゃない。

だけどそういうことに興味がなかったわけじゃないし、好きな人ができたらしてみたいと思っていた。最初は痛いらしいけどすごく気持ちいいっていうし、好きな人とそういうことするのはとても幸せなことだっていうし？

もちろん実際にするのは結婚してからでも十分。あとたったの三ヶ月だし。だけどマリウス様が私に対してそういうのを全く求めてこないのは、正直気になってしまう。

紳士的《しんしてき》、といえばそうなのかもしれない。だけどゲームのマリウス様は夢に出てきて三日目でキスをしてくれる、攻略対象の中では一番恋愛に対して積極的なキャラだ。

ゲームの中でも現実でも、いたずら好きで少年っぽいあどけなさも残るマリウス様が少し強引なくらいに迫ってくるあの感じに、すごくドキドキさせられたものだ。

だからこうして正式に恋人——いや、婚約者同士になった以上、彼はもっとガンガン来るんじゃないかなって思っていた。

普通のキスはディープキスに変わり、スキンシップの頻度《ひんど》も増えて、場合によってはちょっと際《きわ》どいところとかも触ったりしてくるんじゃないかなとか、正直覚悟していたわけです（実はちょっと期待も……こほん）。

それなのに——マリウス様は、本当にキスしかしない。いや、もちろんハグもしてくれるし、キスもハグもとても優しくって甘くって、すごく素敵よ!?　だけど……だけどね!?

普通、男の人ってもっとそういうことに前向きなんじゃないの……？　むしろすっごくそういうエッチなことを恋人としたくて、隙《すき》あらばそういう流れに持っていこうとして、でも女の子のほうが「まだ怖いから待ってね？」とか、「ちゃんと結婚してからシよ？」とかって言って、男の子を我慢させる——そういうものなんじゃないわけっ!?

いくら恋人同士でも本能のままに襲ってくるような奴《やつ》は嫌だけど、でも私たちみたいに結婚まで誓い合っている仲なら、合意のもとなら婚前でもありかなとか正直思っちゃうし、むしろそこで

「君のことは大切にしたいから我慢する。でもこれくらいはいいでしょ？」とか言ってちょっとだけ恥ずかしいことされるのって正直……すっごく憧《あこが》れない!?

そ・う・し・て、ですよ！　ようやく迎えた初夜に、「さんざん俺を待たせたんだから覚悟しろよ？これまでの分、取り返すくらい抱いてやるから。今夜は絶対寝かさないよ？」とか言われて、思いっきり熱く激しい夜を過ごすのとかって最高よね!?　ねえ、普通そうじゃないの??　愛し合う男女のやりとりって、そういうもんじゃないの!?

「クラウディア！」

「な、なにっ!?」

「初夜って、どんな感じだった!?」

「はいぃ!?」

「だ・か・ら！　ジュリアス様と初夜を迎えたときのことよ!!　どんな感じだった!?　やっぱり、すごーく熱い夜を過ごしたのよね!?」

「そ、そんなこと言えるわけ――！」

「女同士なんだしそもそも私たちの仲なんだから、なんにも隠すことないでしょ？　あと、初夜以降は毎晩どんな感じなのかも是非とも教えてほしいわ。だいたいどれくらいの頻度で抱かれているのかとか、一晩に何回くらいするものなのかとか！　こんなこと、ほかの人には聞けないでしょ？お・ね・が・いっ♡」

「そ、そんなあ……！」

ぶわっと赤面するクラウディア、めちゃくちゃ可愛い。そのせいで最後の方は完全に調子に乗っちゃったわけですけども。

「ですが、クラウディア様とジュリアス殿下は、結婚式のあとの初夜よりもかなり前にそういうご関係になっておいでのでしたから、少し状況が違うのではございませんか？」

「ケイティ!?」

侍女であるケイティからの思わぬ暴露《ばくろ》にめちゃくちゃ慌《あわ》てるクラウディア。なお、クラウディアを敬愛《けいあい》（というか崇拝《すうはい》？）しているこのケイティは、その必要はないと言っても絶対に敬語をやめないけど、その割に最推しカップルをイジるのは大好物らしく、こんな感じにクラウディアをイジっては彼女を頻繁に赤面させている。

しかし――そうだったのか。確かにクラウディアは婚約するとすぐに王宮に移り住んだのだけど、急に婚約ってことになったからお妃様教育とかを急いで済ませるためにそういうことになったのかと思っていたのに。

どうやら私は本当にお子様だったようだ。つまりあの頃にはもう、ふたりは思いっきり「大人の関係」だったというわけだ。婚約からふたりの結婚まであんなに毎日クラウディアに会っていたのに、少しもそのことに気づいてなかった私っていったい――。

ちょっと遠い目をしてしまったが、となると婚約も済ませたのに未《いま》だディープキスすらしていない自分たちの関係がかなり異常に思えてきた。くうっ……！　さっきまではぼんやりした悩みだったけど、なんかもっと深刻な問題な気がしてきたんですけど!?

――そうだ、このままじゃいけない。このままじゃ……いつまで経《た》っても私とマリウス様は全年齢向け乙女ゲームの健全すぎるヒロインとヒーローのまま！　そんなの嫌よ!!

こうなったら、自分から行動を起こすしかない。そうよ、待っているだけじゃ何も変わらない。今どきのヒロインは、自分の望む未来は自分の手で摑《つか》まなきゃダメよねっ!!

「よし！　決めたわ!!」

「な……なにを？」

「私、マリウス様を誘惑してみる!!」

「『誘……惑!?』」

「そう、誘惑!!　クラウディアの話を聞いて、思ったの。私も、マリウス様ともう一歩先の関係に進みたい。私のことをマリウス様に魅力的な女性だと思ってもらいたいし、結婚までにディープなキスも経験してみたいの！」

「でも、あえて誘惑なんてしなくても、エイミーはすごく魅力的な女性よ？　マリウス様がそういうことをなさらないのだって、貴女の魅力が足りないとかそういうんじゃなくて、それだけ貴女を大切にしているってことなんだから、わざわざそんなことする必要は――」

「それはちゃんとわかってる。私は彼の愛を疑っているわけじゃないし、今のままでも十分すぎるほど幸せだわ。それでも私はマリウス様に、ひとりの大人の女性として求めてもらいたいの！　優しさも余裕も理性も失うくらい、私を欲しいって思ってほしいのよ!!」

クラウディアもケイティも私のこの超大胆《ちょうだいたん》な発言に驚いているようだったけど、まもなくクラウディアはふわりと優しい微笑《ほほえ》みを浮かべた。

「……エイミーの気持ち、なんだかわかる気がする」

「えっ、クラウディアが!?」

「えっ、私がわかっちゃだめなの!?」

「や、だってほら、貴女は最初から殿下に異常なほど溺愛《できあい》されてるし、今なんて毎晩毎晩思いっきり抱き潰《つぶ》されているわけでしょ？　それでもクラウディアは、もっと殿下に求められたいって思っているわけ!?　それ以上求められたら貴女、死んじゃわない……??」

「ちょっ……変な言い方しないでよ!?」

「じゃあ、違うっていうの？」

「そ、それは――！　まあ……そうかも」

いや、否定しないんかい。

「こほんっ！　でも、本当にわかるのよ！　その……これ以上ないほど愛されているってわかっていて、相手のことを心から信頼していても、無性に不安になることってあるもの。恋って、そういうものなんじゃないかしら。大好きだからこそ臆病《おくびょう》にもなるし、相手の気持ちを信じていても、何度も確かめたくなっちゃう。そこに、理屈なんてないんだわ」

「そうなの、本当にそう!!」

「私は、貴女とマリウス様なら、このまま貴女が特別何のアクションも起こさずに結婚式を迎えても、ちゃんと最高に幸せなふたりになれるって確信している。それこそ、私とジュールみたいにね？　でも貴女が今そういう不安を感じていて、結婚までの三ヶ月、それを払拭《ふっしょく》しきれないと思うなら、行動に移してみるのも悪くないと思うの。変にもやもやして不安を感じたままだと、その気持ちがマリウス様にも伝わってしまって、不要なすれ違いが生まれちゃうかもしれないでしょ？　そうなるくらいなら、エイミーがしたいようにしてみるほうが、はるかに建設的なんじゃないかなって」

「クラウディア……！」

「私もそう思います！　そもそも私がマリウスというキャラクターを作った際、子どもっぽくて自由でちょっと強引なところのある男性をイメージしたんです。だから、決してそういうことが好きじゃないはずありません。きっと、めいっぱい我慢しているだけですよ！」

うん、この世界の創造主が言うと、ものすごい説得力がある。

「ふたりとも、本当にありがとう!!　すごく励《はげ》まされたわ!!　じゃ、そうと決まればあとはどうやってマリウス様を誘惑するかよね!!　ねえ、何かいいアイデアないかしら!?」

「わっ、私には誘惑なんて無縁すぎて……！」

「お祭りの日に初めて会ったルーファス様を口説《くど》き落としてキスまでして、その日のうちに夢の中でプロポーズまでさせたくせによく言うわよ！」

「あれは酔っ払っていたので――！」

「あ、そうか。酔うのはアリよね！　酔っ払ったら恥ずかしさもなくなるし!!」

「でも、酔っ払ったあと、正気を取り戻した時に感じる羞恥心《しゅうちしん》はすごいわよ？　酔っ払って記憶を飛ばせるタイプならいいけど、覚えていたらほーんと最悪……」

「ってことはクラウディア、そういう経験があるんだ？」

「……さあね」

遠い目をするクラウディア。と、ここで彼女が何かを思いついたらしい。

「ねえ、貴女とマリウス様も、まだ『ドリームリンク』を使っているのよね？」

「ええ、使っているわよ？」

「じゃあ、『夢の中マジック』は、エイミー得意？」

「えっ、なにそれ？」

「ええと……ほら、夢の中って思念《しねん》がそのまま具現化《ぐげんか》するでしょ？　あれのこと！　夢の中で使える魔法みたいだから、私たちはそう呼んでいるの」

「あー、あれね！　でも、意識的に使ったことはないかも……」

「じゃあ、試してみて！　ジュールがすごく上手《うま》いんだけどね、頭で具体的にイメージするだけでいいんですって。そうしたら魔法使いみたいに何でもできちゃうの！　夢の中でそれを使って、現実ではありえないようなロマンチックな雰囲気を演出すればいいのよ」

ほほーう？　つまりクラウディアは夢の中でいつもジュリアス様とそういうロマンチックな雰囲気の中で思いっきりイチャイチャしているってことね!?

私とマリウス様は基本的に夢の中ではゲームで攻略対象たちと会っていた私のお部屋とか公園とかで普通にお喋《しゃべ》りしたり、ちょっとキスやハグしたりするだけだった。でも、そっか！　夢の中なんだもの。普通ならできないことをしちゃえばいいのね。

「素敵なアイデアをありがとう！　私、今夜さっそく試してみる!!　『夢の中マジック』でロマンチックなムードを演出して、ぜーったいにマリウス様をその気にさせてみせるんだからっ!!」


そうしてその夜の、夢の中で。

「エイミー」

「マリウス様!!」

いつもデートする公園のベンチに座って待っていると、今日もとってもかっこいいマリウス様が、可愛い花束を手に、笑顔で現れた。

「ああ、今日の君も最高に素敵だ！　これを、君に。本物は、また明日にでも渡しに行くね。本当は今日渡したかったんだけど、忙しくて会いに行けなかったんだ。君に……とっても会いたかった」

すぐにふわりと抱きしめて、優しくキスしてくれる。お砂糖みたいに甘いキスで、すごーく幸せ。でも今日は──その、一歩先へ進みたい！　ちょっとだけ、「オトナの階段」を上りたいのだ!!

「……ねえマリウス様、今日もクラウディアやケイティとお茶をしたんだけど」

「あははっ！　本当に毎日三人で会っているんだ？　君たちは本当に仲良しだな。俺たち五人は幼馴染《おさななじ》みだけど、君たち三人はまだ出会って数ヶ月だろ？　しかも君と王太子妃とその侍女っていうなかなかの組み合わせなのに、まるで昔からの親友同士みたいだし」

「まあね！　私たちの縁はそれだけ特別なのよ」

「ああ、そうみたいだな！　それで？　そのお茶会で、どうしたの？」

「そうそう、そこで『夢の中マジック』っていうのをクラウディアに教えてもらったの」

「『夢の中マジック』？」

──ってことで、私からマリウス様にもこの「夢の中マジック」について説明し、今日はそれを試したいんだと私が言うと、彼もすっかり乗り気だ。

「それで、まずは今日のデートの場所をいつもと違う場所に変えてみようと思うの！　さっそく試してみるわね！」

私は頭の中で、オトナな恋人同士の夜のデートに相応《ふさわ》しいロマンチックな場所を必死に思い浮かべる。そしてある明確な「イメージ」が頭に浮かんだ瞬間、目の前の景色が一変した。

「わあっ……!!」

「へえ、これは……」

美しい月夜、月光に夜露がキラキラ輝く夜の庭で、大きなガゼボの中にふたり並んで立っていた。

「すごい……本当に、私が頭の中で思い描いた通りだわ！」

「とても素敵な場所だ。すごくロマンチックだね」

嬉《うれ》しそうに笑ったマリウス様が、私を抱き寄せてキスをしてくれる。それはとても優しくて甘い……んだけど、やっぱりいつもと同じ、唇と唇を合わせるだけのキスで。

――まだダメだ。これだけじゃあ、まだ足りないのだ。でも場所の雰囲気そのものは、これ以上ないほど完璧だと思うのよね？　となると、やっぱり問題なのは私自身――。

はっ！　そうよ、この恰好《かっこう》よ！　乙女ゲームのヒロインらしすぎるレースとフリルのついた、超可愛い系ワンピース、このエレガントでロマンチックな雰囲気の中で、死ぬほど浮いているもの！

これじゃ、そういう大人な雰囲気になれないわけよね!!

だったら、それっぽく変えるまでよ。このキュートでラブリーなワンピースをセクシーでエレガントなナイトドレスに変えて、大人な女の魅力でマリウス様をドキドキさせてやるんだから!!

すぐに頭の中で、イメージする。大人っぽくて、色っぽくて、素敵な――……そうそうまさに――こんな感じ！

「エ、エイミー!?」

驚くマリウス様の声に、服装チェンジに成功したことに気づく。ふふん、どうよ？　私の想像できる限り最高の、大人っぽくて、色っぽくて、素敵なナイトドレスは!!

大きく開いた胸元と背中、スカートの横には少しスリットまで入っている。フィットするタイプなので身体《からだ》の線もしっかり出ていて、クラウディアほどではないけれどそれなりにある胸の形も強調されている。これまでの、少女っぽさを感じさせるドレスとは全く違うデザインだ。

乙女ゲームのヒロインらしく、美人というよりは可愛い系の顔立ちの私だけど、こういう顔にちゃんと合うデザインをイメージしたつもり。だってせっかく大人っぽいドレスにしても、自分に似合ってない、背伸びした大人すぎるものを着ても意味ないもの。せっかく素敵な着物を着たのに「七五三みたい」って思われるのは、絶対に嫌。

前世はそれこそたくさんのアニメや漫画を見てきた。だから、いわゆる可愛い系の顔に似合う大人っぽいドレスのイメージっていうのが私の中にはちゃんとあるのだ。こういう時に男性をドキドキさせられるツボも、わりと上手につけていると思うのよね？

そう……それまで小さな妹にしか見えなかったのに急にこういう大人なドレスを着ているヒロインを見て、「お前も、もう大人の女になっていたんだな……」なーんてヒーローに思わず呟《つぶや》かせちゃうような、そういうドレス！

だからきっと、マリウス様も気に入ってくれると思うのよね。いつもより大人っぽい私にドキドキしてほしいし、少し頬《ほお》を染めながら「似合っているよ」とか言ってもらえるとすごく嬉しいんだけどな――。

そんなことを思いながらマリウス様の表情を窺《うかが》うと、彼は今なお完全に固まっている。

「あの……マリウス様？　その、このドレス、似合っているかしら？」

何も言ってくれないことに不安を感じつつ、自分から尋ねてみると。

「その……そういうのは、あんまりエイミーには合わないんじゃない？」

「えっ」

「だってほら、その……ちょっと、肌を見せすぎっていうか……」

そう言って、マリウス様はふっと目を逸《そ》らしてしまった。そんな彼の反応に、私は少なからずショックを受けてしまう。

「あの……マリウス様は、こういうの嫌い？」

「……っていうか、その……目のやり場に困る」

「目のやり場って……別にこれ、そんなにすごいデザインじゃないでしょう？　夜会とかなら、普通に着るようなドレスじゃない……」

「……でもエイミーは、普段そういう感じじゃないだろ。らしくないよ」

「そう……だけど」

ちゃんと見てもくれないなんて、この大人っぽいドレスがそんなに似合わないの？　マリウス様は、こういう私を見て、何とも思ってくれないの？

「……そんなに、魅力ない？」

「えっ？」

「私には、そんなに女としての魅力がないの？」

「は、はあっ!?　いったい何を言って……」

「だって！　私たち、もう婚約もしたのよ!?　それにあとたった三ヶ月で、結婚するんじゃない！　それなのに貴方は、私のことを少しもそういう風に見てくれないわ！」

「そういう風って、いったいどういう――」

「女としてよ!!　マリウス様が私のことを愛してくれているのはわかっている。だけど私に女としての魅力は、全く感じてくれてないいんだわ。だからいつまで経っても子どもみたいなキスしかしてくれないんでしょ!?」

「はい!?」

感情が昂《たかぶ》って、思わず怒鳴《どな》ってしまった。そんな私を前に、鳩《はと》が豆鉄砲《まめでっぽう》を食ったような表情だったマリウス様だけど――それから突然、彼は大声をあげて笑い出した。

「なっ――！　マリウス様!!　人が真面目な話をしているのに……！」

「だって！　あんまりにも的外れなことを君が言うんだもんな!!」

「えっ？」

「あはははは！　あーもうっ！　マジでお腹痛《なか》いんだけど!!」

なぜか私の前でお腹を抱えて笑い続けるマリウス様に困惑《こんわく》していると、ようやく笑いが収まったらしい彼が、呼吸を整えてからにっこりと微笑んだ。

「君に、女としての魅力がないだって？　ねえエイミー、本気でそんなこと思っていたの？」

「だ、だって……！」

そっと腰に手を回され、ぐいっと抱き寄せられる。

「……マリウス様？」

「人の気も知らないで……」

「えっ？」

「なんで、俺が君に軽いキスしかしなかったと思う？　なんで、いつも人が多い公園とか、街中でばかりデートしていたと思う？　それになんで、今夜の君の姿を俺が直視できなかったと思う？」

「……え？」

「エイミー、わかってないみたいだな。自分が今、どれだけヤバい発言をしたか」

「ヤバいって、どういう――」

言い終わる前に私の口は彼の口で塞《ふさ》がれた。言葉をキスによって遮《さえぎ》られることそれ自体は、別に初めてじゃなかったんだけど……。

「んっ――むうっ……!?」

ええ確かに、「子どもみたいなキスしかしてくれない」ってマリウス様に文句を言ったのはこの私です。でもだからってこんな……こんな急に、超絶アダルトなキスを仕掛けてこられるなんて、思わないでしょ!?

突然すぎる展開に、待ち望んでいたはずのマリウス様との初ディープキスから思わず逃げようとして、彼の胸板《むないた》をぐっと押す。それでこのくらくらするような激しすぎるキスから逃れられると、そう思ったのに――。

いや、どうして!?　全く逃げられないんですけど!?

私はこれまで、マリウス様はほかの攻略対象に比べると少し小柄だし細身だから、力とかもそんなに強くないのだろうなと思っていた。私を抱きしめる力も全然強くなくて、彼の腕の中で簡単に身体を動かすこともできたし。

だけどそれはマリウス様がとても優しく私を抱きしめていたからなのだと、今ようやく気づく。

だってほら、こうして私が全力で彼の胸板を押し返しても、彼の身体はびくともしないんだもの！

それに、こうして触れている彼の胸板は私が想像していたよりもずっと筋肉質で、彼がしっかりと身体を鍛《きた》えているらしいことに気づかされる。

そんなわけで、この激しすぎるキスから結局逃れることができないまま、私の舌は彼の舌にしっかり絡め取られてしまった。

互いの唾液《だえき》が完全に混ざり合って、私が耐えきれずそれをごくんと飲み込むと、彼はキスしたまま嬉しそうに微笑み、私の舌をじゅっと強く吸い上げる。

その初めての感覚に腰がぞくぞくして、そのまま立っていられなくなって——そんな私に気づいたマリウス様はキスを止《や》めるのではなく、さらに強く抱き寄せていっそう激しくキスし続けた。

ようやく唇が離れた時には、ふたりとも完全に息が上がっていた。私はもはや自分の足では立っていられなくて、その身を完全にマリウス様に預けた状態になっていて、強く抱きしめてくれている彼の顔をぼうっとしながら見上げる。

そうして見つめた彼の瞳は、今までに見たことのない輝きを宿していて、なぜかぞくっと背筋が震えた。

「あ、の、マリウス様……？」

「すごく……気持ちいいね」

「えっ？」

「ずっと、したかった。でも、ずっと我慢していたんだよ？　君を、大切にしたかったから。我ながら、すごく辛抱強《しんぼうづよ》いなと感心してたもんな。本当はいつも、すぐにでも押し倒して、君をめちゃくちゃにしてやりたいって思っていたのに」

「め……めちゃくちゃ!?」

「でも、汚《けが》れを知らぬ清廉《せいれん》な君にそんなことをしたら、怖がられやしないか不安だった。俺は、君に嫌われるなんて耐えられないから。それで、今日まで必死に我慢してきたんだ。それなのに……」

マリウス様が笑う。でもその笑顔は、やっぱり私がこれまでにまったく見たこともないような表情で――。

「エイミー、君が悪いんだよ？　俺は、本当に必死で耐えていたのに。君を怖がらせたくなくて、俺は必死で隠していたのに。だけど君が――ほかでもない君自身が、俺にもう耐えなくていいと言うなら、もう我慢なんてしない。それに……確かにそうだよな？　ここは夢の中だ。夢の中なら君をめちゃくちゃにしても、許してくれるよね？　ね、エイミー？」

私が何かを答える暇《ひま》もなく、ぱっと景色が変わる。ここは……えっ、寝室!?

「ああ……本当にできるんだ？　ようこそ、俺の部屋へ。本当は、君に屋敷に来てもらった時にこの部屋にも案内したかったんだけど――そんなことしたら、いろいろ我慢できる気がしなかったから、あえて飛ばしたんだよね」

「我慢って……」

「わかるだろ、好きな子と部屋でふたりっきりになった男が、何をしたいかくらい。ここに君を通したりしたら――君の全てを奪わずに帰せる自信なんて、これっぽっちもなかったからさ？」

心臓が恐ろしいほどドキドキする。いつもと全く違う雰囲気のマリウス様は、抱き寄せたままの私の背中をそっと撫《な》でる。背中が大きく開いているドレスのせいで、素肌にそのまま触れられるその感覚があまりに鮮烈《せんれつ》で――。

「んっ……」

「――もしかして、こうして背中を触られただけで感じちゃった？　そんなに感じやすいのに、こんな恰好したんだ？　ああ、エイミーは本当に悪い子だな？　今後もこういう恰好は、絶対に俺の前以外ではしちゃだめだぞ？　わかった？」

私が恥ずかしさに俯《うつむ》いたままこくこくと頷《うなず》くと、くすりと笑ったマリウス様がなぜか私を後ろ向きに抱き直した。

「……マリウス様？」

「すごく綺麗だ」

「ひゃっ!?」

「このドレス……すごく似合ってる。まるで、夜の女神みたいだよ。でもあまりに魅力的すぎて――いろいろ耐えられなくなる」

ちゅっと背中にキスされる。当然、そんなところにキスされたのは初めてで、唇以外といっても額《ひたい》や頬へのそれとはまったく違うその感覚に驚いてしまう。

「その反応も、可愛い」

そのまま背中と首筋に何度も何度もキスをしてくるので、混乱しつつも背筋がゾクゾクして――。

「マリウス様……あの、なんだか恥ずかし――えっ、きゃあっ！」

彼の片手が、ドレスの襟元《えりもと》からするりと胸元に差し込まれたのだ。

「マリウス様っ!?」

「ああ、すごーくやわらかい」

「や、やだあっ……そんな風に揉《も》んじゃっ――！」

「嫌じゃないでしょ？　だって誘ってきたのは、エイミーのほうなんだからね？　にしても、こっちは君に幻滅されたくなくて必死で耐えていたのに、それでまさか俺が君に欲情しないって思われていたなんて、心外だ。真逆だよ？　ずっと、君に欲情していた。君とふたりでデートしてるときも、無邪気に君が腕に手を絡める時に君のこのやわらかい胸が当たるたび、どんな気持ちだったと思う？　ほら、今だって――当たっているの、わかるだろ？」

「そ、そんなの知らなっ――あ……だ、だめっ！」

ぐんっとドレスの胸元を引き下げられて胸元が露《あらわ》になってしまう。驚いて両手で隠そうとするけれど、それよりも早くマリウス様の両手が両胸を優しく包み込み、後ろ抱きの状態のまま、優しく揉みしだく。

恥ずかしいのに。でもなぜかすごく気持ち良くって、変な声が出ちゃう。それがもっと恥ずかしくって、口元に手を持っていって声を必死で堪《こら》える。

「声、堪えないで。もっと聞かせてよ。エイミーの感じている声、もっと聞きたい」

そんなの無理！　恥ずかしすぎる――！　それで首をぶんぶんと横に振ると。

「――っ、ひゃあん!?」

マリウス様に胸の膨《ふく》らみの頂《いただき》をきゅっと摘《つま》まれて、その強すぎる刺激に堪えきれずに叫んでし

まった。

「言うこと聞いてくれないと、もっと虐《いじ》めるからな？　ほら、わかる？　君のここ、硬くなっているでしょ？　俺に触られて、いっぱい感じて、つんと尖《とが》って敏感になってるんだ。そんな敏感《びんかん》になったところをこうして指先で捏《こ》ねたらどうなるかな」

マリウス様の言う通り硬く尖ったようになっていたそこを彼が指先でこりこりと撫でると、感じたことのない甘い痺《しび》れのような感覚が全身にじんわりと広がる。

「あっ……あっ……やあ……ん」

「ああ、本当に可愛い。清廉な、少女みたいな君が、こんなに淫《みだ》らで感じやすいなんて――最高だ。もっともっと、君を乱したい」

「きゃっ!?」

後ろからぐっと私を抱き上げ、そのままお姫様抱っこされてしまう。胸が丸出しのこの状態での初お姫様抱っこに恥ずかしさしかないのに、そのままベッドまで運ばれてそっとベッドの上に寝かされたかと思うと、すぐにマリウス様に組み敷かれた。

「ちょ、ちょっと待って……！　ま、まだ心の準備が……！」

「だーめ。もう、待たない」

いやいやいやいや！　これまでディープキスすらしてこなかったくせに、さすがのこれは急展開すぎるんですけど!?

「で、でもやっぱり……えっ――や、ゃああんっ!?」

「それにほら。待ってくれって言うわりに、ここはもうすっかり濡れているね？」

いつのまにかドレスの裾《すそ》はたくし上げられ、下着越しに秘部《ひぶ》を撫でられる。そこは自分でもわかるくらいにしっかり濡れて、下着もうびっしょりで――。

「処女なのにこんなに濡れちゃうなんて……エイミーはやっぱり淫乱《いんらん》だね？」

「いっ――!?」

「そしてそんな淫乱なエイミーが、俺は大好きだよ。死ぬほど可愛いし……めちゃくちゃ唆《そそ》られる。でも――エイミーが淫乱でいいのは一生、俺の前でだけだから。わかった？」

そんなことを言いながらそこに指を這《は》わせて、愛液を割れ目全体に丁寧に伸ばす。その指がある場所に触れるたびに、身体が勝手にぴくっと反応する。そのことにすぐに気づいたマリウス様は、少し意地悪く笑うと――。

「きゃうんっ!!」

「仔犬《こいぬ》みたいに啼《な》いちゃったね。可愛くって……やっぱりもっともっと啼かせたくなる。エイミーは本当に虐めがいがあるな、ああ……堪《たま》んないね」

その敏感な一点を指先でくにくにと捏ねられる。完全に初めての感覚に混乱し、焦燥感《しょうそうかん》にも似た快感に襲われて彼の腕にしがみついた。

「マ、マリウス様、そこ、だめっ……！　変になっちゃうっ――！」

「だめじゃないだろ？　ここ、気持ちいいでしょ？」

「わ、わかんないっ!!」

「じゃあ、わかるまで続けようね」

「やっ、やだあっ……！」

その敏感なところを指先で捏ねながら、片方の胸の先端を口に含んでちゅっと吸い上げた。腰が勝手に跳《は》ねて、その反応をマリウス様はとても嬉しそうに見つめる。

「ほら、わかる？　エイミー、自分で腰を動かしてる。もっと、俺に触ってほしいっておねだりしているよ？」

「だってぇ……！」

「それって、気持ちいいってこと？　気持ちいいの、わかってきた？」

なぜか、じんわりと涙が出てくる。でもそれが、痛いとか、嫌だとか、辛《つら》いとかとは真逆で、マリウス様が言った通り「気持ちいいから」だってことに、もう気づいていた。

「エイミー」

うっすらと浮かんだ涙に優しく口づけられると、この唐突な展開の中に感じていた不安と驚きとほんの少しの恐怖心がすっかり溶けてなくなっていく――。

「気持ちいい……」

「本当？」

「うん……すごく……気持ちいいの」

「……可愛い。愛しているよ、エイミー」

とっても優しい声で嬉しそうにそう囁《ささや》いたマリウス様からの、甘くとろけるようなキス。

そのまま胸の頂を吸ったり舐《ねぶ》ったり唇で喰《は》んだりというのを両胸とも繰り返し、その間に下への刺激も怠《おこた》らない。私は与えられ続けるあまりに心地よい快感に思考力をすっかり奪われて、ただマリウス様から与えられる快感に身を委《ゆだ》ねてしまうけど――。

「ひゃあっ……!?」

突然、彼の指が私の中にぬっぷりと差し込まれた。

「すごくキツいね。こんなにきつきつじゃ、まだ俺のは全然入らないから──ゆっくり、広げてあげる」

「あっ──ああんっ……！」

私の中を彼の長い指がぐちゅぐちゅとかき混ぜ、その音がはっきりと自分の耳にまで届く。恥ずかしくって堪らないのに、お腹の奥がものすごく疼《うず》いている。もっと奥が、何かをほしがっている。

「二本に増やそう。……どう？　痛くない？」

「んんっ……痛くは──ないけどっ──変な感じ」

「じゃあ、こうしたらどんな感じ？」

「あっ……ん」

二本の指で蜜口《みつぐち》をゆっくり広げようとされて、なんとも言えない感覚に身悶《みもだ》えした。痛いわけでもないし、くすぐったいわけでもなくて、ただ気持ちいいのとも違って、なんだか──すごく、もどかしい。

「大丈夫そうだね。もう一本増やそっか」

「んっ──ああんっ!!」

一気に圧迫感が増した気がするけど、ゆっくり広げてくれたせいか痛くはない。

ここでふと気づく。夢の中でこうして慣らしてもらっても、現実世界では意味ないのでは……？

「んんっ……ね、マリウス様……」

「うん？」

「その……そんなに優しくしなくていいよ？」

「えっ？」

「だってほら……ここって、夢の中でしょ？　本当の……初めてじゃないんだし。そんなに優しくしてくれるのは、本当の初夜だけで……いいよ？　むしろ――なんか奥がすごくもどかしくて――早く、欲しいかも」

と、急に三本の指がずるっと抜かれて、思わず「ひゃんっ！」と声が漏《も》れた。

「エイミー、君ってさ、俺をどうしちゃいたいわけ⁉」

「えっ？」

「俺は――これが現実だろうが夢の中だろうが、君を抱くときはめいっぱい優しくしたいと思った。君を怖がらせたくなかったから。こうして夢と現実で二度君との初夜を迎えられるなんてものすごく贅沢《ぜいたく》な気がしたから、二回ともめいっぱい優しくしようって。それなのに君って人は、そんなとろとろの表情で『優しくしなくていい』『奥がすごくもどかしい』、挙句《あげく》の果てには、『早く、欲しい』⁉　エイミーは本当にいけない子だ。そんなこと言われてもまだ我慢できるほど俺、紳士じゃないよ？」

「きゃっ――」

ぐっと両脚に手をかけたマリウス様は、私の股を大きく開いた。その状況があまりに恥ずかしくって手で顔を隠そうとすると、彼は私の両手を片手でぐっとまとめて頭上にとめてしまった。

「マ、マリウス様っ――！」

「その可愛い顔を隠さないで。そして俺に奪われるところをちゃんとその目で見ててよ。君のお望み通り、そのもどかしさを今すぐ解消してあげるんだから。まずは夢の中で――エイミー、君を俺だけのものにするよ」

ほとんど脱がされていたとはいえ、まだかろうじて身につけていたはずのドレスが一瞬で消された。そして逆にほとんど着たままだったはずのマリウス様の服も一瞬で消え去り、想像以上に男らしい彼の身体を目の当たりにする。そして――。

「――!?」

「その反応も、唆られるね。これが、今から君の中に入るんだからね?」

「そ、そ、そんなにおっきいの!? むっ、無理無理無理!! 絶っ対に無理!!」

「もう、だめだよ? 君が自分で煽《あお》ったんだからさ。俺が必死で紳士でいようとしたのに、君が俺を狼《おおかみ》にしたんだ。だから――責任、取って?」

なっ! そんな可愛くて綺麗な少年らしい顔をしておきながら、なんて肉食系な発言を――!?

「じゃあ、挿《い》れるから。大丈夫、痛くしないよ。君の言う通り、ここは夢の中だもんな? 君に、最高の悦《よろこ》びだけを感じさせてあげるからね」

ちょっと待って、と言いたいのに、マリウス様のそのゾクっとするほどの色気を感じさせる表情と声に、何も言えなくなる。むしろ、今から彼が与えてくれるという悦び、これまで与えられたものを超えるというその悦びを知りたいという気持ちが弥《いや》が上にも増して――。

「マリウス様……」

「だめだよエイミー、いまさらなんと言おうと俺は――」

「――愛してるわ」

「えっ？」

「貴方のこと、誰よりも愛してる。だから……来て。まずは夢の中で、私を貴方だけのものにしてください」

「エイミー……!!」

マリウス様が、ぐっと私を抱きしめると、ちゅっと優しく口づける。子ども同士のキスみたいな、とても優しいキス。

あんなにいっぱい恥ずかしいことをして、これからもっとはずかしいことをするなんてことを忘れてしまいそうなほど、とても初々しいキス。

「エイミー、俺のほうこそ、君を誰よりも愛してる。君が好きだ。大好きなんだ」

「うん、知ってる」

「じゃあ……まずは夢の中で、エイミー、俺だけのものになって？」

私がにっこりと微笑むと、マリウス様もにっこりと微笑む。そして――。

「んっ――」

蜜口にその硬くて熱いものがあてられると、それだけでナカから蜜が溢れてきた。彼は自身の先端でそれを何度か塗り広げるように擦《こす》る。その感覚だけで、身体がおかしいほど熱くなる。

ぐっとその先端が中心に押し付けられると、ゾクゾクッと全身が震えた。そのままその頭の部分がぐんと中に押し入ってくる感じがして、でもやっぱり痛みは全然なくって……そのゆっくり入ってくるのが、すごくもどかしい。一番奥まで、一気に挿れてほしい――。

「マリウス様……その、本当に全然痛くないから……奥まで、一気に来て？　奥がすごく疼いて——」

一瞬大きく揺れた、マリウス様の瞳。

「エイミー、マジでそれ、ダメだからな？」

私が何か答える間もなく、彼はその剛直《ごうちょく》で私を最奥《さいおう》まで貫いた。

「はぁうっ……！」

目の前がチカチカと点滅するみたいな、ものすごい衝撃《しょうげき》。でも痛みは本当に少しもなくて、ただその圧倒的な存在感だけをはっきりと感じる。自分のナカにマリウス様のそれが入っているのが、はっきりとわかる。

「くうっ……想像以上に——ヤバいな。エイミー、大丈夫……か？　本当に痛くない？」

「うん、大……丈夫」

夢の中とはいえ全く初めての体験、初めての感覚に、まだ正直困惑している。だけど、マリウス様とひとつになっている、そう思ったら、幸せすぎてなんだか夢みたい。——まあ、夢なんだけど。

ぎゅーっとマリウス様を抱きしめる。するとマリウス様も、とっても優しく抱き返してくれた。

そのまましばらく抱いていてくれてすごく幸せだったんだけど、マリウス様がなんだかちょっと辛そうなので大丈夫かと尋ねると。

「その……ちょっと、動いていい？」

「えっ、ええ、もちろん——」

と答えた瞬間には、マリウス様は一気に腰を引き、その初めての感覚に私が思わず固まっていると再び最奥まで穿《うが》たれた。突然の強すぎる衝撃に、私は呆然《ぼうぜん》とした。

「つ——！　ごめん、耐えられなくて……！　痛くなかった!?」

「い、痛くはなかったけど……な、なんだかすごく……」

そのあとの、言葉が出ない。ただ……たぶん、顔には出てしまったんだろう。すごく驚いたし、衝撃的だったけど……ものすごく、気持ち良かったたってことが。

「エイミー、そこでその表情は反則だ」

「えっ!?　あっ……ちょ、ちょっと、マリ、ウス、様、待っ——!!」

いったい私はどんな表情をしていたのか。いずれにせよマリウス様はタガが外れたように腰を激しく打ちつけてきて、私はその強烈な快感を連続で何度も何度も与えられることになったわけで、私はもはや声を全く我慢できなくて、思いっきり啼かされてしまう。

そして不意に、何かが身体の奥から込み上げてきて——。

「マ、マリウス様……！　な、なんか、来ちゃう!!」

「——俺も、もう……限界！」

「やっ……あんっ……ああっ、やあんっ!!」

マリウス様の動きはさらに早くなり、私はもう何がなんだかわからないような、本当におかしくなってしまいそうな快感に、彼にぎゅうっとしがみつく。その、次の瞬間——。

「くうっ——!!」

「んんんっ——!!」

何か、大きな爆発を感じる。何かが、身体の最奥を熱く濡らす。頭の中は真っ白になり、身体は一瞬の緊張の後にだらしなく緩む。それなのに鼓動はドキドキ早いまま、しかもナカは今もきゅんきゅんと締まり続けて、彼を離すまいと強く抱きしめるみたいだった。

「はあっ……はあっ……エイミー……！」

額に汗を滲《にじ》ませながら、恐ろしいほどセクシーに微笑むマリウス様に口づけられる。今も身体は恍惚《こうこつ》としたまま脱力していて、なんとも言えない甘い気怠《けだる》さに支配されている。

「マリ……ウス様……今の……は？」

「すごく……良かったね。――最高だった」

深く繋《つな》がったまま、ちゅっ、ちゅっと優しく何度もキスされる。なんとも言えない幸福感に満たされつつ、さっきのあの爆発みたいな衝撃が抜け切らなくて、困惑してしまう。

「エイミー、君も……ちゃんと気持ち良かった？」

「なんか……凄《すご》すぎて……その、最後の……ね？　頭の中が真っ白になって、なんていうか――爆発みたいな……」

「それ、嫌だった？　それとも、良かった？」

「えと……その……死ぬほど気持ち良かった……です」

ぶわっと顔が熱くなる。と、マリウス様はとっても嬉しそうに微笑むと、私にまたキスをした。何度も、何度も。それから、耳元で囁く。

「エイミー、初イキが中イキなんて、素質あるね？」

「えっ？」

「よくは知らないけど、最初のうちって中イキできない人が多いらしいよ」

「……中イキ？」

「さっきのやつ」

「……そうなの？」

「あれ、好き？」

「……うん、好き」

「エイミー、素直で可愛いね」

「……マリウス様のおかげよ」

「えっ？」

「マリウス様が、いっぱい気持ち良くしてくれたから」

「……エイミー」

「なあに？」

「それ、ほんとに反則だから」

「えっ？」

「そんな可愛いこと言われたら、マジで止まれなくなる」

「えっ——ちょ、ちょっと待って!?」

ナカに入ったままだった彼のあそこがまた一気に質量を増した感じがしたかと思うと、マリウス様がいたずらっぽく微笑んだ。

「エイミー、今夜は寝かさない——じゃないな。朝が来るまで目覚めずに、ぐーっすり眠り続けてね？　絶対に、朝まで目覚めさせないから。覚悟しろよ？」

「へっ？　あっ――ああんっ!!」

果たしてマリウス様はその宣言通り、朝が来るまで私を抱き続け、少し寝坊すらしてしまった。

「エイミーったら、まだ寝ているの!?」という母の声でようやく目覚めた私は、心臓が止まりそうなほど驚いてベッドから飛び起きた。

わ、わ、私ったら、ものすごいことをマリウス様と夢の中でしてしまった……!!

衝撃と恥ずかしさと、でも大きな喜びと幸福感を覚えながら着替えを済ませる。

それから母に「本当にお寝坊さんねえ。いつまでも赤ちゃんみたいなんだから」と言われて、夢の中であんなことをマリウス様としていたことに謎《なぞ》の罪悪感を覚えつつ遅い朝食を食べ終え、いったん部屋に戻ったところで――。

「エイミー！　マリウス様がお越しよ！」

急いで部屋から出ると、本当にマリウス様が来ていた。そして、昨日の夢で一度渡してくれた花束の本物を渡してくれた。ただですね……「昨日の今日」というか「昨夜の夢の今日」というか、感覚的にはついさっきまでマリウス様とああいうことをしていた気分なので――すごく恥ずかしいです。

さて、いつもはそのまま居間でお茶をするけれど、彼が少しふたりで話をしたいというので、今日は私の部屋に来てもらった。別に初めてでもないし、夢の中での出会いもこの部屋だったんだけど、なんか照れる――。

「あ……の、お話って？」

――と、急に強く抱きしめられた。

「ちょ、ちょっとマリウス様⁉　今は、母もいるからっ……‼」

「ははは！　安心して。そういうことはしないよ」

「……ほんと？」

「ああ。確かに夢の中ではもうしちゃったけど、君はまだ正真正銘のヴァージンだしね。だから――ちゃんと我慢するよ、初夜までは。今朝《けさ》は……それを伝えに来たんだ。急に君が目覚めちゃったから、さっきそれを伝えられなかったし。あと、一秒も早く本物の君に会いたかったのもある」

そう言って、優しくキスしてくれるマリウス様。でも、そっか。本当の初夜までは、我慢してくれちゃうんだ。それを聞いてほっとしたような、少し残念なような……。

「……エイミー、そんな表情されると困るんだけど」

「えっ？」

「今、ちょっと残念がっただろ？」

「そ、そんなこと……‼」

「本当に違う？」

「……まあ、そうだけど」

すると、またぎゅうっと私を抱きしめると、ちゅっと優しくキスをした。

「ああもう……そんな顔されちゃうと、今すぐ抱きたくなっちゃうだろ！　でも、俺は君を大切にしたいんだ。まあ、夢の中であれだけ抱いといて説得力ないかもだけど」

今度は私からマリウス様にちゅっとキスをした。

「ううん、そんなことない。嬉しかった。あんなに——我慢してくれていたんだってわかって、感動したもの」

「うん……だからさ。あと三ヶ月、初夜まではちゃんと我慢するから」

「……夢の中は？」

私の質問に明らかに動揺しつつ、でも、小さくため息を吐《つ》くマリウス様。

「ええと……ああ、そうだよな、ちゃんと『我慢する』っていうなら、夢の中も我慢すべきだよな。わかっている。昨日はごめん。その……抑えが効かなくなってしまった。でも今夜からはまた——」

「嫌よ」

「えっ!? そ、そんなに嫌だったのか!? 本当にごめん!! 夢の中ではもう二度とあんなことしないから——!!」

「我慢するなんて、絶対に嫌!!」

「へっ……？」

「……すごく、気持ち良かったもの。最高に、幸せだったよ？ その……夢の中だけなら、我慢しなくていいと思うの。っていうか、我慢したくない。私も……マリウス様としたいわ」

「——!! ああもうっ！ エイミー、君って人は!!」

ぎゅうっと強く抱きしめられる。そして、昨夜の熱をはっきりと思い出してしまう。

——ああ、これは危険だ。あんなこと言ったけど、現実のほうでも、我慢できなくなっちゃいそう。

熱くなった身体を持て余しつつ、どちらからともなく口づける。いつもと同じ、唇を重ねるだけの……。

「——んんっ!?　マリ……」

驚いた私の唇の隙間に、彼の舌が差し込まれる。するともう既に昨夜の夢の中で何度も経験させられたそれを私はごく自然に受け入れてしまう。

ダメ……これ、気持ち良すぎっ！　現実では、初めてのディープキスなのに——!!

「ぷはあっ……はあっ……はあっ……マリウス様!?　初夜まで我慢するんじゃ……！」

「これは、ただのキスだろ？　俺は、キスまで我慢するとは言ってないからな？」

とっても悪い微笑みを浮かべるマリウス様。そんな狡《ずる》い彼の可愛すぎる笑顔にまんまときゅんとさせられちゃった私は、二度目の大人なキスを今度は自分から仕掛けてしまったわけで。ああ、こんなんで本当にあと三ヶ月も我慢できるかなあ、私……。

というわけで。

全年齢向け乙女ゲームの世界に転生してきた私は、ゲーム的なハッピーエンディングのその先に続く、最高に幸せな未来を夢見る日々です。

まだ夢の中でしかできないこともあるけれど、夢の中でも現実でも、その隣にはいつだって大好きなマリウス様がいて……私は毎日、夢みたいに幸せです♡

番外編二 ✦ 全年齢向け乙女ゲームの世界に転生したモブ侍女は図らずも溺愛エロルートを解放する

「ケイティ、俺と結婚してくれ！」

「だから、本当に無理ですってばぁ……！」

——もう、何回目だろう。ルーファス様からのプロポーズをお断りするのは。

マイヤー男爵家《だんしゃくけ》に生まれた私は、幸運にもこの国の二大公爵家《こうしゃくけ》のひとつであるリーゼンフェルト公爵家の侍女《じじょ》になることができた。男爵令嬢《れいじょう》である私にとってはこの上ない名誉《めいよ》なことだけど、それ以上に私が幸運だったのは……私の仕えるお嬢《じょう》様が、最っ高に素敵な女性だったこと！

十五歳でクラウディアお嬢様に初めてお会いしたとき、私は衝撃《しょうげき》のあまり言葉を失った。とにかく天使みたいに可愛《かわい》くて、優しくて、気品に溢《あふ》れていて、もう理想のお姫様みたいな人だと思った。

だから私はお嬢様にお仕えできるのがなによりの喜びで、ただもうずっとお嬢様のお役に立てることだけが生き甲斐《いがい》だった。

そんなお嬢様が、ある頃から急に……なんていうか、すごく色っぽくなった。もともとすごく魅力的な人だったけど、それに輪をかけたみたいに魅力が増して、なんだか同じ女性なのにドキッとするほどで……それで、私はきっとお嬢様は恋をしたのだろうと思った。ただ、侍女である私はお嬢様のそばにいることは多いけどお嬢様の周囲には男っ気が皆無《かいむ》だ。それはお嬢様を溺愛《できあい》しているお父上の公爵閣下《かっか》が、お嬢様に男性が近づかぬように厳戒態勢を敷いているからである。

それなのに、どこでどうやって恋をしたのか。その答えがわかったのは、王太子殿下《おうたいしでんか》婚約舞踏会《こんやくぶとうかい》の日の夜。舞踏会から戻ってきたお嬢様と閣下の様子がすごく変だったので、いったいどうしたのかと思ったら、なんとお嬢様はその舞踏会で王太子殿下から求婚され、その場でお嬢様も承諾なさったというのだ。しかも表情から察するに、お嬢様が恋をしていた相手というのがまさしく殿下だった模様。

殿下とお嬢様はどこで出会ったのだろうと不思議に思ったけれど、閣下と珍《めずら》しく何やら言い争っていたクラウディア様が「無理やりなどではありません！　ジュリアス様とは既に何度も合意の上で致しておりますわ!!」と言ったとき、これを耳にした私たちが驚いたのは当然、あのときの公爵閣下の魂の抜けたような表情は、あそこにいた皆が一生忘れないだろう。

そんな衝撃的な出来事があったにもかかわらず、意外なほど穏やかかつスムーズにお嬢様は殿下と正式に婚約され、しかも即日王宮移住となったお嬢様に私も付いていけることになった。

こうして私の幸福な日々はさらなる幸福と喜びの日々となった。というのも……絶世の美女であるクラウディアお嬢様と婚約されたジュリアス殿下は、これまた絶世の美男子としかいいようのない方で、しかもそんな方がクラウディアお嬢様を恐ろしいレベルで溺愛しているのだ。

そんなジュリアス殿下をクラウディア様も心からお慕《した》いしているようで、あのおふたりは間違いなく世界でもっとも美しく、もっともお互いを深く愛し合う、史上最高の恋人たちだと思う。

大好きなクラウディアお嬢様がこの上なく幸せそうに愛する人から溺愛されている――そんな姿をこんなに近くで見守れるなんて、こんな幸せがあるだろうか？

そんなわけで私は、この人生を最高に満喫《まんきつ》していたのだ。

――それなのに、どうしてこんなことになったのか。


その日は冬祭りの日で、お嬢様とジュリアス殿下は昼から街へ出掛けていた。だから私はひとり、王宮で仕事をしていたのだけど――ちくっという痛みを覚えて首筋を見れば、蜜蜂《みつばち》に刺されていた。そしてその瞬間……私は、前世の記憶の全てを思い出したのだ。

前世日本人女性だった私は、それなりに売れている作家だった。あるときゲームのストーリー原作を書いてほしいと言われ、まずは自由に書いてみていいと言われたので、面白そうだとその仕事を引き受けた。

私は、プロットなどを綿密に考えて書くタイプの作家ではなく、いわゆる「降りてくる系」の作家だった。これを考えていた時は特に、まるで目に浮かぶようにジュリアスとクラウディアのカップルと、幼き日の冬祭りでの出会いエピソードを思いついた。

私はすぐにクラウディアを主人公とし、メイン攻略対象をジュリアスとするストーリー原作を書いた。ただ、乙女《おとめ》ゲームにするとのことなので、さらに四人の貴族令息《れいそく》と五人のライバル令嬢を作った。

自分がこれまでに書いた作品の中でも、ジュリアスとクラウディアは最高の推《お》しカプに仕上がり、これが原作となったゲームができるなんて幸せすぎる！　と思いながらゲーム会社からの返信を待っていた——のだが、返ってきたのは、「主人公を明るく元気な平民の女の子に変えてほしい」というお願い……という名の「決定事項」だった。

私はもちろん抵抗した。昨今は悪役令嬢モノが流行《はや》りだから、美人で優雅な公爵令嬢が主人公でも問題ないはずだと。でも、今回はそういうコンセプトじゃないと言われた。それなら先に言ってくれと思いつつ、だったらジュリアスとクラウディアは引き下げて別の作品で使おうと思ったが、既にイラストレーターさんに依頼したのでキャラはこのままで、クラウディアをライバル令嬢に変えることに決まったと告げられ、絶望した。

だから……私は今、幸せで堪《たま》らないのだ！　気づけば転生していたのは自分が前世に書いたゲームの中だったばかりか、何が起きたのかわからないけれどそのストーリーに改変が起きており、結果、私の最高の推しカプが私が最初に望んだ通りの——いや、それ以上に最高な激甘溺愛ルートを勝手に解放していたのだから!!

前世に自分が想像した理想の世界に前世の最推しカプが最高に幸せそうに暮らしているのを見守れるなんて、いったい何のご褒美《ほうび》ですか、って話です！

ということですっかり浮かれた私は仕事の後、私の最推しカプが出会うことになった思い出の冬祭りへと繰り出したのだ。もちろん何度も来たことはあるが、前世の記憶を取り戻して参加する冬祭りは、なんだか別物のように感じた。

目に映る全てが夢みたいで、私は興奮しまくりだった。幼い日のジュリアスとクラウディアのことを考えながら私はホットワインを購入すると、それを飲んだ。もう最高に美味《おい》しくて、おかわりを買っては飲んで、幸せを噛《か》み締《し》め、そしてまた飲んで……。夢心地のまま飲み続けていたら、気気づくとなぜかとんでもなくかっこいい男性に、抱き留められていた。ホットワインのお代わりを買いに行こうとして立ち上がった時に、酔《よ》って思わずよろけたのを抱き留めてくれたようだ。親切なその人は燃えるような赤い髪にとても綺麗《きれい》な茶色い目の男性で、しかも抱き留められたときの感じからしてすごくしっかり鍛《きた》えている人のようだった。

——もう、ドンピシャでタイプの男性だった。ジュリアス殿下は本当に素敵な方だが、あくまでクラウディア様のお相手として最高なのであって、私の個人的な好みはまさに、この男性だった。

その後、お礼を言ったのは覚えている。それから何か……何かいろいろ言った気がする。普段なら絶対言えないようなことだ。つまり、「ものすごくかっこいいですね!」とか、「すごく素敵な目をしている」とか「貴方《あなた》は私のどタイプなんです」とかそういうこと……だったと思う。

そのあたりからあんまり記憶がなくて、まだ何かいろいろ話したと思うんだけど——でも、それで終わっていれば、お酒のせいで醜態《しゅうたい》を晒《さら》してしまったという黒歴史で済んだはずだった。

それが、ただの黒歴史で済まなくなったのは……気づけば私はその男性と、激しい口づけを交わしていたからである。

私にとって、初めてのキス。それは恐ろしいほど熱く激しく、素敵だった——のだけど、そのキスの後にこの男性がなぜか私に名乗り、妙に改まった様子で何かを言おうとしてきてそれで、私は急に素面《しらふ》に戻った。なぜなら——彼の名前を聞いて、ようやくそれが攻略対象のひとりであるルーファス様だということを理解したからだった。

素面になって改めてその人の外見を見れば、本当にゲームのルーファス様そのものだった。お酒で熱くなっていた身体《からだ》が一瞬で冷えるのを感じた。

ドンピシャタイプで当たり前だ、ルーファス様は前世、自分の理想の男性像というものを盛り盛りに盛り込んで作り上げた、私の最推しキャラだったのだから……。

自分が生み出した「最推し」を口説《くど》き、キスまでしてしまった――！　その衝撃に驚いた私は、彼が何か私に真剣な表情で話そうとしていたのに、それを無視してその場を立ち去ってしまった。

別に、前世の最推しとキスしちゃいけないって決まりがあるわけじゃない。でも何となく、自分が無理だった。自分の好みをこれでもかってくらい盛り込んだ自分の「欲の塊《かたまり》」みたいな存在が私にとってのルーファス様であり、そんな彼にキスした、つまり、思いっきり欲をぶつけてしまったことに、何とも言えない罪悪感を覚えたのだ。

王宮にある侍女の部屋に戻ってきた私は、寝支度《ねじたく》を整えてベッドに寝転び、その驚くべき一日を振り返った。

蜜蜂に刺され、前世の記憶を思い出し、それで興奮のままに冬祭りに繰り出したら浮かれて酔っ払って……前世の最推しと、キスしてしまった。

自分の人生に起こった出来事だとは思えない。なんて黒歴史だ、いっそ、全部夢ならいいのに。

――確かにそう思っているはずなのに、あのキスを思い出し、うっとりしてしまった。

どうやら、自分はかなり欲に弱いタイプだったらしい。そんなことを思って愕然《がくぜん》としつつ、でも結局キスのことが頭から離れないまま……いつの間にか、私は眠りについていた。

気が付くと、そこは王宮の庭だった。クラウディア様がよくここでお茶をするので、夢にも頻繁に出てくる。私は夢の中でも仕事をしていることが多いタイプだからか、侍女の服を着て、クラウディア様を半ば無意識に探していた――のだが。

「ケイティ」

その声に、はっと振り返る。するとそこには……。

「ルーファス様!?」

なんとそこには、王立騎士団員の恰好《かっこう》をしたルーファス様がいた。

「……なんてこと。夢にまで見てしまうなんて私、いったいどれだけ欲深いのかしら」

「……欲深い？」

「ああ……さっき、あのキスのことを思い出しながら寝てしまったせいね！　そのせいで夢の中にまでルーファス様が……」

「さっきのキスのこと、思い出しながら寝てくれたのか？」

夢の中のルーファス様にそんなことを言われて、私はため息を吐《つ》いた。

「はあ……どうやら私、欲にものすごく弱いタイプだったみたいね。思い出しちゃいけないって、さっさと忘れるべきだって思ったのに。でも、あんな素敵なキス、忘れられるわけないのよ。あんなのを最推しのルーファス様にされたら、忘れられるわけないもの」

独り言のように呟《つぶや》くと、夢の中のルーファス様が私のほうに近づいてきて、逃げる間もなく抱きしめられた。

「ル、ルーファス様、いったい何を……！」

「ケイティ、王宮の侍女だったんだ？」

「あの、離していただけませんか？　いくら夢の中とはいえ、こんなことをされては……」

「じゃあ現実でなら、許してくれるか？」

「……はい？」

ルーファス様は私を離さぬまま私に尋ねる。

「ケイティ、さっき、どうして逃げたんだ？　あんなキスまでしておいて、俺の名前を聞いた途端逃げるなんて、酷《ひど》いじゃないか」

「それは……ルーファス様が、私の『欲の象徴』だからなんです」

「『欲の象徴』……？」

「ええ、そうです。酔っ払った挙句《あげく》、『欲の象徴』である貴方にキスをしてしまうなんて、自分という人間の欲深さがあまりにショックで……」

「……それはつまり、君は俺に欲情しているってこと？」

「なっ……！　そ、そんなことは言っていません！」

「ふうん？　でもまあいずれにせよ、君は俺のことが好きなんだ？」

「好きっていうか……まあ、ドンピシャタイプではありますが」

「じゃあ、好きってことだ。それにさっき、あんなに情熱的な愛の告白をしてくれただろ」

「あ、愛の告白なんて……！」

——したのだろうか。記憶が飛んでいるから、わからないけれど……。

「ケイティ、俺さ、君と結婚したいと思っているよ」

「けっこ……結婚⁉　な、なにを仰《おつしや》ってるんですか⁉　いくら夢の中とはいえ……！」

「俺は、本気だ。ちなみに、これは夢だけど夢じゃない。信じてもらえるかわからないが、俺は人の夢に入れる指輪を持っているんだ。さっき、あの場で君に俺の気持ちを伝えようとしたのに君に逃げられたから、君の夢に入ることで君を見つけようと思ったたってわけ。そして、成功した」

その言葉に、私は硬直する。

「今は信じられないかもしれないが、君が王宮の侍女だということがわかった以上、明日にも俺は本物の君に会い行くよ。そして明日、改めて君にプロポーズする。だからそのとき、どうか俺に君の答えを聞かせてほしい」

その日の夢は、そこで終わったけれど——翌日、本当に私を訪ねてきたルーファス様の姿を見て、あれが「ドリームリンク」の見せた夢だったのだと知った。


それからというもの、私はルーファス様からの猛烈アピールを受けることになってしまった。王立騎士団員《きしだんいん》なので、普通に王宮で仕事をしていても何かと会ってしまうし、多分待ち伏せもされている。それに、夢にも毎晩出てくる。そして、ただただ真っ正面から口説いてくる。

正直……どうしていいかわからない。ルーファス様は私の最推しだから、あんな風にぐいぐいこられて嬉《うれ》しくないかと言われれば嬉しいのが本音だ。でもそれを受け入れられないのには……ルーファス様が次期侯爵《じきこうしゃく》である身分の高い方だっていうのがひとつ（自分はただの男爵令嬢なのに、侯爵夫人とか絶対無理）、仮になれたとして、侯爵夫人になったらさすがに王太子妃専属侍女のままでい続けるのは難しいだろうというのがひとつ（最推しカプを見守り続けるという最高の幸せが失われてしまうのは嫌だ）、そして何より……自分の「欲の象徴」であるルーファス様と結ばれるなんて、なんだかすごく罪悪感があるのだ。だから、私はルーファス様の想いを受け入れられないのである。

ちなみにあの日の翌日には、前世を思い出したことも込みでクラウディア様に打ち明け、相談した。というのも、同じく過去に蜜蜂に刺されたクラウディア様が転生者であることはすぐに察しがついたからだ。結果、やはりクラウディア様は転生者であり、クラウディア様が最近とても仲良くしているエイミー・メープルもまた転生者だったことを知った。

同じ転生者仲間がいることは心強かったし、それがあのクラウディア様とエイミーなのは本当に嬉しかった。ただ、ふたりにルーファス様のことを相談しても、受け入れてあげればいいというばかり……。

正直、流されてしまいそうなのが怖い。そもそもルーファス様は最推しだし、こんな風に毎日毎晩会って、好きだ、愛してる、結婚してくれなんて言われたら、本気で好きになってしまいそうだった。

それでも、別にいいのかもしれない。前世の最推しなんだし、あんなに想ってくれるなら、このまま流されてしまっても——。

でもそう思うたび、自己嫌悪に陥《おちい》りそうになる。近くに本当に互いを深く想い合い、尊重し合っている最高のカップルがいる分、流されて一緒になるのも悪くないかなんて思ってしまってる自分が嫌になるのだ。

やっぱりダメだ。本気でルーファス様を好きならともかく、こんな浮《うわ》ついた気持ちであのプロポーズを受けるなんてできない。

だったら、どうやってルーファス様に諦《あきら》めて貰《もら》えばいいだろうか。そう考えた時、ふとあることを思いついた。

アーレント伯爵《はくしゃく》令嬢リンダ。彼女は、本来ならルーファス様ルートにおけるライバル令嬢だ。でも聞くところによると、現時点でまだルーファス様とリンダの接点はほとんどないらしい。

それもそのはず、このふたりは他の攻略対象のルートでプレイしているときにはカップルにならない。主人公がルーファス様ルートを攻略しようとしたときだけ、リンダがストーリーに介入してくることになるのだ。というのもこのふたり、障害があると燃えるタイプなのである。だから主人公がルーファス様を攻略しようとしてそれに失敗した時にだけ、ふたりはカップルとして成立する。

これを利用すればいいのだと、私は気づいた。ルーファス様とリンダの接点を私が作り、そして無理やり三角関係を作り出す。その上で私が退場すれば、勝手にふたりはカップルになるかもと。

――あとから考えれば、それがとてつもなく杜撰《ずさん》な計画だったということがわかる。しかしあの時の私は完全に追い込まれていたのだ。

結論から言えば、私の計画は見事に失敗した。ふたりの接点を作るまでは良かったが、私がなんとか三角関係を成立させようと奮闘して、そこに通りすがりの王立騎士団長様まで巻き込んだところ、どうやら互いに淡い恋心を抱いていたらしいリンダと騎士団長様が勝手に想いを通じ合わせることになって幸せそうに去っていってしまった。そして、ルーファス様はなぜか私が騎士団長様を好きなんじゃないかという謎《なぞ》の誤解をした結果――こうして今、私は夢の中でルーファス様に押し倒されている。

「ル、ルーファス様、本当に誤解です！」

「へえ？　それじゃあどうしてさっき、あの場で団長を呼び止めた？」

「本当に誤解なんですってば！　そもそも私、騎士団長様のお名前も知りませんし、正直顔ももうよく思い出せないくらいで……。本当にただあそこを通りかかったのがあの方だったから声をかけただけなんです！」

劇場のチケットが四枚あるからWデートしましょうと誘ったのは確かに私だ。するとルーファス様がWデートというのならリンダ嬢は相手がいるのかと言ったので、ルーファス様がエスコートしてあげればいいと言ったのだ。するとルーファス様がものすごく不機嫌になった上、それなら君は誰にエスコートされる気なんだというので、偶然目が合ったいい人そうな人に「一緒に劇に行きませんか？」と声をかけたら……このざまである。

「まあ実のところ、君が団長に特に興味がないのはわかっている」

「へっ？」

「団長は、全然君のタイプと違うもんな？　君が好きなタイプって、どんな奴《やつ》だっけ？　あ、そうだ。俺だったな？」

そんなことを言いながら、私の制服を脱がしてくる。

「ル、ルーファス様、やめてくださいっ！」

必死で抵抗するが、ルーファス様はその手を止めずに話を続ける。

「本当は、わかっていたよ？　ケイティは、リンダ嬢と俺をくっつけようとしていたんだろ」

「えっ！」

「ほら、やっぱりそうだ。あのさ、プロポーズを断られるのは、いくらでも我慢《がまん》するよ？　また何度でも諦めずにプロポーズし続ければいいだけだしな。でもさ、好きな人に別の女とくっつけようとされるのは、いくらメンタルの強い俺でも、さすがに本気で傷つくんだけど？」

その言葉に、ハッとする。確かに、そうだ。ルーファス様は本当に私のことを好きだと言ってくれているのに、私ったら彼にあんまりな仕打ちをしてしまった――？

「ケイティは、欲に弱いんだよな？」

「……えっ？」

「最初に夢で会った時に言っていたよな。で、考えたんだ。欲に弱い君を、俺が落とす方法」

「えっ、ちょ、ルーファス様っ⁉」

いつの間にか胸元は完全にはだけさせられていて、隠す間もなくルーファス様に胸の先端の片方を吸われ、もう片方の胸は膨《ふく》らみをやわやわと揉《も》まれた。両方の胸で交互にそれをされて、逃げることもできずに初めてのその強烈な感覚に翻弄《ほんろう》されていると、今度は彼の手がスカートの下から秘所に伸びてきた。

「そ、そこはだめえっ！」

「だめじゃないだろ、もうこんなに濡《ぬ》らしているくせに」

「や、やあんっ……！」

私の身体は、本当に欲に弱すぎるのかもしれない。いくら夢でもこんなのだめだって思っているのに、ルーファス様に触られるところの全部が気持ちいいのだ。指を中に深く差し込まれ、中をかき混ぜられても、口ではだめと言いながら、結局は少しも拒《こば》めなかった。

「ケイティは、本当に欲に弱いみたいだ」

「ルーファス様ぁ……そこ、だめなのっ……」

「ここ？　ここがいいんだ？　じゃあ、もっといっぱい気持ち良くしてやるからな」

「はああんっ！」

触られるところ、口づけられるところ、どこもかしこも気持ち良すぎてわけがわからない。深い口づけにも、もう自分から積極的に応えていた。

「……ああ、こんなにとろっとろなら、もう大丈夫そうだな？」

その直後、強烈な衝撃に固まる。

「もう、逃がさないから」

思いっきり深くまでルーファス様のそれで貫かれていた。夢の中だからなのか、痛みなんて全くないけれど、その衝撃と快感だけはしっかりあって、それでぎゅうっとルーファス様にしがみつく。

「……最初から、こうしておけば良かったかな。だって、君の身体はこんなに素直だし？」

そのまま、また深く口づけられる。強すぎる快感で頭がぼうっとしていて、ゆっくりとした抽《ちゅう》送《そう》が徐々に速度を増し、そして最後に一段と深く穿《うが》たれて、最奥を濡らす熱いものを感じたときも、私は陶然《とうぜん》としたままでルーファス様に抱かれ続け、深いキスにいつまでも応え続けた——。

◆
◆
◆

はっと目を開けると、朝だった。あの夢が現実だったのか、それすらわからなくて混乱する。でも、仕事に行かなくちゃと急いで支度をして、部屋を出ると。

「ル、ルーファス様……！」

いつもすごく血色のよい顔をしているルーファス様が、顔面蒼白《そうはく》で立っていた。

「その……昨夜のことを……謝りたくて」

どうやら、ジュリアス殿下を介して許可をもらい、私の今日の侍女の仕事は休みにしてもらって、私に謝罪をする機会を取り付けてきたらしい。まだ混乱はしていたけれどルーファス様にひとまず部屋に入るように勧めると「入ってもいいのか……？」と昨日とは打って変わってすごく控えめな答えが返ってきて、私は思わず吹き出してしまった。

「ケイティ……？」

「ええ、お入りください」

部屋に入ってきたルーファス様は、あからさまにシュンとしていた。そして、すぐに私に謝罪をしてきた。昨夜の夢の中でのこと、本当に申し訳なかったと。昨日は、完全に理性を失っていたのだと。許してもらえなくても仕方ないが、もう二度とあんなことはしないと誓うし、もうプロポーズをして私を困らせることもしない。それに「ドリームリンク」も私にくれるという。そう言ってから、彼はまた深く頭を下げた。

──そんなルーファス様の姿を見ていて、私はようやく自分の過ちに気づいた。

「ルーファス様、顔を上げてください」

ゆっくりと、ルーファス様が顔を上げる。

「本当に、もう二度としないんですか？」

「ああ、もう二度とあんなことはしない。夢でも、現実でも、君に迷惑をかけないと誓う。それでも決して許されることではないと思うが、俺は――」

「そんなの、許せません」

「ケイティ、本当に……」

「だって、もう二度とプロポーズしてくれないなら、私はどうやってそれを受ければいいんですか？」

「……えっ？」

ルーファス様が、わかりやすく固まった。

「ルーファス様、酷いです。あんなに毎日プロポーズに来て、あんなに『絶対諦めない』って、言ってくれたじゃないですか。それなのに、そんなに簡単に諦めちゃうんですか？」

「だ、だけど俺は君に酷いことを……！」

「酷いことしたのは、お互い様です。あんなにずっと、貴方は誠実に想いを伝えてくださっていたのに、私はそれに少しも向き合おうとしなかった。それも、完全に個人的な理由からです」

「ケイティ……」

「最初にも言いましたが、私ってたぶん本当に欲に弱いんです。ルーファス様は私の理想で、私の欲望が具現化したみたいな存在で、だから、そんな貴方が都合よく私を好きになってくれて、幸せになるなんて――正直、信じられなかった」

侯爵夫人なんて無理とか、クラウディア様のそばにいられなくなるのが嫌だとか、前世自分が作ったキャラだからとか……そんなのは全部、言い訳だったんだろうなと思う。

結局は、ただ怖かったのだ。信じられないような幸せに恵まれて、到底自分の身に起きたことだと信じきれなくて、きっといつか、夢みたいに消えちゃうんだろうって、そう思っていた。

特にルーファス様はその存在自体が私の夢みたいなものだから、彼からあんなに何度もはっきりと想いを伝えられても、どこか現実として受け止められなかった。

でも昨日、自分の行動が彼という人間を傷つけ、その結果、彼らしからぬ行動をとらせてしまって、そしてさっきのあまりに真摯《しんし》な謝罪を受けて……それで初めて、彼はゲームのキャラでも、夢の中の登場人物でもなく、ルーファス・コッホというひとりの人間なのだと感じたのだ。

「ルーファス様、ひとつだけ伺ってもいいですか？」

彼は困惑顔で頷《うなず》く。

「ルーファス様はどうして、私を好きになったのですか？　あの冬祭りの日、確かに私は酔っ払っていて、貴方を褒《ほ》め殺しにして、口説き落としました。でもそれだけで、どうして私のことをそんなに好きになってくださったのか、わからないんです。それがわからないから……自信が持てないんです。どうして貴方ほどの方が、私にそこまで執着なさるのか。それで、すごく不安になって……」

「……本当に、全く覚えていないのか？」

私が頷くと、ルーファス様は困ったように、でもなぜか少しだけほっとしたように笑った。

「……ルーファス様？」

「ああ……それでだったのか」

「えっ？」

「ケイティ、俺が君にプロポーズしたのは、君に褒め殺しにされたからでも、口説き落とされたからでもないよ？　そういう子はこれまでにもたくさんいたし、それで毎回惚《ほ》れて毎回プロポーズしていたら、今頃俺には何人の婚約者がいることやら」

「へっ⁉　で、ではどうして……！」

「俺がさ、君にちょっと騎士団のことを愚痴《ぐち》ったんだ。しんどいことばっかで、辞めたくなるときがときどきあるって。そしたら君が言ったんだよ。『本当に嫌なら、辞めればいい』、まあ、そこまでなら他の人でもそう言うだろうな。でもそのあと、続けて君は言ったんだ。『でも、そう思ったのは、今日が初めてじゃないんでしょ？　それなのに、貴方は辞めてない。それって、なかなかすごいことだと思うわ！』ってさ」

「え、えと、それって、そんなにいい言葉かしら……？」

「さあね。でも……俺には、すごく意味がある。だってその言葉のおかげで、今の俺がいるから」

困惑する私に、ルーファス様は教えてくれた。幼い頃、剣術訓練があまりに辛《つら》くてもう何度も辞めようかと思っていた頃があったらしい。でもそのとき、ひとりの女の子に言われたのだという。私があの冬祭りの日に、彼に言ったのと全く同じ言葉を。

「その言葉のおかげで、俺は『ああ、もう少し頑張ってみよう』と思った。そして今、俺はこうして騎士になれたんだ」

「そうだったのね……」

「ん？　なんだ、まだわからないのか？　その女の子っていうのがケイティ、君なんだぞ？」

「えっ⁉」

「やっぱり、全く覚えてなかったんだなあ。俺はあのときからずっと、君のことが好きだったのに。ずっと探していたんだけどさ、偶然その日そこにいただけで二度と現れなかった君がどこの誰かわからなくて、しかも時間とともに顔とかの記憶も薄れて……覚えていたのはあの言葉と榛色《はしばみいろ》の目、そして、ケイティって名前だけ」

――！

「で、あの言葉を聞いて、君があのケイティだとほぼ確信して君の名前がケイティか聞こうとしたんだ。そうしたら……君に逃げられた。だから俺は君の夢に入って、君に『ケイティ』と声をかけた。案の定、君は振り向いた」

確かに私は、むやみやたらに人に名前を言わない。酔っていたからポロッと言ったのかと思ったけど、違ったなら……。

その瞬間、ルーファス様の顔に、茶髪の男の子の顔がぼんやりと重なる。

「あっ、もしかして――！　……あ、でも、違うわね。あの子は茶髪だったもの」

呟くと、ルーファス様がとても嬉しそうに微笑《ほほえ》んだ。

「ルーファス様？」

「俺、あの頃まだ髪が茶色だったんだよ」

「えっ⁉」

「髪色って、年齢でわりと変わるだろ？　コッホ家は赤毛家系だけど、だいたい幼い頃は茶髪でさ。歳《とし》とともにゆっくり燃えるような赤になるんだ」

「そ、そうなんですか……！　では、あのときの男の子が……」

「そう、あれが俺。そして、あのときからずーっと、俺はケイティ、君のことを探していた」

衝撃的な事実に驚く。だって私、ストーリー原作者だけど、そんな設定してないのに……。

「もっと最初から、ちゃんと伝えてれば良かったんだな。ケイティ、俺は本当にずっと、君のことが好きだった。そして再び出会い、君のことをさらに好きになった。自信がないなんて、言わないでほしい。あの日俺に諦めない力をくれて、笑顔をくれた君が好きだ。ホットワインで酔っ払って、俺に絡《から》んできて、すごく可愛い顔で俺を口説きながら……でもまた、俺に再び励ましの言葉をくれた優しい君が好きだ。ケイティ・マイアー、ルーファス・コッホは君のことを永遠に愛すると誓う。だから、俺と結婚してほしい」

喜びと幸福と……そして確かな愛情が、私の胸を満たした。ああ、本当に夢みたいだ。だけど——この感情は、確かに現実《リアル》だってわかる。

「かなり欲に弱い人間ですけど……それでもいいですか？」

「ああ、もちろん。その欲が、俺にだけ向いているのなら、むしろ大歓迎だ」

「ふふっ！　そうですね、ルーファス様は私の『欲望の象徴』なので！」

「よかった！　じゃあケイティ、俺と結婚してくれる？」

「ええ、喜んで！」

ルーファス様は私をぎゅっと抱きしめると、夢みたいに素敵な現実のキスをしてくれた。

あとがき

はじめまして、もしくはお久しぶりです。夜明星良《よあけせいら》です。

この度は『全年齢向け乙女《おとめ》ゲームの世界に転生した悪役令嬢《れいじょう》は図《はか》らずも溺愛《できあい》エロルートを解放する』をお手に取っていただき、誠にありがとうございます！

まさかeロマンスロイヤル様から三作目を刊行していただけるなんて、本当に夢のようです……。本作が夢と現実が交錯《こうさく》する物語ということもあり、改稿作業をしながら「やっぱりこれは夢かな」なんて何度も思ったのですが、今この本が読者様のお手元に届いているのであれば、やはりこれは夢ではなく、現実のようです。――たぶん。

本作は当初、女性向けR18小説投稿サイト「ムーンライトノベルズ」に五万字程度の中編作品として公開しました。完結後に読者様から後日談などが読みたいとのとても嬉《うれ》しいご要望をいただきましたので第二部として後日談を追加したのですが、それでもジュリアス以外の攻略対象はほんの少ししか登場せず、クラウディア以外のライバル令嬢に至っては登場すらしていませんでした。

それがとても心残りだったので、今回こうして本作を書籍化していただけることになり、それに伴い大幅な加筆を行えることになって、Ｗｅｂ連載時に登場させることができなかったライバル令嬢たちを登場させたり、攻略対象たちの登場回数も増やすことができて、本当に嬉しかったです。

原作者であるケイティとルーファスの物語もいつか書きたいなあと思いつつ書けないままだったので、今回番外編としてふたりのお話も書き下ろすことができて、とっても楽しかったです！

ケイティと私は性格はあまり似ていないのですが、欲望に弱いのは一緒ですね。私の場合はよく睡眠欲に負けています。眠るの、大好きです。夢を見るのも、大好きです。綺麗《きれい》な虹の出ている夢はわりと本当によく見ますし、そういう素敵な夢を見ると、その日一日幸せな気分になれちゃいます！

あとは、お話を書くときにプロットを書かない（というか、書けない）のも一緒ですね。ふっと思いついたら思いつきだけで一気に書いちゃうので、自分でも先の展開が読めないことが多くて、続きがどうなるのか、書きながらわくわくドキドキできるのはすごく楽しいです。

とはいえプロットもちゃんと書けるようになったほうがいいのだろうなとは思うので、少しずつ練習もしていかないといけないなあと思っている、今日この頃です。

今回、イラストはなおやみか先生に描いていただけたのですが、本当に可愛《かわい》いクラウディアと、もうそこにいるだけで色気だだ漏《も》れなジュリアスに、大興奮でした！

それにしてもクラウディアのマシュマロおっぱい、たまらないですね……ジュリアスじゃなくても思わず触りたくなる——とか言っていたら、実は嫉妬心《しっとしん》と独占欲の塊《かたまり》のジュリアスに恐ろしい目に遭《あ》わされそうなのでこの辺でやめておきます。クラウディアの全てはジュリアスのものです。はい。

最後になりますが、この本の刊行に携《たずさ》わってくださった全ての方、特に、今作でも引き続き大変お世話になりました担当編集様、素敵過ぎるイラストを描いてくださったなおやみか先生、そして今回もサイト掲載時より応援くださった読者の方々と、今こうして本書を手にしてくださっているあなたに、心からの感謝を申し上げます。

またいつかどこかで、素敵なかたちで再びお目にかかれることを心から願っております。

夜明星良

eロマンス ロイヤル

本書は「ムーンライトノベルズ」(https://mnlt.syosetu.com/top/top/)に
掲載していたものを加筆・改稿したものです。
この作品はフィクションです。実在の人物・団体・事件などにはいっさい関係ありません。

●ファンレターの宛先
〒102-8177　東京都千代田区富士見 2-13-3　eロマンスロイヤル編集部

全《ぜん》年《ねん》齢《れい》向《む》け乙女《おとめ》ゲームの世《せ》界《かい》に転《てん》生《せい》した悪《あく》役《やく》令《れい》嬢《じょう》は図《はか》らずも溺《でき》愛《あい》エロルートを解《かい》放《ほう》する

著／夜《よ》明《あけ》星《せい》良《ら》

イラスト／なおやみか

2023年12月28日　初刷発行

発行者　山下直久
発行　株式会社KADOKAWA
〒102-8177　東京都千代田区富士見2-13-3
(ナビダイヤル) 0570-002-301
デザイン　AFTERGLOW
印刷・製本　TOPPAN株式会社

●お問い合わせ
https://www.kadokawa.co.jp/ (「お問い合わせ」へお進みください)
※内容によっては、お答えできない場合があります。
※サポートは日本国内のみとさせていただきます。
※Japanese text only

ISBN978-4-04-737792-9　C0093　©Seira Yoake 2023　Printed in Japan
定価はカバーに表示してあります。